晦庵书话

唐弢 著

上海文艺出版社

唐弢
（1913-1992）

浙江镇海人。现代散文学家、文史研究家。20世纪30年代起从事创作，以散文、杂文为主。40年代创办《周报》，主编过《文汇报》副刊《笔会》。出版杂文集、散文集、评论集二十余种。40年代以来，以"晦庵"为笔名撰写"书话"，用序跋式散文形式，钩稽现代文学、文化、出版工作的大量史料。

目 录

序　i

书话

序　003
《守常全集》　007
《或外小说へ》　010
科学小说　013
闲话《呐喊》　016
半农杂文　019
撕碎了的《旧梦》　024
《童心》　027
朱自清　030
走向坚实　033
乡土文学　035
革命者！革命者！　038
诗人朱湘　041

两本散文	043
并肩作战	046
"怎样研究"丛书	049
《世界文化》第二期	051
翻版书	054
《子夜》翻印版	058
且说《春蚕》	062
再谈翻版书	066
"有人翻印，功德无量"	069
革命的感情	073
郑振铎与《新社会》	076
《人道》	079
"取缔新思想"	081
关于禁书	085
关于禁书之二	089
关于禁书之三	093
书刊的伪装	096
"奉令停刊"	099
别开生面的斗争	102
若有其事的声明	105
在国外出版的书	108
《饶了她》	111
回忆里的故事	114
《药用植物及其他》	118

线装诗集	120
藏书印	123
藏书票	126
谈封面画	128
画册的装帧	131
附录	134
关于《守常全集》的一点旧闻（难明　晦庵　丁守和）	134
先烈李大钊遗著编录经过（方行）	137

读余书杂

《沉沦》和《茑萝》	147
《落叶》之一	149
《落叶》之二	150
《一只马蜂》及其他独幕剧	151
《原来是梦》	153
《玉君》	154
再记《玉君》	155
《花之寺》	158
舍金上梓	159
《百喻经》	161
图文并茂	163
《月夜》志异	166
《燕知草》	169

俞平伯散文	171
《邻二》佚文	173
《竹林的故事》及其他	175
废名	177
《沉钟》之五	178
影中影	180
《苦雨斋小书》	181
关于陶元庆	182
《山中杂记》	185
叶俞合著	186
女作家黄庐隐	188
文人厄运	189
淹	191
《傀儡美人》	192
《春蚕》改订	193
《上元镫》及其他	194
《路》	196
诗人写剧	198
释《幻灭》	200
《达夫代表作》两种	202
今庞统	204
野草书屋	205
以身殉道	207
丁玲和胡也频	209

自选集的由来　　　　　　　　211
《北平笺谱》　　　　　　　　214
"毛边党"与"社会贤达"　　217
《从空虚到充实》　　　　　　219
文学家中的教育家　　　　　　221
新闻学者　　　　　　　　　　223
《山雨》　　　　　　　　　　225
由沉思而歌唱　　　　　　　　226
龙之变幻　　　　　　　　　　228
《秋》装　　　　　　　　　　229

诗海一勺

《诗经》今译　　　　　　　　233
沈尹默《秋明集》　　　　　　235
《白屋遗诗》　　　　　　　　237
《遥夜闺思引》　　　　　　　239
《冬夜》　　　　　　　　　　242
《西还》　　　　　　　　　　243
湖畔诗人　　　　　　　　　　245
《雉的心》　　　　　　　　　247
袖珍诗册　　　　　　　　　　249
李金发诗　　　　　　　　　　251
《为幸福而歌》　　　　　　　253

《邮吻》	255
《昨日之歌》	257
周作人绍兴话序歌	258
《红纱灯》	260
《新月诗选》	262
自费印书	264
《旅程》	266
曹葆华与朱湘	267
臧克家诗	269
蒋光赤《哀中国》	271
绝命诗	277
苏州山歌	280
《君山》和《冰块》	282
岭东风情	283
四川情歌	286
"班敦马来由"	288

译书过眼录

《德国诗选》	293
《浮斯德》献诗	294
《雪莱诗选》	297
《茵梦湖》	299
周作人最早书	300

《孤儿记》与《侠女奴》	302
"敲门的声音"	303
正名	305
《出了象牙之塔》	306
三迁	307
《新俄诗选》之一	308
《新俄诗选》之二	309
安徒生的传记	311
海涅《还乡》	313
《霜枫之三》	315
莫泊桑短篇	316
偏于知识的童话	318
《肉与死》	320
《美的性生活》	322
《花束》	324
《朝花小集》	325
"赠尔多情书一卷"	326
《爱经》	328
显克微支	330
《给海兰的童话》	333
郑振铎《恋爱的故事》	335
法国弹词	337
从《小约翰》说起	339
琵亚词侣诗画	341

朝花两集	343
《小彼得》	345
战争与文学	347
阿左林	349
伊巴涅思短篇小说	351
《洗澡》	352
左拉两种	353
《文艺理论小丛书》	354
《现代欧洲的艺术》	356
"献给世间有情人"	357
纪伯伦散文诗	359
陀氏三书	361
《穷人》	363
安特列夫	365
都会诗人	367
《勇敢的约翰》	369
易卜生情书	371
《夏娃日记》	373
《雅歌》中译	375
"水仙"	377
"水仙"余闻	380
《毁灭》中译	383
"独向遗编吊拜仑"	386
《草原故事》	387

《过客之花》	389

书城八记

买书	393
八道六难	396
藏书家	401
借书和刻书	405
蠹鱼生涯	410
版本	415
"翰墨缘"	420
书林即事	426

序

1962年北京出版社印行《书话》的时候，我写了一篇序言，即这本书中《书话》部分的序，将我写这方面短文的前因后果，冷暖甘苦，从解放前直到解放后，一一作了说明。这回《晦庵书话》付印，以前的连同旧序在内，一并收入。关于书话本身，本来可以不必再说什么。但因书名和作者署名都已改变，为了感谢几位先辈和朋友的关怀，新的掌故又确有一记的价值，少不得再来饶舌几句，作为这一次改版的序文。

我用"晦庵"——这个曾经宋儒朱熹朱老夫子用过的名字，始于1944年。我还记得，柯灵同志主编《万象》到第四年第六期，也即1944年12月，上海的形势发生变化，刊物预告下一期将要革新的"新年号"，终于没有出版。半年之后，好像蜜蜂飞钻蜘网似的，又出了1945年的6月号——第四年第七期。我在这一期里发表了两篇杂文，十二段书话。杂文是为原来的"新年号"执笔的，写得较早，用的是"韦长"、"怀三"两个笔名；书话则系新作，署上了《帝城十日》用过的

"晦庵"两个字。

这个署名留下一点时代的痕迹。那时柯灵同志虽然尚未被日本宪兵逮捕，我也还没有完全躲避起来，却已化名王晦庵，蛰居在沪西徐家汇一角，连和熟人的来往也减少到最低的限度。"晦庵"的署名是这一环境下的产物。所以，严格地说，它并不是我的笔名，而是王晦庵先生的略称。至于以后凡写书话，便署"晦庵"，只是一直沿用下来，习惯成自然，说不上有什么别的含义了。不过很多人却以为这是阿英同志的化名，特别是当后来《人民日报》刊登《书话》的时候。

我在这里不能不想起王伯祥先生。他是一位对文献掌故极有兴趣的前辈，生平收过许多笔记和史料。每次见面，总要谈到《书话》，还介绍一些刊物向我约稿；不知他从哪里听来晦庵是阿英的传闻，便力为辩说，指出羧同韬，别号晦庵，意义正可相通，不应另攀他人。我还必须提及侯金镜同志。1962年夏天的一个晚上，我同侯金镜同志和几个人在北京饭店门前树荫下散步，当着我的面，金镜同志向李希凡同志打听晦庵是谁，说自己原以为是阿英的文章，直到《"怎样研究"丛书》谈到阿英，才觉得作者另有其人。希凡同志哈哈大笑着答："你猜吧，近在眼前哩。"他睁大极度近视的眼睛，恍然大悟地望定我说："是你呵！我每次都将《书话》剪贴在本子上，赶快写下去吧。"我也还得谈到赵家璧同志。据《阿英文集》编者吴泰昌同志告诉我，家璧看到目录后提了个意见，说是别的都很齐全，可惜把《书话》给漏掉了。以上是我此刻能够列举的例子。站在《书话》作者的立场，我对这三位表示深切的感谢，并且想补说一句：有人以为《书话》是阿英同志的作品，不仅由于阿英写过同类性质的文章，还因为他用过笔名魏如晦，抗战初期在上海办过风雨书屋，取"风雨如晦"的意思，看来人们又把"如晦"和"晦庵"联想在一起，认作一个人、一回事了。

至于这次改书名为《晦庵书话》，作者也直署本名，并非王麻子、张小泉似的，要挂出招牌，表示只此一家，别无分出；倒是根据几位朋友的意见，将全书内容变动一下，稍加扩大，收入其他几个部分，因而有必要另取书名，以便和已经出版的《书话》区别开来。

变动的内容大致是这样：

《书话》初版40篇，其中第二篇为《科学小说》，谈鲁迅翻译的儒勒·凡尔纳两部作品。到再版的时候，国内的舆论，对凡尔纳突然提出责难，曾经出版的《格兰特船长的儿女》和《神秘岛》都无法重印，《书话》也遭池鱼之殃，我应出版社之请，另用《闲话〈呐喊〉》替下《科学小说》，仍凑足40篇之数。现在气氛早已改变，决定两篇同时收入。在《书话》部分的最后，又附录了难明（周遐寿）、丁守和、方行（鹤亭）和我关于编印李大钊遗著的通信和文章，全部书影也重新调整、补充和铸版，使这一部分比原来的《书话》丰富一些。

除原来的《书话》外，本书又收录了《读余书杂》《诗海一勺》《译书过眼录》和《书城八记》四个部分。前三个部分是全国解放前为书报杂志包括《万象》在内而写的书话。那时的情形是：随手买到一本，随笔写上几句，兴之所至，根本谈不到什么预计和规划。因此有的作家一谈再谈，有的作家没有提及——这一点并不代表我的主观好恶，正如将诗集和译本另立专栏——《诗海一勺》和《译书过眼录》，而把其余的称之为《读余书杂》，这三个部分并不代表我所涉猎的全部的书籍一样。这些只是我看过和谈及的极小的部分。值得庆幸的是，现在大都也加上了书影。《书城八记》写于1965年，那时我第一次心肌梗塞稍稍恢复，第二次心肌梗塞尚未发生，带病执笔，聊以自遣，曾在香港《大公报》副刊《艺林》上陆续刊载，谈的是买书、藏书、借书、校书、刻书的掌故。此后两三年中，我的线装书籍遭受损失，荡焉无存，转借又极不易，虽然八篇短文留了下来，应当插入的书影，却只好付诸阙如了。

现在，书话和书话一类的文字多了起来，这是好现象。至于写法，乐水乐山，见仁见智，本可以百家争鸣、百花齐放。但我又觉得，争鸣和齐放既是目的，又是手段。在整个过程中，关键在于使某一形式的特点更鲜明，更突出，更成熟，使特点本身从枯燥、单调逐渐地走向新鲜、活泼和多样，而不是要冲淡它，调和它，使它淹没于混沌汗漫之中，落得一个模模糊糊的状态。从这个意义上说，书话又自有其自身的特点，应当根据这个特点去进行不断的探索与追求。

我想从写作《书话》的经历中谈一谈个人的感想。记得

《书话》在《文汇报》副刊《文化街》发表的时候，有一次在开明书店遇见叶圣陶先生，他说："古书讲究版本，你现在谈新书的版本，开拓了版本学的天地，很有意思。"从现在收录的《〈子夜〉翻印版》《饶了她》《玉君》《再记〈玉君〉》《〈月夜〉志异》等篇看来，我的确谈了不少版本的异同和优劣。但是，这并非出于我个人对版本的兴趣，而是透露了一个事实：我写《书话》，继承了中国传统藏书家题跋一类的文体，我是从这个基础上开始动笔的。我的书话比较接近于加在古书后边的题跋。后来，当我谈到朱自清、刘半农、梁遇春的散文的时候，赵景深先生竭力支持我，曾经为我找寻材料，提供书籍，他说："其实《书话》本身，每一篇都是十分漂亮的散文。"他指的是我较早写的片段，三言两语，一百几十个字。有的人认为写得太短，而他，还有周遐寿先生，都曾写信给我，对那些短文表示好感。中国古书加写的题跋本来不长，大都是含有专业知识的随笔或杂记。我个人认为：文章长短，不拘一格，应视内容而定；但题跋式的散文的特点，却大可提倡，因此，正如我在《书话》旧序里说的，我也曾努力尝试，希望将每一段书话写成一篇独立的散文。

书话的散文因素需要包括一点事实，一点掌故，一点观点，一点抒情的气息；它给人以知识，也给人以艺术的享受。这样，我以为书话虽然含有资料的作用，光有资料却不等于书话。我对那种将所有材料不加选择地塞满一篇的所谓"书话"，以及将书话写成纯粹是资料的倾向，曾经表示过我的保留和怀疑；而当一位我所尊重的老朋友，对我说我在《科学小说》里谈到儒勒·凡尔纳的故事漏掉了许多材料的时候，我的吃惊，我的发呆，我的失声而叫，也就可想而知了。

唐 弢
1979 年 10 月 5 日于北京

书 话

序

我写《书话》，开始于1945年的春天，当时抗日战争尚未结束，蛰居上海，有时披览书籍，随手作些札记。最初给我以发表的光荣的是柯灵同志主编的《万象》。不久，柯灵同志被敌宪逮捕，感谢友情的支持，我从别人口里得到他间接带出来的消息，仓皇离家。一面以"王晦庵"名义，从龙华弄到一张"居住证"，一面又在寓所附近另外找个安身的地方，独自住了下来。刚刚开始的《书话》，就这样宣告中断了。

那一阵风声很紧张。留居上海的熟人，一个个决定分头出走。我的离寓暂避，目的也是为了等关系。长夏缓缓地消逝了。到8月，日本投降，大家离沪的计划又纷纷打消。有一个时期，我因忙于别的工作，形成了与"书"无缘的局面，当然也无从"话"起。至于再次为《书话》执笔，则是出于《文汇报》编辑的敦促，他们指《万象》上的文章为例，约定每天一段，长短不拘。我于是又动起手来。其实发表的地方也不限于《文汇报》一家，先后登过《书话》的还有《联合晚报》以及杂志如《文艺复兴》《文讯》《时与文》等。不过登载数量最多、时间最长的,还是《文汇报》。计算起来,大约写了一百篇光景。后来又突然中断了。这次中断也有一个为局外人所不知道的内幕。1956年,当《读书月报》约我写《书话》的时候,我曾在《开场白》里交代过。现在就把它摘录在下面:

……有一次,我的《书话》终于碰痛了一个大特务。他在汪伪时期担任过伪中央大学的教授,在上海开过旧书铺。利用书店做他鬼鬼祟祟的工作。"八一五"以后,国民党官员"从天上飞过来,从地下钻出来",到处"劫收"。这位"教授"兼书店老板摇身一变,居然成为红极一时的"要人"。我在《书话》里揭破了他过去的历史。他请《中央日报》总主笔来找我,要我在《书话》原地更正。否则的话,他手下有三百名全副武装的"豪客",随时随地可以枪毙我。人要活命,这是不错的,可是人也要有能够支持自己活下去的力量。我写的既然都是事实,事实又怎么能够更正呢?主笔劝我和他当面谈谈。我想,我诚然闲得发慌,却还没有"吃讲茶"的工夫,便决定由他去。乱世人命,这一点我很懂得,只有坐以待"毙"而已。

不知道为什么他终于没有执行这个枪毙的判决。倒是《文汇报》编辑爱惜我,从此就不再来逼我写《书话》了。天下可做的事正多,我也乐得趁此放下这副担子……

《书话》在解放前就是这样结束的。解放后为《读书月报》写的也不多，大约连载了三四期，我又忙着去干别的什么了，刚开头就煞了尾。去年起重新执笔，则是登在《人民日报》的副刊版上。当时曾经公开声明，没有时间不写，有时间写一批，陆续刊出。几个月来，或断或续，一共写了二十几篇。北京出版社要我编个集子，我觉得数量太少，旧稿又大都散佚，只能就手头剪存的部分选改十几段，合成四十一篇。即使如此，它还是一个名副其实的小册子。

中国古代有以评论为主的诗话、词话、曲话，也有以文献为主，专谈藏家与版本的如《书林清话》。《书话》综合了上面这些特点，本来可以海阔天空，无所不谈。不过我目前还是着眼在"书"的本身上，偏重知识，因此材料的记录多于内容的评论，掌故的追忆多于作品的介绍。至于以后会写成什么样子，那是将来的事，不必在这里预告。说句老实话，我并没有把《书话》当作"大事业"，只是在工作余暇，抽一支烟，喝一盅茶，随手写点什么，作为调剂精神、消除疲劳的一种方式。因此我也希望读者只把它看作是一本"闲书"。当你们工作后需要休息的时候，拿来随便翻翻，如果居然能够从中看到一星有用的东西，那么，你们的任何一点收获同时也将是作者的收获。

至于文章的写法，我倒有过一些考虑。我曾竭力想把每段《书话》写成一篇独立的散文：有时是随笔，有时是札记，有时又带着一点絮语式的抒情。通过《书话》，我曾尝试过怎样从浩如烟海的材料里捕捉使人感到兴趣的东西，也曾尝试过怎样将头绪纷繁的事实用简练的几笔表达出来。我现在可以向读者坦白：我是一个和文字结了缘的人，不得不时时探索这些问题，《书话》是我的描红本，它给我以锻炼笔头的机会。十几年来，所以一直没有放下《书话》的写作，这就是唯一的秘密。艺术无止境。自然，我的尝试是失败的，这个小册子就是一个失败的标本。有什么办法呢？虽然白发偷偷地爬上两鬓，而我还在为自己的描红本感到害臊。

晦　庵
1962 年 4 月于北京

《守常全集》

《李大钊选集》已经由人民出版社编辑出版了。全书收作者自1913年至1926年的论文、演说、杂文、讲义等凡一百三十三篇，这是研究中国现代文化与马克思主义思想运动的人必须参阅的著作。从这里，我们既可以看到作为初期共产主义者李大钊同志的主导思想，他的较早的马克思主义的见解，也可以看到马克思主义以外的各种思潮对他的影响。随着岁月的推移，这种影响在后来的文章里就逐渐缩小，逐渐趋向消灭。《选集》所提供的这条思想发展的线索，和1949年7月北新书局印行的《守常文集》相比，看来要鲜明得多，丰富得多。我们的确可以从中得到很大的启发。

大钊同志的文章散见于报章杂志，生前没有出过专集。1927年4月28日在北京英勇就义，当时就曾计划为他编印选集，可是在那个社会里，荆榛遍野，豺狼当道，又哪里容得了欢呼"新世纪"的声音呢？1933年，他遇难六周年的时候，北京人民在地下党的支持和领导下，发起为大钊同志募捐，并举行公葬。《守常文集》的稿子也在这个时候编定。原稿分上下两卷，收论文三十篇。鲁迅先生写过一篇《题记》，后来编入《南腔北调集》，文后加上一段短短的附识：

  这一篇，是 T 先生要我做的，因为那集子要在和他有关系的 G 书局出版。我义不容辞，只得写了这一点，不久，便在《涛声》上登出来。但后来，听说那遗集稿子的有权者另托 C 书局去印了，至今没有出版，也许是暂时不会出版的罢，我虽然很后悔乱作题记的孟浪，但我仍然要在自己的集子里存留，记此一件公案。12 月 31 日夜，附识。

所谓 G 书局，就是为鲁迅先生出版《集外集》的群众图书公司。当时国民党的图书杂志审查委员会成立不久，规定要审查原稿。鲁迅一开始就主张不将《守常文集》送审，不用书店的正式名义出版，印成后自由发卖，免得大钊同志的文章在"检查官"的笔下受刑。磋商未已，北京却有人放出空气，说是群众图书公司规模小，靠不住，这样的书应该委托大书店。一时颇有人随声附和。于是稿子便被转到了 C 书局——商务印书馆。当时商务的当权者是王云五，书稿送审，奉"命"惟谨。一切都不出鲁迅之所料：出版的希望被扼杀了。索回的稿子留在北新书局编辑部。直到抗日战争爆发，大家又想起这个集子，为了避免牵涉旧案，乃改名《守常全集》，于 1939 年 4

月托名社会科学研究社出版,由北新负责发行。可是书一露面,立刻又遭"租界"当局的禁止,已经印成的都被没收。十年以后,上海解放,所幸纸版无恙,才又恢复《守常文集》的名称,于1949年7月印出一部分。重编《李大钊选集》的时候,旧刊散佚,搜集为难,有几篇就直接采自这一版的《文集》。至于《守常全集》,据我所知,外间十分少见。我曾保存一册,1959年秋北来,临行将原书连同别的一些文献,送给了正在筹备的上海革命博物馆,算是让它有一个妥善的下落。严寒逝矣,春华蓬发,国民党反动派的政治压迫已成为历史的陈迹,现在是连曾经有过《守常全集》的这件公案,似乎也不大有人知道了。

《或外小说人》

1956年10月19日是鲁迅先生逝世二十周年纪念。回想1906年他从仙台回到东京，决计放弃医学，从事善于改变人们精神的文艺活动，到此恰好也是整整五十个年头。那是他一生文学事业的起点。当时计划的文学杂志《新生》虽然没有出版，但封面、插画已经选定，原稿纸也已印好，连准备刊登的文章都动手翻译了，真是万事齐备，只欠东风——一点支持的力量。但是这点力量终于没有找到，《新生》只好告吹。直到1909年，得到蒋抑卮的帮助，在东京出版了两册《域外小说集》，总算实现了《新生》的一部分计划。这两册《域外小说集》，无论从鲁迅的文学事业来说，或者从中国新文学运动来说，都是早期特别值得珍贵的文献。又因原书流行不多，几乎成了新文学中的"罕见书"有资格放入新式黄荛圃的"百宋一廛"里去了。

东京版《域外小说集》封面青灰色，上首印长方形希腊图案，书名右起横排，作篆文"或外小说人"五字；下端标第几册。极优美。扉页右上角印有两行文字:《域外小说集》第一、二册,会稽周氏兄弟纂译。也很别致。第一册出版于己酉2月11日,第二册后4个月,于6月11日印成。版权页上不记公历,当时公历还不很通行;也没有用宣统年号,则因留日学生正在轰轰烈烈地进行推翻帝制的运动,鲁迅是爱国活动的积极参加者。后来他在旧诗里说,"岂有豪情似旧时",指的就是这时候的少年豪情,印起书来,当然不会用他所反对的"皇历"。书的发行人署本名:周树人;印刷者:长谷川辰二郎;印刷所:神田印刷所;总寄售处:上海英租界后马路乾记衖广昌隆绸庄。后马路就是后来的宁波路,广昌隆正是蒋抑卮开的铺子。

鲁迅收在《域外小说集》里的译文虽然只有三篇:安特来夫(通译安德列夫)的《谩》《默》,迦尔洵的《四日》。但《序言》《略例》均出其手笔,版式书样,也都亲自厘订。《序言》云:

《域外小说集》为书,词致朴讷,不足方近世名人译本。特收录至审慎,迻译亦期弗失文情。异域文术新宗,自此始入华土。使有士卓特,不为常俗所囿,必将犁然有当于心,按邦国时期,籀读其心声,以相度神思之所在,则此虽大涛之微沤与。而性解思惟,实寓于此。中国译界,亦由是无迟莫之感矣。己酉正月十五日。

在这短短的几句话里,很可以看出他当时的抱负。那种切切实实，不自矜、不自馁的精神，正是鲁迅一生所坚决奉行的。《略例》所谈各点，亦肇后此主张之端，事虽小而信守勿渝。譬如他喜欢毛边书，自称"毛边党"，这在《域外小说集》就已经开始了："三面任其本然，不施切削。"他喜欢每页天地宽广，多留空白，《域外小说集》也正是这样实行的："纸之四周，皆极广博，故订定时亦不病隘陋。"卷末附录作者小传及注释，供阅读时参考，后来编辑《译文》杂志，仍然按此办法进行。凡有从实践中得来的好的主张，一定坚持到底，真所谓数十年如一日。至于对各国人名通例，详加解释，连标点符号的用法，亦一一介绍，更可见开垦者筚路蓝缕的苦心。

根据鲁迅后来的回忆，《域外小说集》第一、二册在东京只卖去二十册，在上海也不过二十册左右。"于是第三册只好停版，已成的书，便都堆在上海寄售处堆货的屋子里。过了四五年，这寄售处不幸被了火，我们的书和纸版，都连同化为灰烬；我们这过去的梦幻似的无用的劳力，在中国也就完全消灭了。"从这个统计看来，东京版《域外小说集》流行于人间的，似乎只有四十部左右。但其实不止此数。鲁迅每印一书，常好持赠知音，而蒋抑卮回国后，也曾托浙江省立图书馆大批捐赠，在卷首空页上盖一印云："浙江省立图书馆辅导组代绍兴蒋抑卮先生捐赠"。我曾从别的图书馆里看到。世有识者，当能珍重地保留着这部佳籍的吧。

1920年，上海群益书社曾将一二册《域外小说集》合排，重印出版，虽篇什增加，而书品则远不如前矣。

科学小说

中国青年出版社于1956年及1958年先后出版了《格兰特船长的儿女》和《神秘岛》，作者是法国的儒勒·凡尔纳，他是著名的科学幻想小说家，所有作品，极受青年欢迎。《格兰特船长的儿女》《海底两万里》和《神秘岛》统称为凡尔纳的三部曲。他在作品里不但培育年轻人勇敢冒险的精神，而且灌输了许多科学知识。凡尔纳的著作和《江湖奇侠传》《五十年后之新世界》等不同，由于作者知识非常丰富，一切叙述多有科学根据，因此他的幻想往往成为极有趣的预言——科学世界的预言。

儒勒·凡尔纳（Jules Verne）这个译名根据的是法语发音，看起来有点陌生，其实，他倒是最早被介绍到中国来的作家之一。1902年，梁启超创办《新小说》，从创刊号起，就登载了他的《海底旅行》，译者为南海卢藉东，由东越红溪生润文。这也是当时的一种风气，一个人照译原文，由另一个长于词藻的人替他修改润饰，发表时一同署名。儒勒·凡尔纳的姓名当时被译为"萧鲁士",大概是根据英语发音译了Jules一字,汉化了他的姓名。后来商务印书馆的《说部丛书》也介绍过他,作者的姓名被译成为"焦士威奴",那却是两个字连译,但根据的仍然是英语发音。至于他的作品之所以为中国读者熟悉,主要还是因为鲁迅先生译过他的两部作品,那就是:《月界旅行》和《地底旅行》。

《月界旅行》出版于1903年10月,进化社版,当时采取卖稿的方式,所以只混称"中国教育普及社译印",没有具上译者的姓名。但原作者却被误作美国培伦,序文里说:"培伦者,名查理士,美国硕儒也。"鲁迅先生是从井上勤的日译本重译的,看来日译本也是根据美国出版的英译本重译,所以把作者当作美国人;又因日本人念齿唇音的"V"为唇音的"B",把Jules Verne译成为查理士·培伦,越来越像一个美国人的姓名了。《月界旅行》日译本分二十八章,鲁迅缩成十四回。《地底旅行》出版于1906年3月,凡十二回。第一回及第二回曾在《浙江潮》杂志上发表,译者署名之江索士,这是鲁迅先生早年用过的笔名。后来由启新书局出版,三十二开本,较《月界旅行》略小,彩色封面,形式和当时小说林社出版的书籍很相像。作者的译名是"威男",这是Verne的音译,但籍贯又被误成为英国,大概还是因为日译根据的是英译本的缘故吧。这样,儒勒·凡尔纳在中国读者的记忆里,就有了三个国籍,这是亟需为之订正的。

凡尔纳生于1828年,殁于1905年。如果根据我们今天的科学发明回过头去看一看他的著作，有许多地方的确值得我们惊讶。同时，他的某些作品里反对人压迫人，提倡社会公道和人类正义的精神，也是使我们深深地为之感动的。清朝末年，许多人倡导西洋文明，但往往着重于猎奇和空想，所谓神秘小说、幻想小说、电术小说等等怪名称，充斥于出版界。一般人都把西洋末流作品，奉为珍宝。在这种蔚然成风的环境里，鲁迅独能力排众议，披荆斩棘地选出凡尔纳的两部作品，介绍给迫切地需要科学知识的中国青年，这种眼力，也同样是值得我们倾倒，值得我们佩服的。

《月界旅行》和《地底旅行》因为出版较早，在鲁迅译著单行本中，很不易得到。我寻找多年，一直没有获睹庐山真面目。1954年冬，上海书商从浙江镇海乡下觅得《月界旅行》一册，携来求售，索价奇昂，踌躇再四，终于还是把它买了下来。不久，上海鲁迅纪念馆也购得了《地底旅行》一册，为了使两书能够相映成辉，1956年鲁迅逝世二十周年纪念时，我就把这册《月界旅行》送给了新建的鲁迅纪念馆，使鲁迅先生所译的儒勒·凡尔纳的作品，能够同时展出，合成全璧，也算是一个小小的心愿。

闲话《呐喊》

《呐喊》原为新潮社"文艺丛书"的一种，共印两版。第三版起，改由北新书局发行，列为《乌合丛书》之一。新潮社初版本《呐喊》于1923年8月出版，当时《文艺丛书》已经出了两种，一是冰心的《春水》，二是鲁迅翻译的《桃色的云》，《呐喊》按次序该是第三种。新潮社各书纸质精良，装帧讲究，《呐喊》用大红封面，在当时可说十分别致。初版收小说十五篇。这些小说在结集之前已经享有盛誉，因此书一问世，立刻销售一空。同年12月再版，内容仍旧，只是印刷者京华印书局却改为京师第一监狱。以监狱而承办印务，看来有点古怪，可是说句笑话，鲁迅先生和那时的"囚犯"偏偏特别有缘，现在阜成门内西三条故居里，还保存着一些桌椅，也是监狱的产品。书籍的影响自然不同于家具。后来北洋军阀逮捕持有《呐喊》的青年，问罪的证据有两点：一，封面"赤化"，二，承印的人是"囚犯"。在"官"们的眼里，很显然，这两者已经被莫名其妙地联系起来了。

北新版的《呐喊》用的是原纸型，唯一的区别在封面。中间黑方块里用铅字排印的书名和作者署名，这回都由鲁迅先生亲自写成图案字，比原来的为大，不过因为总的布局没有更动，如果不把两种版本放在一起，粗心的读者一时是看不出来的。至于内容的改变，则是在《创造季刊》第二卷第二期（1924年1月）发表了成仿吾《〈呐喊〉的评论》以后，前后经过，鲁迅在《故事新编》的序文里已经谈得很清楚。他抽去了最后一篇《不周山》，根据自述，直接的原因是这样：

> 《不周山》的后半是很草率的，决不能称为佳作。倘使读者相信了这冒险家的话，一定自误，而我也成了误人，于是当《呐喊》印行第二版时，即将这一篇删除；向这位"魂灵"回敬了当头一棒——我的集子里，只剩着"庸俗"在跋扈了。

仿吾在文章里曾借用法国作家法朗士的话，说批评是"灵魂的冒险"，鲁迅的答复针对了对方的意见。至于说当《呐喊》"印行第二版时"，抽去了《不周山》，这"第二版"指的是重排的时间，即1930年1月北新版第十三次印刷的时候，离仿吾的发表批评已经整整六年。《呐喊》作为《乌合丛书》之一，自1926年10月开始到1936年10月鲁迅逝世为止，先后印行了二十余次，可以看出这部书受欢迎的程度。

鲁迅自己对创作的要求是严格的，例如关于《不周山》的评价就十分认真。不过《不周山》也自有其本身的特点，不能说成仿吾的评论没有一点道理。我觉得这篇小说放在《呐喊》里的确不很调和，后来改名《补天》，作为《故事新编》里第一篇，却是一个很好的开端，一种很重要的尝试。《呐喊》出版后，评论、读后感之类出现了不少，有一部分收在未名版《关于鲁迅及其著作》（后归开明）和北新版《鲁迅论》里。现在看来，这些评论有许多不仅未必精当，而且往往含有偏见。也有一二篇值得参考的，例如雁冰（茅盾）的《读〈呐喊〉》，对《狂人日记》分析得较为深刻，他还指出："《呐喊》里的十多篇小说，几乎一篇有一篇新形式，而这些新形式又莫不给青年作者以极大的影响，必然有多数人跟上去试验。"不但道出了鲁迅在艺术上的刻苦探求，同时也说明他作为现代文学奠基人的深远而广泛的影响。我以为这个提示十分重要。我们需要系统地分析《呐喊》的创造，研究一个先驱者拓荒开来的功劳。对于文学史研究工作者来说，这一步是不能不做的。几时才能让我们读到一部这样的著作呢？

半农杂文

1934 年 7 月 14 日刘半农先生逝世后,杂志如《人间世》《青年界》曾替他出过纪念特辑,蔡元培、鲁迅都写了文章。鲁迅先生写的是《忆刘半农君》,称道他《新青年》当时的功绩,譬如答王敬轩的双簧信,"她"字和"牠"字的创造等等。我觉得这是所有纪念半农文章里最好的一篇,不掩瑜,不溢美,句句道出了半农的为人。最后几段说:

近几年,半农渐渐的据了要津,我也渐渐的更将他忘却;但从报章上看见他禁称"密斯"之类,却很起了反感:我以为这些事情是不必半农来做的。从去年来,又看见他不断的做打油诗,弄烂古文,回想先前的交情,也往往不免长叹。我想,假如见面,而我还以老朋友自居,不给一个"今天天气……哈哈哈"完事,那就也许会弄到冲突的罢。

不过,半农的忠厚,是还使我感动的。我前年曾到北平,后来有人通知我,半农是要来看我的,有谁恐吓了他一下,不敢来了。这使我很惭愧,因为我到北平后,实在未曾有过访问半农的心思。

现在他死去了,我对于他的感情,和他生时也并无变化。我爱十年前的半农,而憎恶他的近几年。这憎恶是朋友的憎恶,因为我希望他常是十年前的半农,他的为战士,即使"浅"罢,却于中国更为有益。我愿以愤火照出他的战绩,免使一群陷沙鬼将他先前的光荣和死尸一同拖入烂泥的深渊。

这篇文章作于1934年8月6日,距半农之死约半月余。感怅无地,读来十分沉痛。到11月30日,周作人写了一篇《半农纪念》,发表在同年12月20日出版的《人间世》第十八期上。其中有一段说:

> 还有一首打油诗,是拟近来很时髦的浏阳体的,结果自然是仍旧拟不像,其辞曰:
>
> 漫云一死恩仇泯,海上微闻有笑声。
> 空向刀山长作揖,阿旁牛首太狰狞。

半农从前写过一篇《作揖主义》,反招了许多人的咒骂。我看他实在并不想侵犯别人,但是人家总喜欢骂他,仿佛在他死后还有人骂。本来骂人没有什么要紧，何况又是死人。无论骂人或颂扬人，里边所表示出来的反正都是自己。

此诗此文，据说都是为鲁迅而发的。抹煞事理，如此其极，想起来真不免令人毛发悚然。鲁迅所说的双簧信和"她"与"牠"的创造，周作人所说的《作揖主义》，以及半农后来禁呼"密斯"的文章，都见于《半农杂文》。《半农杂文》分第一册与二集两本。第一册由北平星云堂书店出版，1924 年 6 月发行，道林纸印，十八开大本，卷首附作者小影两帧，第二帧且为彩色。自序一篇，三号仿宋字排。正文四十五篇。从这些文章看来，半农确是战斗过来的。《奉答王敬轩先生》和《作揖主义》，都是对旧礼教旧道德极猛烈的攻击，想不到一经举引，竟成了两个极端。这本书在上海方面，曾由开明书店代售。太平洋战争爆发后，日本侵略军进占整个上海，当时书店尚有存书，但其中《悼"快绝一世の徐树铮将军"》一文，代售者害怕文字狱，应市时已经撕去。我生平最讨厌这种残本，并且也想知道这位曾经为林琴南所期望的"荆生将军"小徐被暗杀后，半农为什么哀悼他？哀悼为什么又竟犯忌？于是辗转托人，才从书栈里找出一册完整本。原来半农在那篇文章里，说明死的悲哀，不在于本人，而在于关系人。徐树铮一死，应该致唁的倒不是他本人，而是另外四种人。第一种是白宫里的那位"内外感"圣人；第二种是国外国内的一班欢迎欢送，忙得屁滚屎流的阔佬；第三种是他的一百多个随员、顾问、翻译、参议，下至无量数的二爷三小子之类；第四种呢？他说：

> 最后，便是东方的那一个贵国了！本年12月25日，居留天津的该贵国人所办的《天津日报》，登了两段新闻，一段的题目是《叛将郭松龄の最后》，又一段的题目是《快绝一世の徐树铮将军》。哈哈，其喜可知，其喜可知！乃曾几何时而"快绝一世"四字竟成谶语！而可怜敝国的天，又不能赶快加工，替贵国在五分钟之内造出同样的一个鞠躬尽瘁的忠臣来，这不是糟尽天下之大糕么！我们对于该贵国，也该重重重重重重重……的致唁！

自然，这对于当年的"友邦"和彼时的敌人是很不敬的，这本书便不得不遭到剜心的惨刑。至于《半农杂文二集》，则于1935年7月半农逝世周年忌的时候，作为遗著，由良友图书公司出版。文前也插照片两页。全书收正文四十九篇，门人商鸿逵序一篇。此书为《良友文库》之八，四十八开小本，和星云堂的一比，大小悬殊，插在书架上，一高一低，一厚一薄，看上去实在很不舒服。不过半农的文章，读起来却是使人十分畅快的，既流利，又幽默。有人说他有举重若轻的本领，"清淡时有如微云淡月，浓重时有如狂风急雨。"这句话说得很中肯。不过幽默易流于浮,流利易流于滑,有时不免有这种毛病。但就大体而论,半农的杂文很是泼辣,证明他应该是一个战士而不应该是一个打油诗人。他的文体,正如他的诗歌一样,值得特别提出来研究研究。

撕碎了的《旧梦》

1944年8至9月间，徐调孚同志曾以陈时和笔名，在柯灵主编的《万象》上，写过一篇《新录鬼簿》，专谈已经逝世的几位作家的逸事，其中被提及的，第一个是鲁迅，第二个是刘大白。调孚还替大白开列了一个著述书目，共计十八种。已刊的十六种，未刊的二种，说明大白先生的确是一个"多方面的人"。但在这十八本书里，诗和有关于诗的计十种，占全部著作半数以上。这样看来，说大白是一个"多方面的人"固然可以，说大白是一个诗人，或者也不算为过吧。

大白著作中，最早印行的是诗集《旧梦》，《旧梦》出版于1924年（扉页作1923年11月，误），列为《文学研究会丛书》之一。商务替文学研究会出过不少书，多为三十二开本，有几本诗集却为四十开狭长本，这个集子便是其中之一。全书左起横排，计五百页。骤眼望去，厚厚一册，简直和学生小字典一样。作者在《付印自记》里提到自己诗作的缺点，第一是"用笔太重，爱说尽，少含蓄"。第二是"传统气味太重"。细读《旧梦》，的确使人有这样的感觉。

原来，大白本名金庆栐，字伯贞，清朝举人。辛亥革命以后，更姓名为刘靖裔，字大白。他在上海《民国日报》副刊《觉悟》上发表文章，有时也署名"汉胄"。大白先生旧学根底极好，而反对传统影响亦最烈。他称文言为"鬼话文"，白话为"人话文"。可是自己的诗文又往往摆脱不了这种过去的羁绊，"你要向前，因袭却要你朝后"正是他自我剖白的痛苦经验。商务版《旧梦》印刷粗糙，错误百出。例如有一首《梦之怀疑》，诗题竟倒印为《疑怀之梦》。对于当时迷信大书店的人，实在是当头一棒。后来，这本书由开明书店改版重印，分作四册，书名分别为《丁宁》《再造》《秋之泪》《卖布谣》。重印本初版每本书后各附跋文《撕碎了的旧梦》一篇。这个题目具有双关意义，一方面说明往事不再，一方面也指出收在这四个集子里的诗篇的由来。改版本于1930年1月起陆续印出，删去原书序文序诗。书内剔除、添补、移动、订正的地方不少。作者自述重印的动机是：

> 并且，印成的《旧梦》，有些是模糊的，有些是零乱的，有些是颠倒的，有些是舛错的，有些是骈衍的，有些是漏略的；它底排列，它底剪裁，它底妆束，没有一点不给人们以不愉快的印象。印成的《旧梦》，这样地使人不愉快；《旧梦》中所写出的旧梦之影，也未必能给人以愉快的印象了。

"五四"运动时候，大白先生在浙江省立第一师范当教员，他虽然是前清科第中人，而鼓吹新文化不遗余力，一时称为骁将，且不免有过火的地方。例如刘半农创造"她"字，他也接着创造了一个男性第三人称的"彵"字，而把"他"作为两性通称。这个建议后来为实践所否定，并未通行。他还镌有一个图章，叫做"寻常百姓"，用来钤在书上。1927年以后，刘大白弃教从政，由教育部次长而至代理部务，既据要津，渐忘来路，他不但自藏锋芒，而且一切作为，也已非"寻常百姓"。"撕碎了的旧梦"，看起来，到此又要重"撕"一番了。

《童心》

作为《文学研究会丛书》里的诗集，开本和《旧梦》一样，尚有王统照的《童心》、朱湘的《夏天》和梁宗岱的《晚祷》。商务书版，大都毁于"一·二八"炮火，以后重印，版权页上一律注明"国难后"第几版，留此数字，以志不忘，倒也颇有意思。上面说的诗集四种，后两种都曾重印，唯《旧梦》和《童心》久已毁版，极为难得。抗日战争胜利后，我在上海一家旧书店里购得《旧梦》，几天后又在同一个地方买到《童心》。一时高兴，在空页上加了几句题记，并曾作为《书话》之一在《文汇报》上发表，其中有这样的话：

《童心》为剑三最早诗集，收1919年至1924年诗154首，前附《弁言》小诗一首。此书出版于1925年2月，去今已20余年，剑三亦垂垂老矣。龚定庵诗云："瓶花帖妥炉香定，觅我童心廿六年。"北望齐鲁，战火未已。念此白头诗人，真令人有无穷的感慨，无穷的感慨呵！

剑三是王统照先生的字。当时和谈破裂，蒋介石积极发动内战，后面几句，指的正是这个。《书话》发表后，剑三自青岛寄来一律，题曰：《谢晦庵君》，附注："1948年10月作于海滨"。全诗如下：

旧稿飘零刊本残，谢君拾掇自荒摊。
童心愿化春泥种，往事难如蜡泪干。
北国鼓鼙萦梦寐，平生意想剩华颠。
西窗何日同听雨？樽酒论文忘夜阑。

提起"樽酒论文"，里面有一段故实。原来抗日战争初期，我们都留居上海。蛰处一隅，时相过从。当时常在一起的还有西谛、柯灵、长简、健吾、西禾诸人。剑三和西谛都喜欢喝酒。有时相聚小酌，快谈古今，一直到夜阑才踏月归去。后来剑三北归，我们几个人为他饯行，他在席上也做过一首诗，加题曰《将北归赋此以示诸友》：

蹉跎十载负江南，双鬓徒赢雪色添！
梦寐海隅思钓咏，园林故里竞戈铤。
飘凌空有逍遥羡，艰悴深知来复缘。
敢向人天存怨想，尚拟努力补华年。

末署恂如。剑三对于新旧诗都有造诣。《童心》以后，又出过《这时代》(1933年3月)、《她的生命》(1934年12月)、《夜行集》(1935年11月)等诗集。其中以《这时代》最受读者欢迎。他还自费印过一册译诗,这就是线装的《题石集》,于1941年出版。除此以外,我觉得尚需提及的是:当他在上海为一家晚报编副刊时,曾写过许多散文诗,总题《炼狱中的火花》,于1939年7月由世界书局出单行本,列为《大时代文艺丛书》之一,书名改为《繁辞集》,作者署名容庐。因此很少有人知道这本书是王统照的著作。全国解放后,他兴致勃勃,曾函邀我往山东大学教课,我因事未能成行。这一时期,他又写了许多诗,出了好几本诗集。"力补华年",正是恢复"童心"之期。可惜如今故人谢世,墓木且拱;往事如昨,而我已无法再践"樽酒论文"之约了!

朱自清

朱自清先生逝世后,叶圣陶先生在《中学生》第二〇三号上,写了一篇哀悼文章,题曰《朱佩弦先生》,中间有一段说:

他早期的散文如《匆匆》《荷塘月色》《桨声灯影里的秦淮河》,都有点儿做作,太过于注重修辞,见得不怎么自然。到了写《欧游杂记》《伦敦杂记》的时候就不然了,全写口语,从口语中提取有效的表现方式,虽然有时候还带有一点文言成分,但是念起来上口,有现代口语的韵味,叫人觉得那是现代人口里的话,不是不尴不尬的"白话文"。当世作者的白话文字,多数是不尴不尬的"白话文",面貌像个说话,可是决没有一个人的口里真会说那样的话。又有些全从文言而来,把"之乎者也"换成"的了吗呢",那格调跟腔拍却是文言。照我们想来,现代语跟文言是两回事儿,不写口语便罢,要写口语便得写真的口语。自然,口语还得问什么人的口语,各种人的生活经验不同，口语也就两样。朱先生写的只是知识分子的口语，念给劳苦大众听未必了然。但是，像朱先生那样切于求知、乐意亲近他人，对于语言又有敏锐的感觉，他如果生活在劳苦大众中间，我们料想他必然也能写劳苦大众的口语。话可要说远了，近年来，他的文字越见得周密妥帖，可是平淡质朴，读下去真个像跟他面对面坐着，听他亲亲切切的谈话。现在大学里如果开现代本国文学的课程，或者有人编现代本国文学史，谈到文体的完美，文字的全写口语，朱先生该是首先被提及的。

这段话说得很有意思，所以我不惮烦地把它抄录下来。佩弦先生的《背影》《荷塘月色》《桨声灯影里的秦淮河》，是被称作早期散文里的代表作的。论文字，平稳清楚，找不出一点差池，可是总觉得缺少一个灵魂，一种口语里所包含的生气。到了《伦敦杂记》，所用几乎全是口语——圣陶先生说的知识分子的口语。逐句念来，有一种逼人的风采，使你觉得这确是佩弦的话，确是佩弦的口气，那么亲切，那么诚恳。只要你肯听，便叫满怀忿忿，也不会不慢慢地心平气和，乃至倾耳入神，为他一句一点头呢。这是佩弦先生文字的魔力。不过我还有一点想法，我觉得佩弦先生晚年文章偏于说理，倘论情致，却似乎不及早年；不过思想成熟，脚步坚实，再加上语言上的成功，这些地方远非早年所可比拟而已。试拿后期出版的《伦敦杂志》（1943年）、《诗言志辨》（1947年）、《标准与尺度》

(1948年)、《论雅俗共赏》(1948年)和早期出版的《踪迹》(1924年)、《背影》(1928年)、《你我》(1936年)校读一番,这差别是立刻可以看出的。而《你我》正是前后的转折点。圣陶先生从语言角度评述佩弦先生的散文,我完全同意他的观点。我想说的是另一个问题。我觉得提倡散文,"五四"以后的作品还有许多优秀的传统值得注意。从语言来说,现在有许多作家的语言已经超越了"五四"初期的作家。在艺术上,语言是文学的根本问题,却并不是它的全部问题。有些散文语言很好,甚至还很有个人特点,然而却不一定都有情致。佩弦先生后期语言比前期更接近口语,但人们还是爱读他的《背影》《荷塘月色》,这是有原因的,不能够像有些人那样简单地用小资产阶级感情共鸣来解释这个现象。从用文言还是用白话的观点上,我们不想提倡旧体诗词,但人们还是喜欢读旧体诗词,写旧体诗词,而且有些旧体诗词的确写得很好,这里面有个同样的道理。研究朱自清后期散文的语言,注意朱自清前期散文的情致,我们将会更清楚地了解朱自清的风格。

走向坚实

商务印书馆于 1947 年 4 月出版了一册许地山的小说集,书名《危巢坠简》,由郑振铎题封面。这是地山先生逝世后出版的遗稿。地山先生的文艺作品本来已经由商务出版过两册,列为《文学研究会丛书》。第一册《缀网劳蛛》,收小说及散文十二篇。第二册《空山灵雨》,收散记四十四章。用的都是落华生名义。《危巢坠简》虽系新出,其实半数以上还是旧稿。其中第一篇至第八篇,曾以《解放者》为书名,由北平星云堂书店出版,于 1933 年 4 月发行,道林纸印,留有毛边。并且还附了一个独幕剧:《狐仙》。改版重编时删去《狐仙》,另收新作六篇,就是第九篇至第十四篇,都为后来陆续写出而未曾收集的作品。卷首《弁言》,也还是在《解放者》一书里用过的,表达了他对艺术的一些见解。《危巢坠简》书前多了一篇周俟松——他的夫人的序文,其中第二段说:

任何一个人,只要觉得自己的精力,应该为大众服务的时候，他越是不重视他个体的存在，更不会把自己的生死线看得那么分明。在我们十几年的共同生活上，觉得地山晚年比过去更为紧张，不论这桩事或那篇文章，他都赶着做，新的任务又纷沓杂来，于是对于自己已成的文章，往往无暇去整理。现在，我虽想搜集所遗佚的，已无从去找了。所以，本书还不能算是他小说的最后遗集。

许地山先生对梵文造诣极深，致力于学术工作，有一个时期文艺作品写得不多。他在香港大学教书的时候，更努力于中国语文的改革，提倡拉丁化运动。抗日战争爆发，他积极鼓吹抗战，深受青年爱戴。他的早期作品多少带些宗教影响下的悲观色彩。所谓"生本不乐"的观点，贯串着他的许多著作。茅盾先生曾写过一篇《落华生论》，说他是一个怀疑论者，但从《春桃》开始，却在渐渐地走向坚实。这句话说得不错。《春桃》以后，如《无法投递之邮件》和《铁鱼底鳃》，都表现了积极的充满民主精神的思想。《玉官》一篇，且在艺术形式上有所探索。诚如周俟松说的，小说一般都离不开对话，地山在这里却摒弃不用，通过叙述和描绘反映人物的思想感情，在艺术欣赏上给人以非常新鲜的感觉。在"五四"一辈作家中，许地山和朱自清，尽管有许多地方很不一样，但思想逐渐走向坚实，艺术逐渐趋于成熟，而仍不放松追求和开拓，彼此却有一致的地方。这就是当我们谈到朱自清，就不能不想起许地山的原因。

乡土文学

1948年10月，中兴出版社刊行了沪版《愤怒的乡村》，这是王鲁彦先生的长篇小说，由《野火》改名而来。《野火》原由上海良友图书公司发行，于1937年5月出版，列为《良友文学丛书》之三十八。不久，抗日战争爆发。"八一三"以后，良友已逼近火线，图书狼藉，饱饫铁蹄。这本书流到读者手里的并不很多，在内地改名出版，原因或者就在于此。对于鲁彦的小说，比起长篇来，我似乎更喜欢他的短篇，他在这方面的成绩有《柚子》（北新版）、《黄金》（人间版）、《童年的悲哀》（亚东版）、《小小的心》（天马版）、《屋顶下》（现代版）、《雀鼠集》（文化生活版）、《河边》（良友版）。听说抗战时在内地还出过一本《伤兵旅馆》，我却没有见到。早期短篇经过作者自己的挑选，较优秀的都收入了开明版的《鲁彦短篇小说集》。同时，我又很喜欢鲁彦的散文，他的散文集有《驴子和骡子》（生活版）、《旅人的心》（文化生活版）、《婴儿日记》（生活版）等数种。平实中带着回荡，很有个人风格。有人以为鲁彦的作品是模仿鲁迅的，茅盾先生却指出了他们之间一个根本的差别，主要表现在人物创造上。他说：

>……我总觉得他们和鲁迅作品里的人物有些差别：后者是本色的老中国儿女，而前者却是多少已经感受着外来工业文明的波动。或者这正是我的偏见，但是我总觉得两者的色味有些不同；有一些本色中国人的天经地义的人生观念，曾是强烈的表现在鲁迅的乡村生活描写里的，我们在王鲁彦的作品里就看见已经褪落了。原始的悲哀，和 Humble 生活着而仍又是极泰然自得的鲁迅的人物，为我们所热忱地同情而又忍痛地憎恨着的，在王鲁彦的作品里是没有的；他的是成了危疑扰乱的被物质欲支配着的人物（虽然也只是浅淡的痕迹），似乎正是工业文明打碎了乡村经济时应有的人们的心理状况。

这段分析的确抓住了要害。茅盾又说鲁彦的作品教训主义色彩太浓，我看这又是他和鲁迅在艺术手法上的差异。在鲁彦的小说里，客观的叙述往往掺和着主观的抑制，缺少鲁迅所常有的明锐和机智。所以，我们读鲁迅的小说时觉得有辛辣的风趣，鲁彦的小说就不免有些沉闷的感觉了。他所描写的人物大都是乡村的小资产阶级、知识分子和农民，取材不离故土，因此被人称为乡土文学家。这种乡土文学在中国现代文学史上有着很深的根基。"人情同于怀土"，大恋所存，固不仅鲁彦而已。在鲁彦的短篇集子里，我最爱读《屋顶下》和《河边》两册。《屋顶下》出版于1934年4月，为《现代创作丛刊》之十五。《河边》则为《良友文学丛书》之三十五，于1937年1月出版。世事变易，岁月匆匆，鲁彦已成古人。作者所期待的"野火"，不仅早已在他曾经描写过的土地上燃烧，而且连愤怒也早已转为欢腾了。

革命者！革命者！

闻一多先生被国民党特务暗杀后，哀悼他的文章里，没有一篇不提到他是诗人，知一多为诗人者，又没有一个不知道他有诗集曰《死水》和《红烛》。《死水》出版于1928年1月，新月书店发行，收诗二十八首，格律整饬，和当时"新月派"其他诗人相似。但不拘于个人情感之得失，把反动统治下的生活比作死水，对现实社会深致不满，则又卓然独立，和许多人不同。他的另一个诗集《红烛》出版于1923年8月，由泰东图书局发行，封面白底红字，用蓝条框边，装帧粗俗，殊不美观。集内收序诗《红烛》一首，《李白篇》三首，《雨夜篇》二十一首，《青春篇》十七首，《孤雁篇》十九首，《红豆篇》四十二首。《红烛》各诗在形式上不及《死水》，而热情磅礴，意气焕发，攻击旧礼教甚力。序诗有云：

红烛啊！
既制了，便烧着！

烧罢！烧罢！
烧破世人底梦，
烧沸世人底血——
也救出他们的灵魂
也捣破他们的监狱！
红烛啊！
你心火发光之期，
正是泪流开始之日。
……
红烛啊！
你流一滴泪，灰一分心，
灰心流泪你的果，
创造光明你的因。
红烛啊！
"莫问收获，但问耕耘！"

诗中充满个人牺牲的情调，这是诗集的序诗，实际上也是一多先生生命的序诗。细细吟味，则知他后来为民主尽力，为国家殉难，决不是偶然的事情。在现代文学史上，原来是右翼或者接近右翼，终于变成左翼的人是有的，原来是左翼或者接近左翼，终于变成右翼的人也是有的。至于摸索道路，稳步前进，"知之为知之，不知为不知"，一旦"知了"以后，倾心真理，虽粉身碎骨而在所不辞的人，在知识分子中间也并非少数。一多先生说他自己的生命是从四十岁才开始的。以今日之我去否定昨日之我,并不是每一个知识分子都能够轻松愉快地做到。这里需要有一点勇气,有一点毅力,也要有一点前因后果。一多在探求新诗格律方面作出过重要的贡献,在这点上,他和"新月派"诗人接近,而且的确曾经是"新月派"中的一个。但作为诗人的内核,从《红烛》序诗所反映的思想分析起来,即使在前期,我们也很难以对"新月派"的理解不加区分地来理解闻一多。"莫问收获"固然近于诗人气质,"但问耕耘"却已昭示了他作为战士的特色。革命者!革命者!固不仅诗人已也。

诗人朱湘

《文艺复兴》第三卷第五期（1947年7月1日）有一个《闻一多逝世周年特辑》，发表了一多遗著《神仙考》，文末附有朱自清短跋，说明他整理这篇稿子的经过，现在看来实在很是难得。还有更难得的是：这个特辑又发表了朱湘遗著《闻一多与〈死水〉》一文。这篇稿子是朱湘做客清华园时所作，当时为一多看到，阻止发表，说是要等他死了以后才允许公开。这样，稿子就由别人收起并且保存下来了。朱湘不久自杀，一多后来又惨遭国民党特务谋害，稿子才由保存者送给《文艺复兴》发表。以诗人论诗人，的确有许多独到之见。

子沅（朱湘）处身在过去那个社会里，一生愤世嫉俗，落落寡合，终至投水自杀。很多人把他的诗和"新月派"的诗相提并论。从字炼句琢这一点看来，的确有点相似，尤其是和一多相似。但"新月"一派作品里，很少有子沅的凄苦和幽愤。子沅生前出过三个诗集：《夏天》（1925年1月）、《草莽集》（1927年8月）和《石门集》（1934年6月）。他在编辑《石门集》的时候，还决定另编一本《永言集》，已经辑集了一部分诗稿。他逝世后，才由赵景深代为编成。《永言集》于1936年4月由上海时代图书公司出版，列为《新诗库》第一集第六种。在这些诗集里，我最喜欢的是他的《草莽集》。要研究朱湘的思想，我觉得还可以读一读他的书信。他生前出过一册《海外寄霓君》（1934年12月），收他给霓君夫人的信九十通。后来，罗念生于他死后又辑了一本《朱湘书信集》，于1936年3月出版，全书收他给友人的信八十六通。从这些信里，可以看出子沅贫困流连但又正直严肃的一生。他和别人讨论过诗，讨论过科学，讨论过人生问题，嬉笑怒骂，率性见真。因此，"他很需要朋友，又爱得罪朋友。"许多人都说他狂妄，同时不得不承认他的狂妄是一种严肃的狂妄。这种个性是旧社会的产物，可是旧社会又从来容不得这种个性。这便是诗人朱湘的命运。

两本散文

梁遇春别署驭聪,又名秋心,擅长译事,所译文艺作品凡十余种,但他自己的著作,却只有散文两册:曰《春醪集》,曰《泪与笑》。后一书且为遗作,出版之日,距作者之死已两年矣。遇春所著不多,而才思横溢,每有掣胜之笔。《春醪集》出版于1930年3月,由北新书局发行,收散文十三篇,如《寄给一个失恋人的信》《醉中梦话》《人死观》《"还我头来"及其他》《"失掉了悲哀"的悲哀》等,一看题目,就知道作者苦思竭虑,对人生进行着不断探索,真有"语不惊人死不休"的味道。卷首有序,自叙春醪题名,出于《洛阳伽蓝记》里游侠所说的话:"不畏张弓拔刀,但畏白堕春醪。"结末说:

再过几十年,当酒醒帘幕低垂,擦着惺忪睡眼时节,我的心境又会变成怎么样子,我想只有上帝知道吧。我现在是不想知道的。我面前还有大半杯未喝进去的春醪。

这篇序文作于真如，当时他在暨南大学当助教。不久北上，在北京大学图书馆任事。遇春所谓"再过几十年，当酒醒帘幕低垂"，不料三年后就与世长辞，这杯酒未免喝得太早，醒得太快了。废名把他未问世的《泪与笑》带给在上海的石民，希望找个出版机会，寄来寄去，结果还是由废名寄给开明书店，于1934年6月出版。全书收散文二十二篇。序三，废名、刘国平、石民作。废名说他"文思如星珠串天，处处闪眼，然而没有一个线索，稍纵即逝"。这句话说得颇有见地。遇春好读书，且又健谈，对西洋文学造诣极深。看的驳杂，写来也便纵横自如。鲁迅先生曾说"五四"以来"散文小品的成功，几乎在小说戏曲和诗歌之上"。就风格而言，有的雍容，有的峭拔，有的明丽。遇春走的却是另一条路，一条快谈、纵谈、放谈的路。他爱思索，爱对自己辩论，有时带着过多感伤的情调，虽说时代使然，却也不能不是他个人的缺点。但他毕竟是严肃的，对生活作过认真的思考。我觉得在进步的道路上，最可怕的是浑浑噩噩，浮浮沉沉，小注即满，油滑自喜。如果是一个认真的人，不管他过去怎样感伤，活到现在，他是会对生活找到应该找到的结论的。不幸遇春早年夭亡，我们只能把他当作一个文体家，而且即使作为文体家，跟着遇春的逝世，这条路不久也荒芜了，很少有人循此作更进一步的尝试。我喜欢遇春的文章，认为文苑里难得有像他那样的才气，像他那样的绝顶聪明，像他那样顾盼多姿的风格。每读《春醪集》和《泪与笑》，不免为这个死去的天才惋惜。但我相信：我们终于将会出现这样的散文，这样的风格，而并不带有梁遇春式感伤的情调。

并肩作战

一提起 30 年代文艺界的思想斗争，人们自然而然地会想到中国左翼作家联盟（简称"左联"），在左翼文化总同盟领导下，它是一个十分活跃的组织。"左联"的成立早于"文总"，在开始阶段，几乎兼负着"文总"的任务；到了后来，又一直和兄弟组织如"剧联""美联""记者联"等协作得很好。"左联"活动面广，领导的刊物多，曾经打了几次大仗，因此影响十分深远。当然，除了"左联"之外，我们也不应该忘记中国社会科学家联盟（简称"社联"）的功劳。"社联"主持的刊物在数量上并不少于"左联"，不过因为宣传马克思主义的方式更为直接，刊物的寿命更短，往往出了一期即被禁止，只得改名重来。在思想斗争上，例如对胡适《我们走那条路》（即所谓"五鬼闹中华"）的批判、关于中国社会史论战等等，同样是毫不含糊地打得十分漂亮的大仗。

"社联"成立于 1930 年 5 月 20 日，比"左联"迟两个半月，比"文总"早一个半月。其中有些人同时又是"左联"的成员。我觉得30年代左翼文化运动有一个特点，这就是互相配合，并肩作战，铜山洛钟，此呼彼应，在这点上做得很有成效。所以尽管白色恐怖空前严酷，而斗争的声势却特别浩大。比如"左联"和"社联"，由于工作性质多隔一层，和别的兄弟组织像"剧联""美联"等比起来，似乎只能算是堂兄弟吧。但是"左联"开会，"社联"一定派人出席；"社联"开会，"左联"也始终有人参加。1930年5月"左联"的一次大会上，还作出过这样的决议："和社会科学家联盟发生密切的关系，经常派人参加'社联'的一切活动。"从这里可以看出两者之间的关系。我们如果进一步研究，不仅在组织关系上、在与敌对思想斗争上是这样，就是在介绍和阐扬马克思主义理论知识上，两者也是既有分工，又有合作的。"社联"翻译了不少马克思主义重要著作，"左联"也翻译了不少马克思主义文艺理论。为了结合中国的实际需要，并且使青年易于理解，易于接受，它们并肩作过共同的努力。要说明这个事实，我们可以举出《文艺讲座》和《社会科学讲座》这两本书来作例子。

《文艺讲座》已经由上海文艺出版社作为《中国现代文学史资料丛书》之一影印出来了。"左联"的《文艺讲座》和"社联"的《社会科学讲座》完全是姊妹篇。两书原来的计划都是两个月一期，全部一百万言，分六期出齐。可是都只出了第一期就被禁止了。《文艺讲座》由神州国光社于1930年4月出版，冯乃超、沈端先（夏衍）、钱杏邨（阿英）三人编辑，封面标明"第一册"，内收冯乃超、朱镜我、彭康、鲁迅、麦克昂（郭沫若）、沈端先、蒋光慈、钱杏邨、华汉（阳翰笙）等著译的文艺论文十九篇。《社会科学讲座》由光华书局于同年6月出版，朱镜我、林伯修（杜国庠）、王学文等编辑，封面标明"第一卷"，内收朱镜我、吴黎平（吴亮平）、林伯修、王学文、柯柏年、郭沫若、冯乃超、柳岛生（杨贤江）等著译的社会科学论文十二篇。两书从内容到形式，同中有异，异中有同。一个是谈文艺的，一个是谈政治、经济、哲学的，这一点不同；但都是介绍马克思主义，或者运用马克思主义观点分析问题，作辅导性的尝试，却又完全相同。至于作者、书名、编排一直到封面形式，看来都反映了这个特点，说明"左联"和"社联"这两个团体的紧密联系，也说明在不同的岗位上，如何为一个共同目标并肩作战时此呼彼应的关系。许多现代文学研究工作者谈到《文艺讲座》的时候，往往把它作为"左联"成立后中国各派进步作家团结的第一个标志，这点当然是正确的；但如果视野再扩大一些，把《文艺讲座》和《社会科学讲座》放在一起来看，那么，也不妨说，这又是当时中国文化领域内站在不同岗位上左翼文化人互相团结的第一个标志了。我以为，左翼文化运动之所以能够取得胜利，从这里，可以总结出一条重要的经验。

"怎样研究"丛书

"左联"和"社联"都成立于 1930 年上半年，在这之前，也就是从 1929 年秋天起，左翼文化界大团结的局面已经形成。不仅在文艺方面，就是在文艺与其他社会科学方面，也都有了密切的接触。和《社会科学讲座》《文艺讲座》一样，1930 年 3 月，上海南强书局已经出过两本小册子，一本是柯柏年的《怎样研究新兴社会科学》，一本是钱谦吾（阿英）的《怎样研究新兴文学》。这两本书并不用丛书名义，事实上却大有丛书的味道。什么是这个丛书的名称呢？只要一看这两本小书就知道，它们的名称是印在封面上的一个红色大"？"号，根据这一点启示，或者也可以叫做"怎样研究"丛书吧。

这两个小册子的目的都是帮助青年自学，所以编写得比较通俗，卷末又各附了一个有关本学科的书目。现在看来，两书都有缺点。《怎样研究新兴社会科学》谈自修方法多，理论部分比较单薄，不免流于空泛；《怎样研究新兴文学》虽然有结合苏联小说的地方，但偏于情节介绍，而且理论上多少有点所谓"经验一元论"的影响。但这只是一方面。在基本精神上，两书仍有许多可取的地方，特别是对于知识较少的社会青年，在当时，简直等于给他们打开一个窗子，指出了一个柳暗花明的崭新的世界。所以一经发行，就广泛销行，立刻受到国民党反动派的注意，不久就被禁止了。这一个事实，使后来"社联"和"左联"都考虑到应该做更多的辅导工作，通俗化工作，有编写"讲座"的必要。在这个意义上，两本小册子似乎又成为并肩作战的《文艺讲座》和《社会科学讲座》的先声，因而也就在历史的进程中多了一层意义和作用。

《世界文化》第二期

上海文艺出版社影印了一批"左联"时期的刊物，对于现代文学研究工作者说来，的确是一个很大的方便。听说最近在上海还成立了出版印刷公司，也许影印工作要由后者来担负了吧，我希望在节约纸张的原则下，这个工作能够继续进行，不致中断。

影印杂志是一件破天荒的事情。过去只有善本古籍，才有人肯动用玻璃版。革命文艺是在残酷的压迫与摧残下成长起来的，从阶级的功利观念出发，我们有必要扩大所谓善本书的涵义。上海方面这个工作之所以值得称道，就因为它不仅保存了革命文献，使大家清楚地看到先驱者的足迹。而且影印工作本身也是一种调查研究，在搜集挑选的时候，为我们提供了不少重要的线索。

"左联"时期刊物很多，除了直接由"左联"编辑的机关杂志外，还有归"左联"领导的外围刊物，前后究竟有多少种，已经没有人能够说出一个准确的数字了。当"左联"刚刚成立的时候，曾有整顿刊物之议。根据统计，仅上海一地，当时正在刊行的一共是十八种。加上其他各地，以及在先已被禁止和以后陆续出版的，也许要十倍或者二十倍于此数吧。旧刊散佚，记录不全，不免造成现代文学研究工作上的许多困难。但在影印过程中，确乎也有新的发现。比如说，"左联"成立不久决定出版的刊物《世界文化》（1930年9月10日出版），这是一个综合性杂志。证诸文字记载和许多人的回忆，出一期便被禁止了。到了1932年11月，"文总"又刊行过一个综合性杂志：《文化月报》（十六开本），也是出一期便被禁止了。但上海文艺出版社却找到了《世界文化》第二期（1933年1月15日出版，二十三开本）。内容和第一期《世界文化》或第一期《文化月报》都有点近似，作者也多是"左联"和"文总"的成员。这便带来了一个疑难问题：倘说《世界文化》本来就出过第二期吧，根据当时的形势似乎不大有此可能；倘说本来没有出过第二期吧，却又明明存在着第二期。究竟是怎么一回事呢？经过仔细考查，才知道这一本《世界文化》是由"文总"编辑，其实该是《文化月报》的第二期。两个刊物的社址是相同的，《本报启事》和《征稿条例》的文字是相同的，出版期也大致衔接。更重要的一个证据是：发表在《文化月报》第一期上嵩甫翻译的《五年计划中的社会主义的文化革命》，是一篇未完待续的稿子，却由《世界文化》第二期续登完毕，这就坐实了前后承继的关系。不过因为刊名由《文化月报》改作《世界文化》，开本由十六开缩为二十三开，从形式上，容易造成错觉，使人联想到"左联"的第一期《世界文化》，以为倒是它的续刊了。

这一个发现，对于我们研究"文总"的活动有很大帮助。特别是它登载的两篇《关于文艺上的关门主义》短论，瑕瑜互见，已经揭露了个别成员的一些错误倾向，当我们总结这一阶段历史经验的时候，也是一个值得参考的重要的材料。

翻版书

我们这一辈人觉得司空见惯、习以为常的事情,在孩子们的心坎里往往会是一个无法理解的疑问。我有一个在六年级里念书的孩子,有一次,从书架上取下一本过去开明版的小说,指着最后的一页问我道:"爸爸,这是什么意思呀?为什么从前每一本书里都要印上这两句话呢?"我低头一看,却原来是八个字:版权所有,翻印必究。

在这区区八个字里,确实也能看到我们社会的深刻的变化。旧来称书有四厄:水、火、兵、虫。从"五四"到中华人民共和国成立,根据这一时期进步书刊的遭遇,其实最大的灾害还是两个:一是反动官僚的禁毁,二是牟利商人的翻印。关于禁书,罪案重重,以后再说。现在先谈书商的翻印。书籍之有翻版,恰如孙行者从身上拔下毫毛,化身百亿,变成数不清的小猴儿一样。就广泛流传、扩大影响来说,本来应该是很有意义的。我推崇今天的影印工作,却决不宽恕过去的翻版书籍。那时候,翻版书不仅是对作者的剥削,并且也是对读者的欺骗。所谓"著书都为稻粱谋",当然不是革命文化人的目的,事实上也没有任何一个革命文化人曾经以此为目的;只是卖文为生,笔耕度日,终究还是当时社会制度下一个客观的现实。翻版书等于盗印,自然要减少作者的收入,影响作者的生活。不过最坏的却是它所包含的欺骗性。这种书往往变乱旧章,面目全非。从前有人说过:"明人好刻古书而古书亡。"长洲叶昌炽在《藏书记事诗》里,咏明刊赵安仁旧藏《北堂书钞》,曾有句云:"不善刻书书一厄,永兴面目叹全非。"可见在明清已经如此。到了资本主义勃兴,商人造孽,一切都为了金钱,有时一句一错误,一篇一改动,把原书搅得一塌糊涂,简直令人哭笑不得。

  近来由于工作的需要,我翻阅了一些现代文学书目,也检查了几家图书馆里以作家为纲的卡片编目,竟发现我们的著名作家还有这许多著译的单行本,为我所不曾见过,甚至也不曾听说过。"选集""文集""别集"之类不必说了。举个例说,在鲁迅名下,就有一本这样的书:《一个秋夜》,鲁迅译,1932年上海新文艺书店出版。在蒋光慈名下,就有《碎了的心与寻爱》,1931年上海爱丽书店印行;《最后的血泪及其他》,1931年上海美丽书店印行;《一个浪漫女性》,1931年北京爱丽书店出版;《夜话》,1936年上海生活书店出版;《三对爱人儿》,1932年上海月明书店刊行。所有这些书都清清楚楚地标明着:蒋光慈著。以我的孤陋寡闻,的确不知道鲁迅曾经译过高尔基的《一个秋夜》,更没有料到蒋光慈竟成了这样"哀感顽艳"

的恋爱小说家。怎么办呢？非把这些书借出来一读不可了。借到之后，才知道所谓鲁迅译的《一个秋夜》，全书收各国短篇小说十六篇，竟没有一篇是鲁迅所译。这十六篇小说，完全剽窃自朝花社编印的两本《近代世界短篇小说集》。《近代世界短篇小说集》里原有鲁迅译的小说九篇，悉数都被剔除，反而把非鲁迅译的安上了鲁迅的名义，用以欺骗读者。至于名为蒋光慈著的小说呢，《碎了的心与寻爱》是《鸭绿江上》的改名，仅仅把各篇次序颠倒一下；《最后的血泪及其他》收录了《纪念碑》里蒋光慈与宋若瑜的通信，又加上一些不知什么人的情书；《一个浪漫女性》收小说四篇，第一篇《一个浪漫女性》腰斩了《冲出云围的月亮》，原为该书的第一节到第五节；其他如《情书一束》是黄弱萍《红色的爱》的改名，《洪水》是洪灵菲《在洪流中》的改名，《捉蟋蟀》是杨邨人《小三子的故事》的改名，可是统统都被算作了蒋光慈的作品；《夜话》（出版者也不是真的生活书店）收小说七篇，第一篇《夜话》剜自《最后的微笑》，原是该书的第三节，其他如《践踏》《恐怖》《盐场》《我在忏悔》《从上海到苏州》等篇，则是从《太阳月刊》和《拓荒者》这两个刊物上集合起来，顺序应为菀尔、平万、建南、微尘、征农等的著作，也统统都被算作了蒋光慈的作品；在最后一本《三对爱人儿》里，几乎看不出一点光慈的影子。我之所以不惮烦地指出这些，无非是说，张冠李戴，以假乱真，这是我们今天编目时候必须辨别清楚的；至于滥改原文，佛头着粪，则更有待于研究工作者作进一步的分析与考订。天下还有这样颠倒黑白、淆乱乾坤的事情吗？这是对原书的糟蹋，我们有责任为作者、特别是为读者指出此中的是非，尤其是到了连"版权所有，翻印必究"也为一些淳朴的年轻人所不能理解的今天。

《子夜》翻印版

由于旧社会的书商造孽，使许多人一听到翻版书，禁不住怒气冲冲，倘不是嗤之以鼻，也一定会摇头叹息。翻版书的名誉可以说是坏透了。不过就我见到过的翻版书之中，也有一部使我大为佩服：展视之下，爱不忍释。这就是《子夜》的翻印版。

茅盾先生的《子夜》于1933年1月出版，发行之后，立刻引起广大读者的注意，使左翼文坛在创作方面的声势为之大振。瞿秋白称《子夜》为"中国第一部写实主义的成功的长篇小说"，说《子夜》的出版是"中国文艺界的大事件"。一时中外报刊，竞相介绍。这就使国民党反动派十分着急。到了1934年2月，《子夜》便和别的一百四十八种进步文艺作品，笼统地被加上"鼓吹阶级斗争"的罪名，一律"严行查禁"了。书店老板们因为"血本有关"，不得不据"理"力争，经过函电往返，最后决定的办法是分别处理。《子夜》被归入"应行删改"一类。"检查老爷"用朱笔在这部名著下面批道：

"二十万言长篇创作，描写帝国主义者以重量资本操纵我国金融之情形。第 97 页至 124 页讥刺本党，应删去。十五章描写工潮，应删改。"所谓 97 页至 124 页，其实就是整个第四章。这一章，曾以《骚动》题名，作为短篇收入天马书店版的《茅盾自选集》（1933 年 4 月初版）里，这一次也被敕令删去了。这样，《子夜》虽然放禁，却已经受过肉刑，在重印的版次中，不见了描写农村暴动的第四章和描写工厂罢工的第十五章，成为一个肢体不全的残废者了。

然而反动派的想法错了，他们一手是掩不住天下耳目的，翻版书在这个形势下便表现了战斗的作用。自然，我这样说，绝不是指粗制滥造的一折八扣书（《子夜》曾有这种翻版），也不是指在敌人卵翼下装点"小朝廷"的盗版书（所谓"关东出版社"也翻印过《子夜》），使我激动的是一种严肃的战斗的工作。我见到过一种翻版，大小和开明初版本一样，封面仍然是叶圣陶先生篆文"子夜"两字，扉页由王伯祥先生题签，底版小方块用斜行英文 The Twilight: a Romance of China in 1930，连续反复地组成，这个底版出于茅盾先生自己的设计。翻印版一仍其旧。所不同的，翻印版分上下两册，标点放入行内。绿色厚纸封面，全书用重磅道林纸印，光滑洁白，比开明初版布面精装本的米色道林纸更为讲究。字形淳朴，墨色匀称，入眼非常舒服。和一切冒充伪装的不同，它毫不讳言地声明自己是"翻印版"。卷末附影印国民党上海市党部查禁书报批答第一五九二号一纸；卷首有救国出版社的《翻印版序言》，文云：

> 《子夜》是中国现代一部最伟大的作品。
>
> 《子夜》的作者，不仅想描写中国现社会的真相，而且也确能把这个社会的某几方面忠实反映出来。
>
> 《子夜》之伟大处在此，《子夜》不免触时忌，也正因此。
>
> 它出版不久，即被删去其最精彩的两章（第四章及第十五章）；这样，一经割裂，精华尽失，已非复瑰奇壮丽之旧观了！
>
> 本出版社有鉴于此，特搜求未遭删削的《子夜》原本，重新翻印，以飨读者。惟原书为一大厚册，篇幅太大，兹特分为上下两册出版；上册由第一章至第九章，下册由第十章至第十九章，既不致割裂原著的体裁和文气，也便于读者的随身携带。
>
> 天才的作品，是人类的光荣成绩，我们为保存这个成绩而翻印本书，想为尊崇文艺、欲窥此书全豹的读者们所欢迎的罢。
>
> 救国出版社

这个救国出版社在哪儿呢？我问过许多人，却终于得不到圆满的答复。不过有一点可以肯定：这样措辞得体的《序言》，是一般出版社的编辑所写不出的，这样严肃认真的翻印工作，也是一般出版社的老板所做不到的。那么,即使我们还不能够查出救国出版社的所在,岂不是已经或多或少地可以了解其真实的面貌了吗?可见翻印工作也还是鱼龙混杂,欲定功罪,首先得看它是掌握在什么人的手中。

且说《春蚕》

讲完《子夜》，不免就想到《春蚕》，这倒不是因为从长篇谈到短篇，故意来一个说"长"道"短"；而是因为两书的出版时间接近，彼此的命运相似。就我个人来说，中间还有一段小小的感受，所以表过《子夜》，且说《春蚕》吧。

《春蚕》出版于1933年5月，比《子夜》迟四个月。《子夜》发行以后，读书界传出消息，说是续集定名《黎明》，不久即可问世。惹得很多人前往书店探问。我知道作者尚未动笔，一时不会出版。有一次，到开明书店买书的时候，也情不自禁地问了一声：《黎明》来了没有？回忆当时这个举动，一方面，固然是急于想读一读第二部，另一方面，也反映了长夜待旦、积愤欲吐的心情。我们不仅渴望茅盾先生的《黎明》早日写成，同时也渴望时代的"黎明"早日到来。可是售书员没有回答我，却从书架上取下一册黄色布纹纸封面的书来，这就是刚刚出版的《春蚕》。作为年轻时候曾经期待过的"黎明"的替身，直到如今，我还好好地保存着它。

《春蚕》初版本收《春蚕》《秋收》《小巫》《林家铺子》《右第二章》《喜剧》《光明到来的时候》和《神的灭亡》共八篇小说,书末附有短跋。作为书名的短篇《春蚕》,论故事情节和《秋收》《残冬》有连续性。当时《残冬》尚未脱稿,而《秋收》却已犯忌。在1934年2月这次禁书中,《春蚕》便和《子夜》遭受了同样的命运。"检查老爷"对这个短篇集也有一条批语,说道:"《秋收》后半篇有描写抢米风潮之处,《喜剧》第208页有不满国民革命言论,均应删改;又《光明到来的时候》一篇不妥,应删去。"习惯于黑暗的动物,对于他们,光明的到来当然是不妥的。其时再版早已印成(1933年10月),只得把这三篇重新抽掉,在书脊加印"订正本"三字。因此所谓"订正本"的《春蚕》,不但成了一本薄薄的小册子,连页码也有三处不相衔接了。

我不知道现代文学史上对《春蚕》的评价怎样。我自己,还清楚地记得初读《春蚕》(包括《秋收》《残冬》)和《林家铺子》时候那种激动的心情。在我看来,《春蚕》对于农村生活的描写,比起"五四"时期的小说来,的确向前跨进了一大步,也给同时期描写农村的作品以一定的影响。30年代初,中国农村经济急剧崩溃,作为1932年的一个特点,叫做"丰收成灾"。"丰收"而会"成灾",今天的青年恐怕是很难理解的,然而事实却又的确是这样。那一年,粮棉蚕畜,每一项都有很好的收成,于是官僚资产阶级就和帝国主义勾结起来,乘间进行残酷的剥削,想尽办法压低价格,造成一个"谷贱伤农"的局面,使农民在丰衣足食的幻想面前,依旧不得不卖儿鬻女,以"逃丰"来代替逃荒。当时选择这一题材的作品不少,只是能够以艺术力量给予较深的概括的,《春蚕》而外,不过叶圣陶的《多收了三五斗》、夏征农的《禾场上》、叶紫的《丰收》、洪深的《农村三部曲》(剧本)等几个而已。作家有责任去反映人民生活中迫切的问题,却没有理由把自己束缚在一个狭隘的主题上,随俗浮沉。茅盾先生在艺术构思上,保持着独特的风格。他在《跋》里说过:"我很知道我的短篇小说实在有点像缩紧了的中篇——尤其是《林家铺子》;我是这样写惯了,一时还改不过来。"在丰富的生活内容上构成严谨的布局,寓精练于从容裕如之中,作者有他自己的特点。举凡这些,我觉得都应该放到文学史上去总结。还有值得一提的是:和今天的电影《林家铺子》一样,1934年,《春蚕》也曾由夏衍(当时化名蔡叔声)同志改编,在明星影片公司拍成电影,虽然物质条件、技术水平和目前相差很远,但这却是第一个被搬上银幕的新文学作品。当年鲁迅先生就把《春蚕》的放映,看作是国产电影从"耸身一跳,上了高墙,举手一扬,掷出飞剑"中挣扎出来的一个进步的标志。回想起来,短篇而有足够的情节可供改成电影,似乎这一点也和作者所说"缩紧了的中篇"有关。

"丰收成灾"这个名词已经被送入历史博物馆,事实却还是值得我们深思的。有两种社会:在一种社会里,连续遭了三年灾荒,而且是百年来未有的大灾荒,人们仍然能够平安地度过;在另一种社会里,农业生产获得丰收,粮黄棉白,大多数人却依旧只能颠沛流离,死亡相继。重读《春蚕》,我们可以从中领悟出许多重要的道理。

再谈翻版书

《翻版书》一文发表后,承蒙许多相识和不相识的朋友,纷纷投书,把他们曾经接触到的材料告诉我,张静庐先生还特地寄给我一份本来准备收入《中国出版史料》的目录,这份目录是从《中国新书月报》(华通书局出版,1933年2月被迫停刊)第二卷第四期、第五期合刊及第二卷第七期、第八期上综合起来的,共收1932年调查所得的翻版书二百零一种,大部分都用原书、原作者、原出版者的名义翻印,不过纸张和印刷极为恶劣而已。由于这份目录,使我想起,为了取缔翻版书,1932年7月在北京还成立了中国著作人出版人联合会,查获了双义书店、卿云书店、宝仁堂书局等翻版书大本营,轰动了当时的出版界。但干这种勾当的其实并不止这三家,而且也不限于北京一地,郑州、开封等处都有类似的翻印机构。经过这次取缔,这批牟利商人便采取改头换面、张冠李戴的办法,把书名、作者、出版者随意改动,搅成一片混账,最后受骗的当然还是读者。而在这些翻版书的版权页上,则又同样印着"版权所有，翻印必究"的字样。贼喊捉贼，要说明什么是资本主义，我以为这倒是一个颇足以揭示本质的例子。

不过，我说翻版书还有它的战斗作用，倒也不限于《子夜》一例。使我感受最深的，是红军长征到达陕北以后，由于反动派的严密封锁，当时延安出版的书刊，在白区就很难看到。抗日统一战线成立，国民党反动派表面上联合对外，其实反共行为变本加厉。1938年3月国民党中央宣传部印发的《战时宣传纲要汇编》里，就已经说什么"暴日正在国际间宣传中国赤化，以铲除赤化为其武力侵略中国之理由"，因此必须"根绝赤祸"，"辨明我国绝无赤化危险"。敌人说不该这样做，此辈就奉命惟谨，乖乖地不敢这样做。投降嘴脸，自己画得如此分明，真可以说是无耻之尤了。紧接着这个所谓"指示"，蒋介石又屡次颁发"密令"，于1939年2月制定"防止异党活动办法"，8月，制定"处理异党问题办法"，10月，制定"处理异党问题实施方案"，而所谓"审查法规""审查手册"等等，也就一连串的出现。直到皖南事变发生，反共便达到新的高潮。说实在话，当时住在大后方和敌占区的人，能够了解一点真相，知道一点解放区的情形，很大一部分就依靠翻版书。只要有一册漏网，立刻能化身百亿，广泛地在人民中间流传。单以新四军事件为例，我曾接触过而今天还有记录可查的，便有《时局逆流述评》《今日之摩擦问题》《论军纪》《皖南问题的报告》《震惊中外的"皖南惨变"面面观》《成为时局中心的新四军》等多种。这些大抵是采录时论，汇编成书，开始时原是出于组织上有计划的翻印；后来书商看到人心所向，有利可图，也便群起仿效。这一回和1932年不同，因为要争取读者，做得比较认真，印刷方面很少粗制滥造，而且还从政治论文逐渐扩展到文艺作品，效果颇为不坏。最近，我从书堆中找出一册《解放文学》，不署年月，不注出版处所，所收的都是解放区报刊上登过的论文和作品，正是上面所说的那时候翻版书里的一种。现在看来，虽然其中并无散佚难寻的材料，然而此一时也，彼一时也，在蒋介石严密封锁下，这类翻版书曾经被看作革命的火种，在黑暗里点燃起真理，有作用，有功劳，因而也有可取的地方。条件不同，评价有别。世事本来就是那么复杂，即以翻版书而言，我看也还是不要一概而论为好。

"有人翻印,功德无量"

"版权所有,翻印必究"八个字,里面隐伏着过去社会的许多矛盾。为了说明这一点,我已经花去不少笔墨。倘是文章的高手,比如鲁迅先生,就绝不是这样,他于接触这个现象时,只用了另外八个字,顺手拈来,轻轻一笔,就把矛盾揭露得淋漓尽致。然而这个淋漓尽致是内蕴的,它表现得那么含蓄,只是让人自己去吟味,自己去思考。想到这里,我不得不佩服先辈的本领,觉得做一件小事情也有许多艺术。因此,我又想掉转笔头,来谈谈鲁迅先生印行的《凯绥·珂勒惠支版画选集》,谈谈他怎样进行工作和战斗的。

鲁迅先生自费印过不少书,包括许多版画的选集。其间认真从事,甘苦相与,很多值得我们学习的地方。他所选印的版画,中外古今,方面很广,例如《木刻纪程》《士敏土之图》《引玉集》《死魂灵百图》《凯绥·珂勒惠支版画选集》,还有和西谛先生合资印行的《北平笺谱》和《十竹斋笺谱》,自己计划而未完成的《拈花集》《铁流之图》和《城与年插图》。单就已经出版的画册而论，选材取料，十分严格，因此从内容到形式，都极精美。他只要稍有余钱，便立刻想到印书，往往因为不惜工本，全力以赴，结果弄得连生活也十分拮据。揣其用意，一方面固然是要为青年美术家开展艺术的视野，提供参考的材料，另一方面，也要为文艺界留下一些好书，孜孜积累，养成一点刚健清新的风气。鲁迅先生曾经说过："将来的光明，必将证明我们不但是文艺上的遗产的保存者，而且也是开拓者和建设者。"不废借鉴，重在创造，这里可以看出他所以印书的宗旨。鲁迅先生的美学思想十分开广，雄伟的图景，清新的小品，都为他所喜爱，但又始终不离中心。由于当时所处的是一个斗争尖锐的时代，就我和他最后三年接触中所得到的印象看来，鲁迅先生似乎对三个画家特别具有好感，这就是18世纪西班牙的戈雅，19世纪法国的杜弥埃，还有一个是1945年逝世的德国女画家凯绥·珂勒惠支。这三个都是战斗的画家，他（她）们的深厚的艺术修养和高度的政治热情，在作品里形成浑然无间的一体，这点最为鲁迅先生所称道。从1935年起，鲁迅先生身体一直不好，而斗争的任务特别繁重，正如他在《死》这篇散文里说的，由于不知不觉中记起了自己的年龄，不免产生"要赶快做"的念头，而他又实在做得快，做得多。在他的生命的最后一年里，除了写杂文，写《故事新编》，译《死魂灵》，还有很大一部分时间是花在两部书的编校工作上：一部是为纪念瞿秋白而翻译的《海上述林》，一部便是《凯绥·珂勒惠支版画选集》。而后者的翻印,其直接原因又是为了纪念被国民党反动派杀害的柔石,这一点我将在下文再谈。鲁迅先生始终抱病工作。当《版画选集》印成的时候,他在送给老友许寿裳先生的一本里,题了这样几句话:"印造此书,自去年至今年,自病前到病后,手自经营,才得成就,持赠季茀一册,以为纪念耳。"翻一翻当时他的日记,读到他一面吃药,一面工作,在病中苦苦搏斗的情形,不能不令人泫然动容。每当这种时候,我仿佛看见一个战士的伟大的形象,我们的以最后一点精力毫无保留地献给革命、献给青年的鲁迅先生,便又像活着时候一样,在我的眼前出现了。

《凯绥·珂勒惠支版画选集》自1935年9月起开始编选,至次年7月正式成书。当时希特勒已经登台,珂勒惠支在本国只能守着沉默。印行这部版画选集的另一个目的,正是为了使珂勒惠支的作品更多地在远东的天下出现,以表示对希特勒的抗议。凡是可以战斗的地方,鲁迅先生是决不放松战斗的。《凯绥·珂勒惠支版画选集》初版开本极大,高十八吋,宽十二吋,共收版画二十一幅,据原拓本及艺术护卫社画帖,用中国宣纸精印,线装。书前有茅盾先生译出的史沫特莱序文及鲁迅先生自作序目。一共只印了一百零三本。后来由文化生活出版社缩小开本,重印一次,分精装平装两种,流传较广。初版成本极高,由于照顾画家的需要,出售了三十三本,其余都由鲁迅先生赔钱赠送。所以,在这部书的版权页上,也印有八个字:"有人翻印,功德无量",和"版权所有,翻印必究"形成一个绝妙的对照。这似乎是一件小事，然而反手一拨，使整个社会的真相毕露：越是说翻印必究，越是禁止不得；越是说欢迎翻印，越是没有人圆此功德。在当时，这是一个大矛盾，经过鲁迅先生顺手一点，这又分明是一个大讽刺。

革命的感情

在鲁迅先生逝世前一段时间，有两本书的编印工作，一直使他像手里"捏着一团火"一样，寝食不安地想早早完成，这就是《海上述林》和《凯绥·珂勒惠支版画选集》。《海上述林》的编印，目的在于纪念瞿秋白，这一点大家都已知道。瞿秋白被捕以后，开始有人传来消息，说是尚未认出，可以释放，只要有一个铺保——就是由殷实的商店出面具结，表示愿意担保。这本是反动统治重钱不重人，乘间填塞腰包的鬼把戏。当时红军尚在长征途中。在那个社会里，有哪一个商店老板，肯以自己的生命财产，去为一个共产党员作保呢？为了营救瞿秋白，上海的地下党同志和鲁迅先生一道，曾经不断奔走，多方设法。鲁迅先生甚至想变卖一切，自己去开铺子，自己去当老板，自己去出面担保，说明鲁迅先生对党的感情多么深，对革命的感情多么厚！可是筹划未定，秋白被害的消息已经传来，一切都证明这不过是一个诡计。当时鲁迅先生正在大病，坐在寝室的藤躺椅上，听到这个噩耗，他的头立刻低了下去，仿佛瘫痪了一样，久久抬不起来。是悲哀把他击倒了吗？不，没有，他终于又抬起头来。他说："人被杀了，文章是杀不掉的！"为了扩大瞿秋白翻译的思想影响，当然也是为了扩大革命的战斗影响，他决定编印《海上述林》。不顾病体，坚持进行。从编辑、校对一直到写广告，样样都亲自动手。他把书印得特别讲究，正是要用这个向国民党反动派表示抗议和示威。初版本甲乙两种《海上述林》，在中国出版界中，当时曾被认为是从来未有的最漂亮的版本。至于《凯绥·珂勒惠支版画选集》，在鲁迅先生印行的画册中，也是最精美的一种，因为这是为了纪念他的另一个战友兼学生的共产党员柔石的。柔石生前很喜欢木刻，他和鲁迅先生办朝花社的时候，曾经一起编过五本木刻集，总名《艺苑朝华》，前四辑由朝花社出版，不久，朝花社因为受骗倒闭了；柔石为了还债，一面译书，一面把已经编好的《艺苑朝华》第五辑《新俄画选》，交由光华书局发行。这五本书，是有计划地介绍外国木刻的最初的尝试。可是由于条件较差，印刷不好，柔石深为抱憾，一提起就紧锁双眉，怏怏不乐。他们当时还向欧洲订购了一批版画，准备继续介绍，其中就有珂勒惠支的作品。书还没有到达，柔石已经被捕就义，长眠于龙华的地下了。这是1931年2月的事情。国民党反动派封锁消息，秘密杀害，鲁迅先生当时就选了珂勒惠支一幅题名《牺牲》的木刻，登在丁玲主编、"左联"刊物《北斗》创刊号上，作为无言的抗议。龙华本是上海附近的名胜，以产桃花出名，在艳红的桃花下面，埋葬着烈士的斑斑血迹。鲁迅先生在世时没有踏上过这块土地,以示悲愤和抗议。他在给一个不相识的青年的信里说过,龙华有桃花,也有屠场,"我有好几个青年朋友就死在那里面,所以我是不去的。"后来预订的版画传到手里了,鲁迅先生又千方百计,想完成战友的遗志,抱病经营,毫不懈怠,赶着在柔石遇难五周年的时候出版。为了解开柔石曾经深锁的双眉,他就有意把书印得特别精美。是的,柔石已经看不见了,不能够和我们一起欣赏这本漂亮的画册了,但是,不管事实怎样不可能,在鲁迅先生心底,又是多么渴望着地下的柔石能够一展笑颜呵。墓门挂剑,岂独古人为然!从《海上述林》到《凯绥·珂勒惠支版画选集》,我觉得都在说明一个道理:惟有阶级的战士,才有真正的感情——因为这不是个人之间暂时的感情,而是最深邃、最永久的革命的感情。

郑振铎与《新社会》

与鲁迅合编《北平笺谱》的西谛（郑振铎），于 1958 年 10 月 17 日赴开罗途中，飞机在苏联境内失事遇难。当时我还在上海。我的北来，最初即出于西谛动议，中间因为工作关系，几次三番，不能成行。当我终于来到北京的时候，不幸西谛已成古人。1959 年周年忌日，曾往西郊八宝山墓地凭吊，默默地告诉他我已来到他的身边。晨曦满林，一碑耸立，回顾踯躅，热泪夺眶。想起与西谛订交二十余年，我一直以后学的身份和他接近，向他请教。在私人交谊上，实在没有太多的话想说。他的渊博，他的坦率，他的精力充沛，他的热情洋溢，的确给我以很大的鼓励和启发。三年以来，每当我接受一个新的任务，开始一项新的工作，自维小船重载，深惧颠覆的时候，我就会想到：要是西谛在世的话……嗬，嗬，一个人死后而能时时让人在这种场合想起他，缅怀他，这就足以说明他的生命的可贵与力量。

西谛写过诗，写过散文，写过小说。在这方面似乎很难说他有多少超越同辈人的地方,然而谈中国现代文学而不涉及西谛,却是一件难以设想的事情。在文学研究会的发起人中,他是串连南北的最热心的组织者,当时身居北京,却积极地写信给尚不认识的在上海的沈雁冰、胡愈之等,力促其成。他编过《文学研究会丛书》,编过出版时间长、影响大的《小说月报》《文学》,以及一脉相承的《文学旬刊》(后改周报)《文学季刊》《文艺复兴》等重要刊物。"五四"前后,西谛在北京李阁老胡同铁路管理学校读书,热烈投身学生运动,他是俄国文学最初介绍人之一,也是社会主义思想的早期播种者。后一点,似乎很少为现代文学研究者所提及。当时他和瞿秋白、耿济之、瞿世英、许地山合办的《新社会》旬刊,正如《新青年》《每周评论》《新潮》《国民》《少年中国》一样,在青年中也是一个旗帜鲜明、备受欢迎的刊物。不过由于很早即被禁止,刊物又较薄而不易保存,因而后来不大为人知道,就其作用来说,其实并不在一些大刊物之下。

《新社会》旬刊出版于1919年11月1日,开始为小报型一大张,自1920年1月1日第七期起,改为十六开本,每期十二页至十四页的单册,遇到专号则增加篇幅,共出至十九期。最后一期出版即被禁止,因此这一期和前面的单张,很少发现。中间的几期我曾见过。刊物用"社会实进会"名义发行。瞿秋白几乎每期执笔,西谛则多至一期两三篇。他们揭起社会改革的旗帜,提出例如婚姻、家庭、妇女,特别是劳动等一系列社会问题,十七至十九期就都是"劳动号"。从整个倾向说来，虽然带着明显的改良主义色彩，却也有不少正确的主张。西谛曾经指出："资本主义支配下的社会，已经没有存在的余地了！它的黑暗，它的劳力和消费量的分配的不平均，它的残酷，'以人类为牺牲'，以及其他种种的罪恶，已经使生活在它底下的大多的人类，感着极端的痛苦，而想用各种的方法，做各种的运动群起而推翻了！"因此，他认为欧洲社会民主党一方面"信奉社会主义"，一方面又"不采用革命手段"，是"不彻底的、乡愿的、绅士的社会运动"，正轨的社会主义应该是"俄国的广义派"（按即多数派。第十一期《现代的社会改造运动》）。他又指出资本主义社会里的工人不仅是做工的，简直是"一种货物"；"在社会主义底下……没有被雇于人的，也没有雇人的。因此没有雇佣制度，而劳动问题，自然也不发生了。"（第十七期《什么是劳动问题？》）这些言论，在当时可以说十分难得。但由于种种限制，他既不能作进一步分析，甚至还把布尔什维克和安那其主义混为一谈，却又不免显得肤浅和模糊。当时的进步知识分子大抵都有这样的现象。

从《新社会》开始，西谛经历了一条曲折的道路，虽然有一个时期似乎退居学者，但他的政治热情始终没有减低，最后终于走入了真正的新社会。他以自己的所长——文学研究、文学编辑、文学创作为中国文学作出了很大的贡献，然而他的成就又决不止于这些方面，即就举办《新社会》这一事实而言，我们也不能不在中国现代文学的草创时期就想起他，提到他。

《人道》

《新社会》被禁以后,西谛和瞿秋白等又合办《人道》月刊,仍用"社会实进会"名义发行,只出了一期。根据西谛在纪念瞿秋白的文章里回忆,这个刊名原来是他拟定的,瞿秋白表示不赞成,却没有提出别的名称,其他几个人又都同意了,因此便确定下来。当时大概有过一阵辩论。瞿秋白生前提起过这件事,他说:"此后北京青年思想,渐渐的转移,趋重于哲学方面,人生观方面。也像俄国新思想运动中的烦闷时代似的,'烦闷究竟是什么?不知道。'于是我们组织一月刊《人道》。《人道》和《新社会》的倾向已经不大相同——要求社会问题唯心的解决。振铎的倾向最明了,我的辩论也就不足为重;唯物史观的意义反正当时大家都不懂得。"《人道》的出现说明西谛的曲折经历的开始。他在创刊号上写了《人道主义》;并且介绍泰戈尔,看来正是崇拜托尔斯泰的进一步发展。瞿秋白在这个刊物上只发表了《新社会》没有登完的续稿《心的声音》,不久就出国去了。从《新社会》到《人道》,反映了包括西谛在内的当时一些年轻的进步知识分子思想的分化。

我从这里得到一点小小的启发。现代文学史家应当重视材料，重视论证，给予一切曾经起过作用的作家和作品以实事求是的历史的评价；然而材料和论证又必须和全人联系起来，和全面的发展情况联系起来。决不能知其一而不知其二。光读《人道》上的文章，固然不足以判断西谛，光读《新社会》上的文章，也同样不足以判断西谛。人是不容许分割的。迷信"孤证"，在个别论点上大做文章，这是一种危险的倾向。对于西谛是这样，对于所有文学史上的作家和作品同样是这样。

"取缔新思想"

《新社会》于1920年5月被禁。在这之前，大约1919年8月，《每周评论》已经遭受查封的命运，一共出了三十七期。当时"问题与主义"的论争正在展开，胡适的《四论》就发表在最后一期上，刊物被禁以后，论争不得不宣告结束，大钊同志便没有继《再论》而写出他的《五论》来。1922年冬，北洋政府的国务会议进一步通过"取缔新思想"案，决定以《新青年》和《每周评论》成员作为他们将要迫害的对象。消息流传以后，胡适曾经竭力表白自己的"温和"，提倡什么"好人政府"，但还是被王怀庆辈指为"过激派"，主张"捉将官里去"，吓得他只好以检查糖尿病为名，销声匿迹地躲了起来。正当这个时候，议员受贿的案件被揭发了，不久，又发生国会违宪一案，闹得全国哗然，内阁一再更易，"取缔新思想"的决议便暂时搁起。到了1924年，旧事重提，6月17日的《晨报副刊》第一三八号上，《杂感》栏里发表三条《零碎事情》，第一条便反映了"文字之狱的黑影"：

"《天风堂集》与《一目斋文钞》忽于昌英之妣之日被丩乚业了!"这句话是我从一个朋友给另一个朋友的信中偷看来的,话虽然简单,却包含了四个谜语。《每周评论》及《努力》上有一位作者别署"天风",又有一位作者别署"只眼",这两部书大概是他们作的吧。"丩乚业"也许是"禁止",我从这两部书的性质上推去,大概是不错的。但什么是"昌英之妣之日"呢?我连忙查《康熙字典》看"妣"是什么字。啊,有了!字典"妣"字条下明明注着:《集韵》诸容切,音钟,夫之兄也。中国似有一位昌英女士,其夫曰端六先生,端六之兄不是端五吗?如果我这个谜没有猜错,那么,谜底必为《胡适文存》与《独秀文存》忽于端午日被禁止了。但我还没有听见此项消息。可恨我这句话是偷看来的,不然我可以向那位收信的或者发信的朋友问一问,如果他们还在北京。

这条杂感署名"夏",夏是钱玄同的本名,谜语其实就是玄同自己的创造。当时北洋军阀禁止《独秀文存》《胡适文存》《爱美的戏剧》《爱的成年》《自己的园地》等书,玄同为了揭发事实,故意转弯抹角,掉弄笔头,以引起社会的注意。胡适便据此四出活动,多方写信。北洋政府一面否认有禁书的事情,说检阅的书已经发还,一面却查禁如故。到了6月23日,《晨报副刊》第一四三号又登出一封给"夏"和胡适的通信,署名也是"夏"。

"夏"先生与胡适先生：

关于《天风堂集》与《一目斋文钞》被ㄐㄧㄣㄓㄧ的事件，本月十一日下午五时我在"成均"遇见"茭白"先生，他说的话和胡适先生一样。但是昨天我到旧书摊上去问，据说还是不让卖，几十部书还在那边呢。许是取不回来了吧。

"夏"白。（这个"夏"便是"夏"先生所说的写信的那个朋友。"夏"先生和"夏"字有没有关系，我不知道；我可是和"夏"字曾经发生过关系的，所以略仿小写"万"字的注解的笔法加这几句注。）十三、六、二十。

所谓"略仿小写'万'字的注解的笔法"云云，意思就是"万"即"万"，"夏"即"夏"，原来只是一回事、一个人而已。这封通信后面还有一条画龙点睛的尾巴："写完这封信以后，拿起今天的《晨报》第六版来看，忽然看见'警察厅定期焚书'这样一个标题，不禁打了一个寒噤，虽然我并不知道这许多'败坏风俗小说及一切违禁之印刷物'是什么名目。"可见当时不但禁过书，而且还焚过书。闹了半天，原来结果都是事实。短文采取层层深入的办法，我认为写得极好。这是"五四"初期取缔新思想的一点重要史料。"败坏风俗"本来有各种各样解释，鱼目既可混珠，玉石不免俱焚。从古代到近代，从外国到中国,"败坏风俗"几乎成为禁书焚书的共同口实,前于北洋军阀的统治阶级利用过它,后于北洋军阀的统治阶级也利用过它。若问败的什么风,坏的什么俗,悠悠黄河,这就有待于研究工作者的分析辨别了。

关于禁书

熟悉世界历史的人，大抵都知道史籍上有过许多关于禁毁书籍的记载，中国的秦始皇焚过书，罗马的尼禄王也焚过书，欧洲中世纪所谓基督教文明黑暗时期，给书籍带来过很大的厄运。到了近代，禁毁书籍的事情还是层出不穷。以中国而论，有清一代，已经整理出版的文字狱档就有九大册。章太炎在《检论》里写过一篇《哀焚书》。归安姚觐元辑《咫进斋丛书》，收有四个目录：《全毁书目》《抽毁书目》《禁书总目》《违碍书目》。所开书籍共计二千四百余种。四个书目经过多次增补扩充，于1932年1月以《索引式的禁书总录》形式出版，今人孙殿起据以作《清代禁书知见录》，另列《外编》补充，不过仍不完备，并且收录的多是正式文集。其实清朝自爱新觉罗·福临（顺治）开始，每换一个皇帝，就要严禁几次小说，俞正燮在《癸巳存稿》里，大略地记录了一个从顺治九年到嘉庆十八年禁止小说的轮廓。同治七年，江苏巡抚丁日昌又两次奏请禁止淫词小说。按照《江苏省例》记载的书目，被禁的达二百六十九种。举凡鼓吹反抗，刻画世态，攻击贪官污吏，描摹秘密结社，都在禁止之列，淫词不过是其中的一项而已。这是统治阶级借口压制革命的惯技。1933年5月10日，希特勒在柏林国立歌剧院门前广场上大烧书籍，用的也是这种办法。他把马克思、恩格斯的著作，巴比塞、亨利希·曼的小说，和马格奴斯·薛菲尔特性科学院藏书堆在一起焚毁，一面又在歌德的故乡法兰克福举行了同样的仪式。国社党的这个罪行引起全世界进步人士的抗议，惟独国民党反动派御用文人却挤眉弄眼，兴高采烈。因为他们当时在文化战线上连续打了败仗，只有关于禁书这一点，勉强可以向卐字旗高攀。拍手称快，遂不免得意忘形而已。

不过就禁书而言，其实蒋介石的老师倒不是西方的德国，而是东方的日本。我们可以看出他和日本法西斯军阀之间的"血缘"。1924年1月，东京崇文堂出版了一本很有意思的书，这便是斋藤昌三的《近代文艺笔祸史》，详记自明治元年到大正十年日本禁书的材料。当时所用的"罪名"和中国"五四"初期一样，叫做"败坏风俗"。可惜我所见到的《笔祸史》出版早了一点，听说后来曾有修订本，不知道内容怎样。这一版却没有来得及写到禁书最残酷的阶段。大约20年代末，法西斯军人在日本当权，查禁的目标便集中到所谓"思想激烈"和"扰乱治安"上。当时每月因"败坏风俗"而被禁的不过一两种，"思想激烈"的却多至三十余种。据1930年1月至4月报上公布的材料，缴呈文艺书籍四百七十二种里，很大一部分是普罗列塔利亚小说和理论，这就和中国的情形相近似。大革命失败后，蒋介石也曾借口所谓"妨害善良风俗"，取缔进步书刊，但很快就撕下面具，赤裸裸地以反革命姿态出现了。就我所见的国民党中央宣传部禁书目录统计起来，在文艺书籍方面，他们罗列的"罪名"不外乎下面这些条："普罗文艺"、"普罗文艺理论"、"鼓吹阶级斗争"、"宣传普罗意识"、"诋毁本党"、"诋毁政府"、"侮辱领袖"、"内容反动"、"赤化"、"左倾"、"不妥"、"欠妥"等等。1934年国民党反动派的中央图书杂志审查委员会成立，又加上两条："故不送审原稿"、"触犯审查标准"。1935年《新生》周刊《闲话皇帝》一案发生，再加上两条："妨害邦交"、"涉及友邦元首"。以后还加了些什么，我就不大清楚了。不过问题并不在于条款的多少，仅就上开各点而言，一经援引，即如活码，再加周纳，便成死案。倘要举例，以我的孤陋寡闻，仍然能够捧出一大堆。

比如说：雅各武莱夫（通译雅柯夫列夫）是十月革命后苏联文坛上大家熟知的"同路人"，当鲁迅先生翻译的他的短篇《农夫》在《大众文艺》第三期（1928年11月20日出版）上发表时，报馆奉"令"禁登广告，据解释：作者不该描写农夫，因为描写农夫就是"宣传普罗意识"。又比如：列夫·托尔斯泰是旧俄的贵族，死在十月革命之前，似乎没有什么危险了，但"九一八"后，他的作品曾一度遭禁，据解释：译者是左翼文人，主张抵抗日本侵略的左翼文人居然翻译主张不抵抗主义的托尔斯泰的作品，一定是存心影射："诋毁政府"。再比如：我所收藏的钱杏邨编写的《安特列夫评传》，扉页上盖有一颗青莲色的图章："中国国民党上海特别市党部查禁反动刊物之章"。这本书于1931年2月由上海文艺书局出版，着重介绍了安特列夫生平、思想和作品。为什么介绍安特列夫也要被目为"反动"呢？据解释：既曰"评传"，必有所议，既有所议，而又出诸左翼作家之口，其为"宣传普罗文艺理论"也无疑。于是乎，定谳了。

这便是蒋介石"治国平天下"的"本领"，很多是从日本法西斯军阀那里学来的。倘说有什么"创造"，那就是对定"罪"条款的解释，张冠李戴，指鹿为马，却的确有"青出于蓝"的地方。

关于禁书之二

我的搜集禁书材料,大概开始于1935年。有一次,和鲁迅先生闲聊,谈到了图书检查的情形。鲁迅先生问我能不能编写一部中国文网史,我说这个工程过于浩大,自己力不胜任。鲁迅先生点头同意了。可是说来奇怪,从此以后,凡是见到禁书的记载,好像都和我有了关涉似的,不知不觉地留心起来。长夜披读,手自摘抄,分类排比,积久成帙。直到抗日战争胜利前几个月,抄写材料连同别的一些稿件,终于在一次亡命中丢失。以后虽继续搜寻,恢复的却不到五分之一。所幸天下有心人正多,不仅《中国现代出版史料》已经收录了部分目录;几年以前,遇到一位在图书馆里工作的年轻朋友王煦华,知道他是大革命失败后禁书目录的热心搜集者,收藏数量不少,我曾竭力怂恿其整理出版,希望它早日问世。

禁书目录不等于文网史,这些目录又限于现代部分,这一点和鲁迅先生的要求尚有距离。不过禁书目录的确是极重要的文献,从禁书目录里,我们可以看出时代的动向,明白反动派的禁忌。鲁迅先生自己就在《且介亭杂文二集》的后记里，录存了1934年2月一次查禁文艺书籍的目录，共计一百四十九种，至今还受到研究现代文学者的注意。这个目录曾经中国出版人著作权保护协会筹备处（实际上就是当时的书业公会）复印，因此流传较广。禁书目录一般都由国民党反动派秘密印发，搜寻比较费事。而且一目既出，随时增补，由于印发时间不同，内容常有出入。比如1936年国民党中央宣传部秘密制订的《中央取缔反动文艺书籍一览》，内容分"查禁类"、"暂禁类"、"查扣类"三个部分，开列自1929年3月至1936年3月被禁文艺书籍三百六十四种；同一目录于七个月后重印，在"查禁类"加添三种，在"查扣类"加添十六种，倘不仔细核对，也就很难发现其中的变化。

除了这一类主要目录外，还有短期印发的书单，单行本与刊物合在一起。据我所见，1934年起至1937年3月4日止有一个查禁清单，1937年3月至11月也有一个查禁清单。抗日战争爆发，蒋介石表面上赞成统一战线，暗地里防止革命势力愈严，查禁书刊愈来愈多。国民党反动派的中央图书杂志审查委员会既穷于应付，又害怕漏网，决定分辑编印，仿照字典按笔画排列，于1940年10月出版第一辑，开列自1938年1月至1940年10月查禁书刊六百五十九种（书前《说明》称这一阶段查禁总数为七百二十余种），名曰《取缔书刊一览》第一辑。同年3月又秘密印行《审查法规汇编》。第二年（1941年）6月印发所谓《审查手册》。这一连串阴谋活动，说明为反共高潮而准备的扼杀文化办法，到此已布置就绪。把《审查法规汇编》《审查手册》和《取缔书刊一览》放在一起，实际上已等于抗战前期的一部文网史，活活地勾勒了蒋介石这个"预谋杀人犯"的脸谱。

我这样说，有没有根据呢？有的。《审查手册》收录了一个秘密代电："宣传新民主主义之文字应一律禁载。"《审查法规汇编》里还有一个《抗战时期宣传名词正误表》，凡是共产党人文章里用过的名词，都叫做"谬误名词"，分别规定处理办法。第一类"不准用"的二十二个，例如"边区政府"、"红军"、"抗日的八路军"、"抗日政权"、"三大政策"、"抗日救国十大纲领"、"二万五千里长征"、"长征时代"、"争取民主"、"争取抗战自由"、"抗日有罪"、"民族失败主义"、"两面派"、"亲日派"、"托派汉奸"、"匪徒"、"汉字拉丁化或新文字"……第二类"应改正"的五十个，例如"救亡运动"要改成"抗战工作"、"内战时期"要改成"安内时期"、"1925—1927年大革命"要改成"民国十五年北伐"、"各阶层的人民"要改成"全国各界"、"工人阶级"要改成"全国工人"、"国内少数民族"要改成"内地苗民或内地×民"、"拥护抗战到底"要改成"拥护抗战国策"。最奇怪的是"拥护革命的领袖"、"拥护抗日的领袖"也都不能用，要一律改成"拥护领袖"；"独立自由幸福的三民主义"、"革命的三民主义"、"真正的三民主义"也都不能用，要一律改成"三民主义"。莫非这批人心里明白：他们的"领袖"是不革命的和不抗日的，他们"领袖"嘴里的"三民主义"不是真正的革命的三民主义，不是独立自由幸福的三民主义吗？我觉得这一点很耐人寻味。自然，"检查老爷"奉命惟谨地"取缔"了，书目里的有些书籍，就因为用了这些名词，受到了"凌迟"（删改）或者"大辟"（查扣）的处分。事实是如此出奇，我不能不承认这是文网史上少有的"创造"，20世纪罕人听闻的"童话"，然而这又的确是蒋介石的"治绩"。白纸黑字，文献俱在。作为一份材料，它应该受到政治、文化、社会、历史乃至心理学研究者的重视。谁说这不过是一个目录呢？里面有不少学问哪。

关于禁书之三

抗战爆发后，国民党反动派大规模取缔进步书刊，与此同时，在沦陷区里，日本法西斯军人也通过汉奸之手，开始制造同样的罪孽。1938年7月1日，在上海出版的《众生》半月刊第五号上，首先揭发并转载了一个《北京市政府警察局检扣书籍刊物一览表》，共计查禁书刊七百八十六种。目录后面还有几句附注："不在此单以内的书，若有一二句有碍邦交之文字，亦在禁止之列，请格外注意，自行严密检查为要。"按语气猜度，这个目录大概是发给书店和书摊的，编次混乱，间有重出。到了1939年，侵略者处心积虑，不惜工本，由所谓"新民会中央指导部调查科"出面，有计划地展开消灭文化的工作。同年7月出版第一个《禁止图书目录》，额曰"抗日之部第一辑"，卷首有日文说明，内分军事、政治、外交、经济、社会、殖民、交通、历史、地理、文艺等十五个部分，查禁书籍一千一百三十九种。到9月，又出版第二个《禁止图书目录》，额曰"社会主义之部"，卷首也有日文说明，分政治、经济、哲学、历史、教育、艺术、传记、一般八个部分,查禁书籍七百零二种。光就这两个目录看来,几乎网罗了这一时期所有重要的书籍。当时中日两国发生战争,对于侵略者来说,禁止抗日言论,固然是意料中事;至于把社会主义书籍放到同等重要的地位,则是法西斯主义和一切反动派的"家数"。甚至在战争最紧张的阶段,还高嚷过"共同防共"呢。希特勒叫了一阵,东条英机也叫了一阵,蒋介石虽然声嘶力竭,无疑嗓门仍然不高,看来现在又要轮到太平洋彼岸的所谓"麦卡锡主义"了。回顾前事,一脉相承。面对着案头这两份由日本法西斯侵略军部编定的《禁止图书目录》,我觉得这简直是历史为这些人安排下的祭文哩:覆车之鬼,阴魂不散,替死有人,托生无望,最后便只有呜呼哀哉尚飨了。

不过就那时而言,日本侵略者在中国的禁书,无论是"抗日之部"也好,"社会主义之部"也好,实际的目标都是对准着进步力量的。因为为什么抗日,谁在真正抗日,这一点连侵略者心里也很清楚。正由于这样,他们的禁书便和蒋介石的禁书构成一个遥遥呼应的局面。如果把两者作个比较,那么,日本法西斯军部调查范围似乎要广泛一些,刺探情形似乎要细致一些,我想,这大概是他们的特务多年来在中国活动的结果吧。比如被扣押的书,处理方法也和国民党反动派不同,他们不是笼统地盖个"查禁反动刊物之章"完事,而是分类编号,在每种书封面或封底打上"禁发"图章,批明查禁原因和没收日期。甚至还有贴上一张预先印好的纸条,详细地标明日期、性质、册数、店名和地址的。一度落网，线索宛然，从此便永远成为追踪的对象。其用心之毒，比起国民党反动派那些酒囊饭袋的"检查老爷"来，的确不可同日而语。如果说东方的徒弟不争气，现在可是向西方去招收徒弟了。从报上看到什么"国内安全法"、"外国代理人"登记等等的消息，我心里禁不住这样想。

书刊的伪装

当国民党反动派残酷压迫，对革命书刊实行封锁、扣留、禁毁的时候，党和进步文化界为了满足人民的需要，采取了一种权宜而又机智的对策：把书刊伪装起来。这种书刊封面名称和内容毫不相干，进步的政治内容，往往用了个一般的甚至是十分庸俗的名称。作为反动统治下斗争的一个特色，尖锐的形势促使革命刊物和政治小册子蒙上一层足以瞒过敌人的保护色，就像战士在前沿阵地用草叶和树枝来伪装自己一样。

伪装的办法曾经比较普遍地为党的刊物所采用。《布尔什维克》《红旗》《少年先锋》《列宁青年》《中国工人》《党的建设》等在遇到查扣的时候，都曾这样对付过。《党的建设》用过《建设半月刊》名义，《中国工人》用过《红拂夜奔》《南极仙翁》等名义，《列宁青年》用过《青年之路》《何典》等名义，《少年先锋》用过《闺中丽影》《童话》等名义，《红旗》用的更多，前后计有《时事周报》《实业周报》《快乐之神》《光明之路》《真理》《出版界》《新生活》《摩登周报》等名义。

和《红旗》一样,《布尔什维克》也是采用伪装名目最多的一个。当1927年10月创刊号出版时,因为是秘密发行,用的都是真名。到第二卷第三期(总第三十一期,1929年1月出版,当时已由周刊改为月刊)起,连秘密发行也不行了,这一期临时改了个名称,叫做《少女怀春》,"春"在这里象征着革命,而革命正是当时少男少女们共同向往、共同缅怀的问题。有趣的是这个名称居然瞒过了懵懂昏庸的国民党检查官,平平安安地通过了。这以后,又用《中央半月刊》名义出版了三期。第二卷第七期起从十六开本缩小为三十二开本,封面假托商务印书馆出版的《新时代国语教授书》。据我所知,这一回实在更有意思。反动派知道了刊物有伪装的做法,但是教科书发行量大,又不能全部禁扣,"检查老爷"沙里淘金,手忙脚乱,弄得满头油汗,还是无法可想。因此在这一名义掩盖下出版了一个较长的时间。此外还用过《中国文化史》《中国古史考》《金贵银贱之研究》《虹》等单行本名称和《平民》《经济月刊》等期刊名称。伪装取名既具有深刻的含义,又必须联系当时的实际,因为这是和反动派的斗智。

1929年4月19日,国民党中央宣传部发布了一个"查毁共党假名刊物"的密令,可是遇见鲁迅先生提到过的《大义觉迷录》之类的名目,到底还是摸不清底细。就在同年,我记不清是哪一个刊物了,曾经用过《脑膜炎预防法》书名,暗寓可以医治思想、清醒头脑的意思。有一次,有人拿着一本到上海邮局寄发,恰巧被国民党上海市党部派驻邮局的"检查老爷"

看到了，当事人心里正在发急，不料这位"老爷"刚一伸手，看到书名，竟像烫着了火一样，立即缩回去，撅起嘴巴扭着鼻子走掉了。原来他以为看这种书的人可能已经有脑膜炎症象，容易传染，自己性命要紧，倒不如赶快躲开为是。

许多期刊用过伪装，许多单行本也用过伪装。例如黄揖清、陈公恕、罗仪等揭发特务戴笠罪行的小册子在敌后印发时，用的是《戴笠将军及其事业》名称，作为南京出版的《扫荡丛刊》之一。书名和内容完全相反。1947年秋天，中国人民解放军大举反攻，国统区人民还不知道胜利消息，到了1948年元旦，上海有很多人收到一个封面写着《恭贺新禧》的小册子，右上角是"1948年元旦"，左下角是"大众公司敬贺"，白底红字。内收1947年9月12日新华社《人民解放军大举反攻》社论一篇，《中国人民解放军宣言》《中国人民解放军口号》《解放军南征部队发布口号》《中共中央公布中国土地法大纲及其决议》等文件四个，附录方方写的《迎接大反攻》一文。在物价飞涨，特务横行，几乎是满天阴霾的环境里，一旦开门见红，喜从天降。乐得许多人奔走相告，情不自禁地叫着"捷报！""捷报！"那股兴奋劲儿，现在回忆起来，我还觉得宛然如在目前呢。书刊的伪装在这里起了很大的作用。相似的例子是举不完的。我们这一辈人对伪装书刊抱着深切的感情，就因为有过一段一段的经历，现在有些同志是不大能够理解的，也许还觉得这样做不一定好。其实方法只是方法，首先得看谁在运用，怎样运用。

"奉令停刊"

为了抵抗和反击国民党反动派的查禁压迫，党刊可以采取伪装的办法，因为读者是有组织的对象；党所出版的政治小册子也可以采取伪装的办法，因为目的在于宣传革命，以分赠散发为主。文艺书刊就不同了，一般都由书店出版，出版者要核算成本，要设法赢利，读者的选购又必须出于自愿，倘使把一部小说改名《脑膜炎预防法》，爱好文艺的青年便不来"光顾"了，结果将是不禁而自绝。因此伪装对于文艺书刊要困难些。不过斗争仍然是存在的，在紧要关头，改一下名，这样的例子回顾起来就多得很。

以和左翼文艺运动有关的刊物为例。比如上海出版由蒋光慈主编的《拓荒者》，当1930年5月10日第四五期合刊出版时，刚一发行就被查扣了，为了使余下的存书能够继续发行，就改封面为《海燕》。所以我们现在看到的这个刊物第四五期合刊就有两种不同的封面。再比如在北京出版由吴承仕主编的《文史》双月刊，当1934年12月（原定10月出版）第四期出版时，刚一发行也被查扣了，余下的一部分存书改封面为《文学概论》，继续发行。因此现在也可以发现两种不同封面的第四期。不过这种做法，由于编者不能明白告诉读者前后继承的关系，无法发挥已经建立的影响，改名实际上等于重办，而且像《文学概论》那样的名称近于单行本，只是一种权宜的措施。和这两个刊物稍稍不同的是《萌芽》（1930年1月创刊）和《文学丛报》（1936年4月创刊）。它们都是在第五期出版时被禁止的，由于第六期已经集稿，决定改名再出一期。《萌芽》改为《新地月刊》（1930年6月出版），《文学丛报》改为《人民文学》（1936年9月出版）。自然，它们的寿命也仍然止于这一期。不过即使只是一期吧，大家也乐于看到它，因为这不是逃避，而是战斗！

国民党反动派的压迫愈是残酷，人民抵抗压迫的经验也愈是丰富。30年代初，刊物被禁，一般是从通知到达的时候起算的。"禁令"一到，发行停止。作为抵抗，至多改名续出。后来的情况就不同了，通知虽已到达，力争再编一期。理由是：既然不让出版，也得向读者声明停刊，决不能无疾而终。这种时候，编者总是把本来无法和读者见面的稿子，全部登上这一期，封面标出"停刊号"。最突出的例子是1937年1月创刊的《热风》，这个刊物出版后立即遭禁，第一期是"创刊号"，第二期便是"终刊号"。一始一终，头尾相接。创刊号封面印着《创刊献词》，终刊号封面印着《停刊献词》，后一个献词只是几行虚线，中间四个大字："奉令停刊"。放在书店橱窗里，简直是一个大讽刺。最着急的当然是"检查老爷"。按照他们的意思，声明"停刊"业经默许，指出"奉令"未免那个。万一给上司知道，准会受到一顿严厉的训斥，说不定还要开除差事呢。所以就全体出动，到处扣押。但刊物早已不胫而走地传播开去了。这是文网史上一幕不应漏写的插曲。纸包不住火。历史继续向进步的方向发展，到了第三次国内革命战争时期，综合性刊物如《周报》《民主》等被禁，终刊号上还采取集体抗议的办法，"老爷"们虽然恼火，怎奈大势已去，自己也觉得束手无策，难以挽回了。压迫和反压迫形势的逐渐转变，在这点上可以看得很清楚。

别开生面的斗争

偶然翻到一个材料,谈到1933年曾经有人想编一个期刊,定名《新文艺评论》,只因计划中第一期有几篇高尔基作品,还有两篇评论高尔基的文章,国民党反动派先发制人,把编者逮捕起来。这个刊物尚未出世便宣告流产。由于涉及高尔基,我倒因此想起了瞿秋白翻译的《高尔基创作选集》的命运。

30年代初,高尔基作品对中国青年的影响很大,因此受到国民党反动派的歧视也特别厉害。夏衍翻译的《母亲》和《奸细》,曾经一再改版,一再更换书名和译者署名。瞿秋白当时译了一些高尔基的短篇创作,因为需要钱用,便由鲁迅先生把这些译稿连同他自己的《二心集》,委托阿英一起卖给合众书店。不料合众只肯接受《二心集》,不要译稿,往返磋商,最后勉强出版其中的一篇:《不平常的故事》。拖延了一个时期,于1932年10月单行问世,译者署名史铁儿,出版后立刻遭到禁止。至于全部译稿,仍由鲁迅先生介绍给生活书店,书名《高尔基创作选集》,译者萧参,于1933年10月出版。全书除收高尔基作品七篇外,还有《高尔基自传》、史铁茨基《马克西谟·高尔基四十年的文学事业》、卢纳察尔斯基原序《作家与政治家》三文。瞿秋白用萧参这个笔名写了一篇《后记》,十分精辟地介绍了高尔基的思想和本书的内容。其中在谈到《不平常的故事》的时候,加了一个这样的注解:

> 最后,天崩地陷终于来到了,《不平常的故事》——译文是史铁儿的遗稿,听说国内已经出版过的——写着从日俄战争以前直到十月之后的事变。这些事变在这短短的一篇故事里,逐渐开展出来……

《后记》是瞿秋白写的,《不平常的故事》也是瞿秋白译的。为什么竟把自己的译作称做"遗稿"呢?原来合众版《不平常的故事》被禁,据说原因是反动派知道了史铁儿就是瞿秋白。现在这一篇既然和别的译文收在一起,为了避免牵涉,史铁儿就有必要和萧参分开。当时社会上盛传瞿秋白已经因肺病逝世,他就将计就计,把第一个化身史铁儿送入地下,把第二个化身萧参放到国外(从语气里可以看出),来一个五光十色,使"检查老爷"眼花缭乱。古往今来,斗争的方式多矣,在突破文网的历史上,这又的确可以说是一次别开生面的斗争。不过《选集》后来还是被禁止了,是"检查老爷"忽然聪明起来,找到了什么破绽吗?不是的。原因很简单:他们固然见不得瞿秋白,同时也见不得高尔基,这回着眼的是后一个。

瞿秋白于 1935 年 6 月在汀州遇害，相隔一年，高尔基也与世长辞。读者怀念他们，怀念这本由出色的手笔译成的动人的作品，知道的人都想读到它。生活书店决定重排，抽去两篇评论及《后记》，并将七篇作品原来的次序打乱，改书名曰《坟场》，改译者署名为"史杰"，1936 年 8 月重新出版。《坟场》并没有摆脱《选集》的命运，但毕竟还是加印一版，有所流传。鲁迅先生编印《海上述林》的时候，又把《高尔基创作选集》全部收入。当时像我一样的文学青年，很多人读过这些译文，很多人热爱过高尔基的作品，并且在高尔基作品照耀下认清了自己的道路。《坟场》虽然只是一闪，却还是起了火把的作用。今天重读高尔基的作品，我往往会想起把自己的译作称为"遗稿"的窃火者。生活在今天的人是幸福了，让我们永远记住那些曾经为苦难的中国窃火的老一辈人的深情厚意吧。

若有其事的声明

国民党反动派虽然订有禁书的定罪条款，但并不全从内容出发，有的时候看书名，有的时候看人名——作者或译者是什么人。禁书之初，凡是郭沫若先生的著译，很少有一本是不被禁止的。据说此中有个原因。1927年4月蒋介石到上海开秘密军事会议，布置反革命阴谋，不久，"四一二"事件发生。郭沫若于早些时候已经觉察到蒋介石的反动策划，他于3月底到了南昌，草写讨蒋文章，接着便连续发表《请看今日之蒋介石》和《脱离蒋介石以后》两文，真个是传诵一时，大快人心。蒋介石恨得牙痒痒，拍桌打凳，发誓要消灭郭沫若的一切文章。"检查老爷"仰承鼻息，从此以后，只要看到郭沫若三个字，便都在禁止之列。所以有一个时期，凡是郭沫若的作品，不论是创作也好，译文也好，都只能用麦克昂笔名发表。后来对署名略略放松，但检查起文章来，还是要特别严厉些。比如第一部自传《我的童年》出版，先后就换过几次书名。最初叫《我的幼年》，查禁了；改为《幼年时代》，查禁如故；再改作《童年时代》，还是查禁。"罪名"都为"普罗文艺"。继《我的童年》写成的第二部自传是《反正前后》，此书于1929年8月由现代书局出版，很受读者欢迎，但不久即以"诋毁本党"的"罪名"被禁。到了1931年，现代书局又印出一本《划时代的转变》。出版者在扉页加上一段说明：

> 本书原名《反正前后》，为郭沫若先生自叙传中的最重要的一本。他抓住了中国社会由封建制度向资本制度转换期中的主要现象，以他自己的思想的转变上完全表现了出来。自1929年出版，即轰动一时，后因某种误会，停版将及二年，现因读者纷纷要求再版，乃将内容修正一过，改易今名。并经呈部审定，以内容并无过激，核准发行。尚希读者注意及之！

这样看来，《划时代的转变》该是《反正前后》的删改本了。想看原书的人，对此不免怏怏。我因为好奇，曾把两书仔细校读一过，却原来从头到尾，连一个字都没有动，所谓"修正"，不过是骗骗"检查老爷"而已。骗了几个"老爷"，却换来广大读者的信任，即使这个动议发自出版商人，我也要举手赞成他。因为对广大的读者有利，就是对人民有利，在当时仍不失为一种斗争的方式。至于"呈部审定，以内容并无过激，核准发行"云云，看来也是一个障眼法。《划时代的转变》发行了大约一年，到了1932年8月，"检查老爷"大梦初觉，忽然醒悟过来，另以"普罗文艺"的"罪名"把这本书禁掉。在禁书目录的备考栏里，还特地加上一条注释："即《反正前后》之化名。"听口气，简直把它当做哥伦布见到新大陆似的大发现哩。不过这个发现花去整整一年时间，未免迟了一点，即使自夸"天才"，也不过从西城撤围回去的司马懿而已。我觉得现代书局这条若有其事的声明很有意思。有了它，"检查老爷"的懵懂昏庸才得到充分的暴露；有了它，对查禁压迫的斗争才得到更大的鼓励；有了它，许多想读《反正前后》的青年，才从《划时代的转变》里得到了意外的满足。

在国外出版的书

我在《书话》里谈到《子夜》翻印版,对翻印这部小说的救国出版社的所在提出疑问,许多热心的读者来信供给线索。有一位姓吴的同志告诉我,这个救国出版社原先在巴黎,后来搬到纽约。《子夜》可能是在那里翻印的,因为旅美华侨中很多人有这部书。那么,看来《子夜》翻印版真个是在国外出版的了。现在我要谈的却是另一本书,一本并非在国外出版而又声称是在国外出版的书,那就是巴金的《雪》。

1933年初,巴金以煤矿生活为背景,替上海《大中国周报》撰写一篇小说连载,题名《萌芽》,5月间完稿。同年8月,由现代书局出版,列为《现代创作丛刊》之八。初版两千册,没有卖完就被禁止了。到第二年(1934年)8月,作者重写了结尾,并将几个重要人物的姓名更换,改书名为《煤》,交给开明书店出版。排完后打好纸型,刚刚登出预告,国民党反动派的中央图书杂志审查委员会便通知书店停印,这部留名世上的《煤》因此就没有问世。巴金当时很不服气,决定和图书杂志审查委员会斗一斗，就买下纸型，改书名曰《雪》，自费印了一版，委托生活书店秘密发行。版权页上印的发行者为美国旧金山平社出版部，注有英文地址：845 Broadway, San Francisco, Cal., U.S.A. 卷首有一篇《前记》，其中说：

> 我的书在美国出版，这是第二部了，不过第一部并不是小说。
>
> 这本小说为什么要在美国出版呢？只是为了纪念一个旧金山的友人，他肯给我出版这一本别的出版家不肯承印的作品，我带着感激和祝福把这本书献给他。

这自然是假话。因为书并不是在旧金山出版的。只是给"检查老爷"出个难题，让他们扮演捉迷藏，抓不到发行人而已。《新生》周刊《闲话皇帝》案发生后，图书杂志审查委员会工作一度停顿，《雪》曾于1936年11月由文化生活出版社公开出版，列为《新时代小说丛刊》之一。我所收藏的这本书，还有另外几种版本，一种是由新生出版社出版，书名仍为《萌芽》，封面图案和开明出版的《灭亡》《新生》一模一样，不注出版年月，而用的却是现代书局原纸型，估计是现代版《萌芽》被禁后秘密发行的。到1939年2月，同一纸型同一封面又以另一种姿态出现，书名《朝阳》。这一切都足以说明当时斗争的尖锐。《雪》虽然是改定本，不过初版《萌芽》的结尾也有特点,所以中华人民共和国成立后印行的《巴金文集》第二卷里,《雪》的后面同时又附录了《萌芽》的结尾。我觉得这样做很有意思。它可以让读者看到一个作家在创作过程中惨淡经营的苦心:从这里有所比较,从这里有所领悟。

《饶了她》

我和郁达夫先生来往，是在他已经移家杭州、筑起了风雨茅庐之后。他每个月终要有一次乃至几次到上海转转，到上海后又终不免要找文艺界朋友聊聊。他喜欢黄仲则，有一个时期我对《两当轩集》也着了迷，见面就听他大谈黄景仁的诗。就在这些谈话里，达夫先生给我的印象是很好的。他诚恳，热情，带着点名士风度。但我又觉得在他身上有许多矛盾，似乎始终没有脱下"五四"时期知识分子的长衫：他对环境抱着强烈的不满，想起来反抗，又不免颓然而止。记得住在上海的时候，他家里挂着一副自己写的对联，录龚定庵诗句："避席畏闻文字狱，著书都为稻粱谋。"语虽沉痛，却不免仍是郁达夫式的沉痛。这种矛盾也常常反映在他的作品里。比如说《她是一个弱女子》吧，这并不是一部好小说，即使在他本人的作品里，也不是一部好小说。达夫自己说过，写这部小说时心境异常恶劣，"因此这一篇小说，大约也将变作我作品之中最恶劣的一篇。"但这个中篇还是反映了郁达夫性格的全部复杂性，而且正因为有这种复杂性，小说才和"文字狱"扯上了不可避免的关系。

达夫的小说很多是描写知识青年的，发抒了当时所谓"时代的苦闷"。《她是一个弱女子》也没有例外。他从生理的苦闷写到社会、政治的苦闷，作为后期作品的一个转折，又想从知识青年写到工人。小说不但涉及了"四一二"蒋介石大屠杀，还涉及了"一二八"日本法西斯军人的兽行，然而贯串全篇的却仍然是知识青年无可奈何的苦闷。冯世芬是他想要创造的正面形象，看上去却很单薄。这部小说于1932年4月由湖风书局出版，国民党反动派指为"普罗文艺"，出版不到两个月就禁止发行。湖风书局被封以后，文艺书籍的纸型都转让给现代书局，现代为了躲过检查，就倒填年份，于同年（版权页作1928年）12月重印一版，但立刻又被禁止，这回的"罪名"是"妨害善良风俗"。经过交涉，说是删改后可以出版，但指定要删改的却不是那些所谓"妨害善良风俗"的地方。举例来说，原书第十三章说冯世芬留给郑秀岳一包书："里面都是些她从没有听见过的《共产主义ABC》《革命妇女》《罗莎·卢森堡书简集》之类的封面印得很有刺激性的书籍。""检查老爷"大概并不知道罗莎·卢森堡是什么人，删改本里只是把《共产主义ABC》去掉。删得最多的是原书第二十章，开头整整去了两页。为了以见一斑，我只摘录前面二段如下：

新军阀的羊皮下的狼身，终于全部显露出来了。革命告了一个段落之后,革命军阀就不要民众,不要革命的工农兵了。

1927年4月11日的夜半,革命军阀竟派了大军,在闸北南市等处,包围住了总工会的纠察队营部屠杀起来。赤手空拳的上海劳工大众,以用了那样重大的牺牲去向孙传芳残部手里夺来的破旧的枪械,抵抗了一昼夜,结果当然是枪械的全部被夺,和纠察队的全部灭亡。

那时候冯世芬的右肩的伤处,还没有完全收口……

凡是删去的,都是类似的情节,而这就是所谓"妨害善良风俗"的地方。删改本于1933年12月重排出版。改书名曰《饶了她》,因为书里人物吴一粟说过:"饶了她,饶了她,她是一个弱女子!"初版书名用的是下半句,删改本用的是上半句。这个书名含义双关,达夫所以选上它,多少带一点讽刺的意味。但这又的确是郁达夫式的反抗。事实上,《饶了她》也并没有真的被"饶",到了1934年4月,国民党反动派又说它"诋毁政府",不但禁止继续出版,连存书也全部没收了。出尔反尔,这就叫做反动派。懵懂昏庸是一面,残暴蛮横又是一面。我们可以从这里得到很多的教训。

回忆里的故事

巴黎公社的出现，是国际无产阶级革命运动的一个历史转折点。它第一次提出工人阶级夺取政权的问题，无产阶级专政的问题。马克思对公社的斗争作了缜密的分析，最后形成他的关于国家机器的观点。从这个观点出发，列宁进一步写出系统的经典著作：《国家与革命》。这个在历史上仅仅存在了七十二天的公社，就其意义来说，不仅"教会了欧洲无产阶级具体提出社会主义革命的任务"（列宁：《公社的教训》），而且"工人的巴黎与他们的公社将永远被尊为新社会的光荣的先驱者"（马克思：《法兰西内战》）。人们从这里懂得一个真理：工人阶级不可能轻易地简单地取得现成的国家机器，并运用它来达到自己的目的。俄国革命的经验证明了这一点，中国革命的全部过程——它的挫折和成功，同样生动地证明了这一点。

20世纪20年代末，当我还是一个毛孩子的时候，开始在上海接触到工人运动。在一些小型的秘密会议里，经常听到比我年长的工人低低地哼着一种曲子，它和当时流行的曲子完全不同，引起了我很大的好奇心，时而也学着哼哼。有一次，大约是"五一"节晚上吧，在同样性质的一个会议上，人们忽然肃然起立，高声地唱着：

起来，饥寒交迫的奴隶，
起来，全世界的罪人！
满腔的热血已经沸腾，
做一次最后的斗争！
……

满腔的热血真的沸腾起来了。这是我第一次听到这个曲子的歌词，完全没有想到它包含着如此令人激动的内容。我打听歌词的作者，人们告诉我：这叫《国际歌》，是一个公社诗人的作品。这位公社诗人是谁呢？没有人回答得上。1927年12月广州工人起义时，那里成立过苏维埃政府，人们管它叫广州公社。其时起义早已失败了。我便设法搜寻有关公社的材料，直到1930年底，才找到一本秘密发行的小书：《广州公社》。这本小书详细地记录了起义从准备、发动一直到失败的经过，总结了这次革命的教训。我没有发现我想找寻的诗人，却看到了残酷的屠杀，看到了从几千个工人身上喷出来的大量的鲜血，并且由此知道历史上还有一个巴黎公社，知道不分中国外国，东方西方，工人的血总是流向一个理想。我肃然了。因此更加爱上这首歌词，我懂得自己是在找寻一个真正的诗人，不管他是中国人还是外国人。

第二年是巴黎公社六十周年纪念。3月18日那天，上海工人在街头举行飞行集会，我在一个不相识的人手里得到一本刚刚出版的左翼刊物，上面登着介绍巴黎公社的简短的文章，这才知道作歌的诗人就是公社委员欧仁·鲍狄埃（当时译作柏第埃）。于是我又搜寻起巴黎公社的材料来，在所有得到的书籍中，使我最为满意的是威廉·西格尔的一本木刻集：《巴黎公社》。这是约翰·李德俱乐部编印的《国际小丛书》里的一种。全书十九幅木刻，从普鲁士军队兵临城下到资产阶级出卖祖国，从工人的奋起抵抗到公社的宣告成立，从凡尔赛的阴谋到"浴血的一周"，从"公社社员墙"下的大屠杀到新喀利多尼亚流放地的苦役，从马克思写《法兰西内战》到列宁宣告苏维埃政权成立……通过画面给人以非常强烈的印象。这个小册子曾经使我大大地感动，使一切看到它的工人大大地感动。在30年代最艰苦的日子里，我们一直爱唱《国际歌》，也爱读这本画册。

《国际歌》作于"浴血的一周"结束后第二天，在歌词里却找不出一丝儿失败的痕迹，一点儿恐惧的情绪，它只是积极地号召人们起来：战斗到明天。这组木刻真实地为我们展开了鲍狄埃心中的"明天"。马克思致路·库格曼书（1871年4月17日）里谈到巴黎公社的时候说："如果斗争只是在有极顺利的成功机会的条件下才着手进行,那么创造世界历史未免就太容易了。"巴黎公社距今已九十余年,我的回忆里的故事也过去三十余年,光阴如白驹过隙,惟此印象不灭。从巴黎公社到广州公社,这种精神永远激励着我,鼓舞着我,作为《书话》的一页,它让我重新看到了自己的青春。

《药用植物及其他》

《鲁迅全集》新版和《鲁迅译文集》都已经出版了。据我所知，还有很多人辛勤地在搜集它的初版单行本，这倒不是什么寻芳猎奇，故作风雅，其实翻看作者亲自校订的原著，有时也的确另有一种亲切的情趣。《月界旅行》《地底旅行》《中国矿产志》《域外小说集》等因为出版太早，留存不多，寻找起来的确极为困难。但还有一本出版最迟，寻找起来也并不十分困难，却由于并非文艺，没有引起注意，因而往往不入藏家宝库的单行本，这就是《药用植物及其他》。

旧版《鲁迅全集》本来已把《药用植物》收入，因为这是自然科学方面的专书，十卷本《鲁迅译文集》却剔除了，没有再加收录。我当初误以为这部书也像《古小说钩沉》《汉文学史纲要》一样，在鲁迅先生生前没有出过单行本。其实不然。《药用植物》曾由商务印书馆于1936年6月印出，列入《中学生自然研究丛书》，不过单行本名称是《药用植物及其他》，署名曰"乐文等译著"。因为除了上编专收鲁迅摘译的日本刘米达夫原著《药用植物》之外，下编为《其他有用植物》，收有许炳熙著《中国产的天然染料》、陈阳均著《漆树栽培法及制漆》、杜其垚著《龙眼及其栽培法》和《落花生》、耕培著《北方常见的几种食用蕈》等论文五篇。这些文章，和《药用植物》译文，都曾在《自然界》杂志上登载过，可以算是当时研究自然科学的一点成果。乐文是鲁迅的笔名，单行本又多了"及其他"三个字，并且列在专供中学生读的丛书中，没有引起爱好鲁迅译著者的注意，那是难怪的了。但这本书销行很广，出版后九个月，即到1937年3月，已经印了三版，后来战争爆发，遍地烽烟，许多人都走出了课堂和研究室，奔驰于大漠丛莽之际，书的命运也就十分落寞，没有听到出版者重印。我在这里记上一笔，以告鲁迅著译单行本的搜藏者。

线装诗集

"五四"运动以后，由于大家热烘烘地反封建、反复古，的确出现过一些"矫枉过正"的现象。因为有人一股劲主张把线装书丢到茅厕里去，当时许多青年看到线装书就头痛。1926年，刘半农出版了他的《扬鞭集》，用连史纸中式排印，纸拈装订，上海的进步青年曾为文抨击，斥为陈尸人的装束，可以看出彼时的风气。

话虽如此，不过线装本的新诗集却不止《扬鞭集》一种。在这之前，1925 年已经出版了俞平伯的《忆》和徐志摩的《志摩的诗》。《忆》为相当于四十开的小本，朴社出版，丝线穿订，内容手写影印。就字体论，淳朴如汉魏人手迹，也兼有苏长公写经的味道，与作者后来挺秀的书法不同。封面用虎斑笺，篆字题签，画瓶花炉香，扉页又加上龚定庵的两句诗："瓶花帖妥炉香定，觅我童心廿六年。"大概当时作者好定庵诗，出版此书时又正为二十六岁，就有了这个点缀。全书收诗三十六首，附录旧诗词十六篇，除自序及朱自清跋语外，尚有莹环的题词和丰子恺的插画十八幅,其中八幅彩色。这样讲究的印本,在当时是很少见的。《志摩的诗》用四号仿宋字排印,相当于三十二开本,北新书局出版。俞平伯的《忆》印有"呈吾姊"三字,而徐志摩却是为了"献给爸爸"。这也是当时的一种风气,从欧洲出版物上学来的,每出一书,总要献给一个自己最亲近或者与本书有关的人。《志摩的诗》收诗五十五首,后来由新月书店改版重印,易为洋装,删去十四题,《沙扬娜拉》一篇原版为十八首,再版时也仅删留一首,倘要研究新文艺书籍的版本,就这本诗集说,这是一点重要的更动。

与《扬鞭集》同年出版的线装新诗集,还有于赓虞的《晨曦之前》,和《扬鞭集》一样,都由北新书局印行。但从装订印刷上看来,《晨曦之前》似不及《扬鞭集》精美。大抵《晨曦之前》大量发行的是道林纸洋装本,只是用同一纸型印了少数线装,所以用老五号铅字。版口式样,一仍旧观。《扬鞭集》却只有线装本一种。一切版式设计,都从线装本的要求出发,就比较的独创和别致。半农原来的计划出上中下三册,后来只印上中两册,下册始终没有出版,遂使读者有"伯道无后"之憾。上册收诗三十六题,中册收诗并山歌六十二题,下册原定为译诗,作者译诗散见于书报杂志者颇多,不知何以终未收集。

至于译诗用线装本出版的,也不乏实例。据我所知,中华书局的泰戈尔《飞鸟集》和梵乐希《水仙辞》,就都是用的线装。这以后,王统照曾经以所译的诗,自费印过一部线装的

线装诗集　　　　　　　　　　　　　121

《题石集》，收汤姆司摩耳诗十六首，亥丝曼夫人诗十首，勃雷扬特诗六首，凯拉苏塞挪司基诗一首。这部书出版于1941年的上海。其时上海已沦为"孤岛"。译者在扉页印上韩非子的话："悲夫，宝玉而题之以石，贞士而名之以诳，此吾所以悲也。"大概这就是《题石集》命名的由来，也很足以看出剑三在蛰居中的所谓此时此地的心情。至于新文人所作旧诗用线装本出版的，有沈尹默的《秋明集》、刘大白的《白屋遗诗》等等，为数更多，那就不在话下了。

我很喜欢这种线装本，当然不是为了什么复古或者提倡"国粹"，我以为用中国纸印书有许多好处。第一是纸质耐久，容易保存；第二是分量较轻，携带方便；第三是看起来便于把握，不像硬面洋装的一定要正襟危坐。当然，线装本也有麻烦，例如大量发行上有困难，印刷装订过程较慢，成本较贵等等，这一切都有待于进一步的改正和克服。

藏书印

收藏书籍，加钤印记，通常多用私章，讲究一点的就另镌专印，比如"某某藏书""某某珍藏"之类。这种风气的流行由来已久，相传宋朝宣和时的鉴赏印，除书画碑帖以外，已经通用于图书专集，可以说是藏书印的先声。至于加盖私章，当然要更早于此了。这种办法，旨在标明所有，本来是私有制社会的产物，却也给后人留下一点溯宗考源的线索。其于爱好书籍的人，看来还有一点别的意义：有时买了一本心爱的书，晴窗展读，觉得纸白如玉，墨润如脂，不由你不摸出印章，在第一面右下角钤上一方朱红的印记，替这本书增些色泽，也替自己的心头添些喜悦。倘能写几句题记，那就更有意思。我们有时买进一本旧书，看到书里有读后感，有印记，而且出于名家旧藏，往往会认为是意外的收获。有一个时期，同样一部书，只要有黄荛圃的印，黄荛圃的跋，立刻身价百倍，那就简直是书以印贵，书以跋贵了。藏书印发展下来，渐衍渐繁。有人为怕子孙不能谨守先泽，便把箴规的意思镌入印章。叶德辉《书林清话》记明朝施大经有一方藏书章，镌着"施氏获阁藏书，古人以借鬻为不孝，手泽犹存，子孙其永宝之"几个字。钱叔宝的藏书印竟是一首诗，七字四句，道是：

百计寻书志亦迂，爱护不异隋侯珠。有假不返遭神诛，子孙鬻之真其愚。

这种措辞不但今天看来十分无聊，即在当时，钤在书上，其实也是大煞风景的事。钱叔宝还有另外两个藏书印，一个叫做"十友斋"，一个叫做"中吴钱氏收藏"，倒没有这种悻悻然的口气。还有一种办法是不记姓名，只以闲章代替。偶见近人藏书印，借《兰亭序》"暂得于己"四字，用古天衣无缝，而襟怀豁达，殊足称道。

新文人中，阿英藏书极富，大都只盖一方小型私章，朱文阔边，篆"阿英"两字。郑振铎对洋装书籍，往往只在封面上签个名，线装的才加钤"长乐郑氏藏书之印"；后来魏建功替他另外镌了两个，一方形，文曰"长乐郑振铎西谛藏书"，一长方形，文曰"长乐郑氏藏书"。都是朱文写经体，后一个每字加框，纯然古风。北方学者，各有专章，刘半农常钤一大"刘"字。马隅卿则用"鄞马氏廉隅卿珍爱书"。大都废弃篆字，行草杂出，各以其体，倒亦隽永可喜。有的人用泥也极讲究，曾见一种日本印泥，作金黄色，钤诸旧纸，十分悦目。其他私家藏书，既不易见，因此也就无法知道他们的印章究竟是什么样子了。以前赵之谦为人作印，有"节子辛酉以后所得书"一方，于记名之外，兼以记年，好比书画家用"某人某岁以后所作"的印章一样，对考查上，颇为方便。金石家中，张樾丞所镌藏书印风格浑厚，我觉得他的"会稽周氏凤凰砖斋藏"一印刻得极好。作家如闻一多、叶圣陶等均精铁笔。圣陶曾为常絜作印，曰"吴兴常絜藏书"，长方白文，刚劲有力。我买书垂三十年，于此道略不讲究。抗日战争胜利后，偶然兴起，自己镌了一方，有时也钤在书上。虽然少年好弄，二十岁以前学过金石，但毕竟只是恶札，倘论功力，那就不在话下了。

藏书票

就像中国的藏书印一样，西洋藏书家又别有一种玩意儿，这就是藏书票。藏书票的式样很多，方、圆、三角、椭圆的都有。最普通的是长方形，阔约二吋，高约三吋，有单色，有多色，图案变化，各具巧思，而以书、人体、动物和文学故事为最多。有时也画上藏者的门阀、身份和好癖。大抵线装书纸质柔润，便于钤印，洋纸厚硬，也就以加贴藏书票为宜。

欧美藏书票的发现，以德国为最早。就现在所有的资料看来，第一张藏书票的制成远在 1480 年以前，画一天使手捧盾牌，牌上图腾似牛非牛。这是在一位名叫 H. 勃兰登堡（H. Brandenburg）的藏书上发现的。德国的藏书票带着浓重的装饰风格，构图谨严，风靡一时。意法等国流行洛可可（Rococo）式的藏书票，花纹华丽，和 17 世纪的建筑物相似，后来风格渐变，只有人体图案仍极常见，间有以钢笔成画者，和传统的方式不同。不过流风未歇，所受德国旧时藏书票的影响还很显著。

北欧诸国对藏书票亦极讲究，推其根源，大都出自德法两国。英国素崇保守，图案单纯，缺乏变化。美国后起，到现在藏书票虽极普遍，但在形式上仍不能超越欧洲各国，有时以抽象派的画缩印在藏书票上，炫异猎奇，似不足取。日本在模仿了一通欧洲形式以后，建立了自己的风格，这便是以浮世绘为底子的纯粹东洋形式的画面。

除了图案以外，藏书票又大都题上藏者姓名，或接以 His Book，或冠以 From The Books of，最普通的是用 Ex Libris，这是拉丁文，意谓某人所藏书籍之一。到后来各国通用，俨然成为藏书票的替代词或专用词。

美国第一任大总统华盛顿的藏书票，画着一只雄鸷的老鹰，立在王冠之上，这和后来那些构图淫乱的藏书票比起来，实在不可同日而语。德国作家托马斯·曼的藏书票是一张黑白画：春树初芽，野花已放，人犬列坐，纸墨俱全，好像正在构思，则又完全是作家的本色。

我国文人积习相沿，用的大都是藏书印。只记得郁达夫、叶灵凤两位有藏书票，叶灵凤且为藏书票收藏者之一。因为这也和邮票一样，成为可以收藏的对象了。30年代新的木刻画兴起以后，藏书票之作，屡见不鲜。不过大都着重于图案的试作，并非真为藏书而刻。内容方面，志在保持东方趣味，如刘宪、陈仲纲自作的藏书票，都采汉代石刻上的图案。陈仲纲更以古文篆"仲纲藏书"四字相配，完全中国作风，倒也别开生面。

谈封面画

书籍封面作画,始自清末,当时所谓洋装书籍,表纸已用彩印。辛亥革命以后,崇尚益烈,所画多月份牌式美女,除丁慕琴(悚)偶有佳作外,余子碌碌,不堪寓目。"五四"新文艺书籍对这点特别讲究,作画的人也渐渐多了起来,丰子恺、陶元庆、钱君匋、司徒乔、王一榴等,皆一时之选。鲁迅先生间亦自作封面,除普通题字不算外,《呐喊》《坟》(扉页)《华盖集》《小彼得》《引玉集》《凯绥·珂勒惠支版画选集》以及杂志《奔流》《萌芽》《朝花》等几种,无不朴茂可喜。鲁迅一生爱好美术,因此对封面构图,能做到独具匠心。三闲书屋版的《铁流》《毁灭》,潮风版的《勇敢的约翰》,朝花版的《近代世界短篇小说集》两册,书面几行铅字,排来错落有致,十分匀称。最特别的是他替《心的探险》一书所作封面,以六朝人墓门上画像构成图案。耍杂技的人正在表演:群鬼飞舞,奇趣横生。后来田汉的《文艺论集》、开明的《文史丛刊》《文学新刊》,也都以古代壁画石刻为饰,足见此风流衍之长。刘半农《瓦釜集》，索性以旧器照相，饰诸书端，格以红线，古趣盎然。这本书由钱玄同题字，马叔平选器，陈万里制像，颇具淳朴的美感。

至于布局安排，像《瓦釜集》那样，把图画插在封面顶端，在新文艺书籍中极为普遍。丛书如开明书店《文学新刊》、现代书局《现代创作丛刊》等，就都如此。《现代创作丛刊》每册各有图案，彩色缤纷，有几本画得很漂亮。

译本之中，以原书封面或插图为书面的，亦已屡见不鲜。新生命本《士敏土》，三闲本《铁流》《毁灭》，未名本《烟袋》《第四十一》《十二个》《黑假面人》等，都用这个办法。曹靖华为骆驼书店译《城与年》，也袭用原书封面。巴金曾说这是骆驼各书中最漂亮的一册，我以为确是这样。

至于名家作品，陶元庆、钱君匋、司徒乔三人画的最多。君匋长图案，取材多采用植物，如禾穗、树苗、花叶之类，开明版《空大鼓》《两条血痕》《家庭的故事》，北新版《栀子花球》、春潮版《爱西亚》以及万叶版精装本《第一年》，都没有跳出这个范围。司徒乔好画人物，北新版《缥缈的梦》《卷葹》和《法国名家小说杰作集》，虽构图不同，而全系人物，笔触所至，变化不多，似不及他平常所作的画出色。三人中我最喜欢元庆的作品，一幅《苦闷的象征》，已是人间妙品，而鲁迅的《朝花夕拾》《工人绥惠略夫》，许钦文的《蝴蝶》《毛线袜》《若有其事》《仿佛如此》等书，都由他代作封面，十分出色。元庆有一幅画叫做"大红袍"，许钦文取以为短篇小说集《故乡》封面，色彩醇美，构图奇巧，尤属不可多得。作者天赋既佳，作画时又从来不肯苟且，故幅幅见工力，亦幅幅具巧思。至于纯粹以中国画作封面，除杂志外，单行本极少见，有之，惟未名版《冰块》而已。双松倒挂，冷月当空，纯然水墨作风。

自从丛书风行以后，出版者为求有同有异，在封面设计方面，往往采取不同画图，作一致布局。既可以成套，又各有特点，这个设想是不错的。可是搞得不好，也会流于西洋通俗本一流作风。譬如《晨光文学丛书》，比起它的前身《良友文学丛书》来，就较为逊色。反不如文化生活出版社《文学丛刊》《文化生活丛刊》《西窗小书》等素朴可爱。这些书不用画图，只在铅字的大小、颜色和排列上用功夫。听说蓝本是鲁迅先生供给的，我觉得作为封面设计的一种，大方可取。中华人民共和国成立以后，书籍封面大抵都遵顺这条路子，可惜变化太少，这几年来有所开拓，慢慢地显得更为多样了。

画册的装帧

画是艺术，画册的装帧必须符合美术上的要求，它本身也是一种艺术。看罗丹雕塑集，一见法国式三面不切边的独具野趣的装帧，或者看伦勃朗画册，一眼望见亚米奥·杜蒙（Amiot Dumont）版洁白封面上三只富有情感的手，不能不令人心神俱往。鲁迅用中国传统装帧来印行西洋画册，例如《凯绥·珂勒惠支版画选集》和《梅斐尔德木刻士敏土之图》，我以为很有道理，因为它别具一种艺术上的情趣。

线装本《凯绥·珂勒惠支版画选集》开本特大，用宣纸精印，共收版画二十三幅，里页有说明云：

> 1935年9月，三闲书屋据原拓本及艺术护卫社印本画帖，选中国宣纸，在北平用珂罗版印造版画各一百零三幅。1936年5月，在上海补印文字，装订成书，内四十本为赠送本，不发卖，三十本在外国，三十三本在中国出售，每本实价通用纸币三元二角整。

文下更附八字："有人翻印，功德无量"，我在前面已经谈过。这本画册封面用泥金笺题签，在磁青纸上显得特别健朴可爱，纸的大小与封面的比例，十分匀称，而四行题签，更是疏落相间，鲁迅都花过一番心思，一加改动，就不是那么一回事了。《梅斐尔德木刻士敏土之图》开本略小，收图十幅。题签用长条白纸，仿宋字，加黑框。这本书印造也只有二百五十部。有人曾认为"私人精印本，属于罕见书之列"。其实珂罗版印数有限制，鲁迅之所以要力求精美，连装帧也不放松，目的还是在于给青年艺徒以借镜，从这里也可以得到艺术修养的陶冶。

从同一目的出发，鲁迅也用洋装印过版画，《死魂灵百图》且不去说它，我这里想提一提的是《引玉集》。《引玉集》收录的是苏联版画，鲁迅特意寄到日本去印刷和装订。书高七吋半，宽六吋，封面底版黄色，鲁迅自作图案，红底黑字。书脊与底面则为黑色，脊上书名用红字，色泽和谐，特别雅致，共收图五十九幅（初版封面及后记均作六十幅，误）。末印说明云：

> 1934年3月，三闲书屋据作者手拓原本，用珂罗版翻造三百部，内五十部为纪念本，不发卖；二百五十部为流通本，每部实价一元五角整。

我们通常见到的都是流通本。却不知道纪念本更为讲究，比流通本高出一吋有余，麻布封面，皮脊包角，书名是烫金的。又因所选纸质更佳，比流通本厚过一倍。这两种本子一列用纸套。不用说翻检内容，就是一看到版式装帧，也使人美感突兴，神驰不已。我不是在这里提倡什么"私人精印本"。装帧美丑，不完全决定于花钱多少。有时成本很低，也可以设计得十分漂亮。日本出版界常常选用土制粗纸，作为画页底版，看上去有一种粗犷之美，也很出色。记得 30 年代中国左翼文化运动时期出版的《现代版画》，采用过同样办法，颇具民族特点。我总觉得装帧是内容的仪表，可以导诱人们去接近内容，它本身也是一种艺术。一般书籍如此，画册就更应该如此。我们有一个时期对这方面注意不够，但在中华人民共和国成立十周年纪念的时候，的确出版了一批装帧极好的画册。一经倡导，便呈异彩，说明我们的潜力很大。不过有些过于豪华，也不是改善装帧的正轨。

附录

关于《守常全集》的一点旧闻

一

编辑同志：

晦庵的《书话》中讲到《守常全集》第一册的出版，但是没有讲起这集子编集的事情。据我所知道，这集子是守常先生的侄子李白余所收集的，他本名李兆瑞，是清华大学的学生。在守常先生死难以后，他立意搜编遗稿，在各图书馆勤苦抄录。等得编好了的时候，北京方面已是蒋介石的特务密布，个人行动有点不大自由了。李白余计划逃出华北，乃将抄好的文集四卷原稿一大包，交来托我代为保存，他自己就从此不见了。到了解放之后，他这才重复出现，那时已经改名李乐光。可惜他已于几年前去世了。

1933年，在北京下斜街浙寺为守常开吊后的一星期，即4

月29日，守常夫人及女儿李星华曾来访，谈出文集事。由此推想，原稿第一、二卷寄给北新书局大约也是那时的事情。其时恐怕出版会有困难，所以听说要请蔡子民写一篇序，但是似乎他也没有写。鲁迅附识里的所谓 T 先生，可能便是蔡子民。

文集第三、四卷的原稿，连同一张守常在日本留学时的照相，则是在一九四九年移交给有关人的。

难　明

二

编辑同志：

你们转来《关于〈守常全集〉的一点旧闻》，已阅，其中所提供的材料，现在知道的人恐怕不多了。例如李白余同志的种种努力、文集底稿原分四卷等等，对于研究大钊同志遗稿编集经过，很有帮助，纵非"孤本"，也值得特别重视。因此，我想在这里附带宣布一个愿望：《守常全集》以外各篇，我也竭诚期望海内博洽君子，多加补充，不仅个人受益，对于关心现代文化史料的人，都会有很大好处。

关于大钊同志遗稿，我因此有几点想法，顺便说明一下：第一，北新版《守常全集》于1939年4月出版，内分上下两卷，根据材料指出的先后交稿时间，《全集》所收其实是底稿的第一、二卷，不包括三、四卷。第二，1949年7月上海解放后改名出版的《守常文集》，用的是《全集》的原纸型，内容毫无改动，仍旧不包括底稿第三、四卷。第三，1959年重编的《李大钊选集》，其中《原人社会于文字书契上之唯物的反映》《中山主义的国民革命与世界革命》《鲁豫陕等省的红枪会》等文，注明"按《守常文集》刊印"，大概是因为第一、二卷底稿在编印《守常全集》时已经散佚，又没有找到原先发表的书刊，所以作了如上说明。第三、四卷底稿尚存，可以按底稿排印。但为什么底稿尚存的部分都可以找到原发表的书刊，作了校对，底稿失掉了的部分（发表的书刊名称还是标出了的）偏偏就找不到原发表的书刊了呢？这倒是太巧而又太不巧了。我想经手编印《李大钊选集》的同志是一定清楚其中原委的。

至于鲁迅所作《题记》里说的与G书店有关的T先生，是指曹聚仁而非蔡元培，因为《题记》是前者要鲁迅先生写的，而他和群众图书公司有关系。

晦　庵

三

编辑同志：

你们转来难明和晦庵的两封信读了之后，很感兴趣。作为《李大钊选集》编辑工作的参加者之一，我也将《李大钊选集》编辑的情况略作说明。最先搜存李大钊遗著的是李乐光同志。解放前，北新书局出版的《守常全集》就是他所编选的一部分。解放后他又搜集抄录了不少材料，并着手重新编排。1957年初，我们看到这部稿子时，完全是按系年排列的，其中大多是手抄稿，也有一部分打字和《守常文集》的剪稿。编辑方案看来还未确定，但他已不幸逝世，未能完成这一工作。我们当时抄录了一部分，即将原稿转交有关方面。以后我们又看到方行同志编录的一部稿子，与李编大致相同，但有不少新材料。《李大钊选集》就是在这两部稿子的基础上，加上我们搜集的一部分文章，编选而成的。在编选过程中，凡是能找到最初发表文章的刊物原件，我们都尽量找来进行了校对，改正了不少错讹遗漏之处。《史观》和《马克思的历史哲学》两文，系摘自《史学思想史讲义》，未找到原件，按手抄稿刊印。《原人社会于文字书契上之唯物的反映》亦系讲义，未找到原件，手抄稿与《守常文集》相同，按《文集》刊印。《中山主义的国民革命与世界革命》和《鲁豫陕等省的红枪会》两文，李、方目录均注明原刊《政治生活》，而未录刊期，我们也未查到原件，手抄稿与《文集》相同，故按《文集》刊印。这些文章的原件至今还未找到，如有收存或知道者，尚盼告知，以便于今后重印时校订。

近代史研究所　丁守和

（1962年8月31日《人民日报》）

先烈李大钊遗著编录经过

方　行

读8月31日《人民日报》"读者·作者·编者"栏难明、

晦庵、丁守和诸同志《关于〈守常全集〉一点旧闻》，其中提到我所编录的大钊同志的遗稿，这件工作是周建人、蔡尚思同志等我们数人共同进行的，我不过做些抄录工作而已。有关经过，可以一谈，但事隔多年，难免记忆有误，希望有关诸同志加以纠正与补充。

一

太平洋战争爆发了，"孤岛"的上海，也为日本帝国主义所公然攫取，白色恐怖，更趋严重。历经国内外反动派严重摧残而得以保存下来的革命文献和进步书刊，眼看又遭到敌伪更大规模的焚毁而非常痛心，特别是革命先烈的遗著，我们深信决不是敌人所毁灭得了的，经过民族解放战争的烈火，将更辉煌地发出万丈光芒！于是抱着激愤的心情，在故纸与余烬堆中，默默地从事于收集工作。由于当时的工作关系与客观条件的限制，经过两年多的努力，仅得五六十篇。当日寇作垂死挣扎的时候，一夕数惊，已收集到的稿子，不得不多次转移，因此，对于收集工作的进行，带来了极大的困难。

1945年8月，由于中国共产党和毛主席的英明领导，中国人民的艰苦抗战，已经取得了胜利。由于工作上的关系，周建人、蔡尚思诸同志和我常在一起，大家谈到应当将大钊同志遗著的收集工作继续进行，尚思同志并出其所藏《守常全集》（分上下卷，共收遗文三十篇）、《史学概论》以及从刊物上剪下来或抄录下来的遗文若干篇。这样，我们的工作又开始了。

记得是1946年吧？听说北京大学图书馆的某先生，非常钦佩大钊同志，用了近二十年的时间，专志于大钊同志遗著的收集工作，积稿甚多。大家听了这个消息非常高兴，当由周建人同志写信给他的北方友人去接洽，答谓此稿和北大图书馆的其他书籍，均运西南地区，尚未北运，那位某先生当时不在北京，一切容再续告。此后久无消息，我们曾托郑振铎先生去信托其友人从旁探问，也未得确复。后来，承周建人同志的一位亲友肖君告知，据说那部稿子在一位周姓青年手里，我们就托他去信进行，复信说稿子是有的，就是一时记不起放在什么地方，容觅得后函告。稿子既然有了着落，是不可放松的，于是就抓紧时机进行，迭请肖君前往催询，终于确信来了，说是只有第三、四卷的抄稿，但不同意借沪，要派人到他家里去抄，条件是抄录者一定要大学教授，否则恕难"允命"。难题来了，我们既急于想把它抄下来，一时又到哪里去找一位能了解这项工作意义的大学教授呢？煞费踌躇，后来辗转托人，终于把这份稿子抄来了，计文六十余篇，及发表在《每周评论》和《新生活》上的随感录全部，另有译文四篇，新旧诗共十八首。但这批抄稿，均未列各篇发表时的署名，有的仅书发表在某刊物而未注明卷数、期数及出版时间，有些文章虽注明录自《北大讲义》而未列其详，由于辗转抄录，笔误甚多，有的甚至难以卒读，纵然如此，当时喜悦的心情，真是"无与伦比"。特别是那些"五四"前后北方所出版的刊物，上海很难借到，有之亦仅残存的一小部分而已，现在都抄来了，虽然其中有好多篇文章，亦为我们所陆续收集到，毕竟大大丰富了遗文的篇数。至于发表在《甲寅日刊》及《晨报》上的文章，尚为这批抄稿所无。接着我们就展开校勘，并着手进行编集工作。这时已届1947—1948年之交，解放战争日益取得决定性的胜利，蒋匪帮已处于覆灭前夜，倒行逆施，迫害人民，达到了疯狂的程度，这批稿子放在身边，无异于"捏一团火"，随时有发生意外的危险，即和徐伯昕同志研究，决计把它迅速印出来，请生活书店出版，可以不再散佚，但当时上海的环境，已不允许排印这样大部头的革命书籍，不得已而将抄稿暂藏他处，上海解放后才行取回。

直到这时，我们才弄明白，所谓北大图书馆的某先生，即李乐光同志，抄来的那份稿子，即他所编而保存在北京的。

二

新中国诞生了，人民成为国家的主人，我们进一步收集革命先烈的遗著，获得前所未有的成效。

当上海解放之初，北新书局在报上登出了要重印《守常全集》的广告，当然是件好事。但《全集》并不全，而且有很多非常重要的著作没有收进去。由我写信向北新书局加以说明，并谓如果要重印的话，可将书名改为《守常文集》，以先飨读者，旋得北新书局6月23日复信同意改称《守常文集》。该书新一版于是年7月出版。

1951年2月3日《光明日报》发表刘弄潮编的《李大钊

著述目录试编》，计有除见于《文集》以外的一〇一篇遗文，其中包括北大及女高师的讲义五种。我们曾将此目和那时已辑集到的作品核对了一下，发现除互有重复者外，尚有一六七篇为刘目所未载，于是蔡尚思同志和我将上述各篇的分类篇目，发表于1951年5月24日上海《大公报》。这篇编目发表以后，得到各方面的协助，提供了很多前所未见的篇目，并借到了《支那分割之运命驳议》一书。这本书出版于1921年，为北洋法政学会同人"怵于亡国之痛，亟取而译之，并附驳议"以痛斥日本帝国主义分子的狂吠，所有译者按语及批跋，均针对妄图瓜分中国的阴谋以污蔑中华民族的谬论而发的，"字字皆薪胆之血泪……亦欲为国人当头之棒，惊梦之钟，知耻知惧，激发其复仇敌忾之心"。"中国者中国人之中国"，"神华男儿"应"奋起雄飞"。这些驳议，分别出自该会同人之手，惜笔者未曾署名，时大钊同志担任该会编辑部长，主持此书编务，很多为其手笔，可以无疑，据大钊同志署名的该书出版启事（上面的若干引文均据启事），足资证明。现在竟发现了此书，极为难得。

此后，又经过几年的累积，所收集到的遗著更多了，于1956年冬，由我草成《试编李大钊（守常）遗著系年目录》，发表于《学术月刊》第一至第七期（1957年1至7月出版），果然"抛砖引玉"，承国内外学术界惠予指教，除函示某几篇篇目在时间排列上有误及时作了订正外，最值得兴奋的是得到了多年访求无着的讲义两种，以及极为珍贵的手迹若干种。

三

大钊同志初名耆年，又名龟年，后名大钊，字守常，号阁斋，另曾化名李鼎丞，他所用的笔名，据现时所知，有明明、暝、孤松、猎夫、TC、TC生、SC生及LSC生等。他的著述，是用上述名字或笔名发表的。经多年收集，共得四百篇左右，译文及和时人连署的宣言之类，尚不计在内。可是还有很多作品没有收集到，如：

（1）讲义 "五四"运动以前，大钊同志应北京大学、北京女子师范大学、中国大学等校之聘，担任历史系、政治经济系、法律系等教授，关于讲授这些课程的讲义，仅得在北大所讲的《唯物史观》和《史学思想史》印本两种以及《原人社会于文字书契上之唯物的反映》一篇。《史学思想史》，据刘弄潮文亦为大钊同志北大授课时讲义，商务印书馆曾列为百科小丛书第五十一种，于1924年5月以单行本出版。据金毓黻、刘弄潮讲，大钊同志尚有《现代政治》《社会主义》等著作。

（2）讲演记录 1921年，中国共产党成立以后，大钊同志等在北京成立了"马克思学说研究会"，积极传播马克思主义，曾作过多次公开讲演，除1922年2月19日讲《马克思经济学说》存有记录稿外，据同年5月1日《晨报》载，该会于5月5日将举行马克思诞生一百二十四周年纪念会，请大钊同志讲演，讲演"系公开性质，无论何人，一律欢迎"听讲。1923年，大钊同志在另一个讲演会上，还讲过"印度问题"，这两次讲演记录，都没有觅得。还有大钊同志曾多次来过上海，几乎每次受到大学或社团的邀请作讲演。大钊同志在广州时，也作过几次讲演，可是都未见到全文。

（3）专著　《平民主义》已由商务印书馆列为科学小丛书第十五种于1923年1月出版。另有《世界风云与中国》一册，可惜不知现藏何处。

（4）未完稿及仅知的篇目　《唯物史观》讲义中《中国古代经济思想特点》一篇为未完稿。另为发表于1916年4月1日出版的《言治》（季刊）第一册的《战争与人口》（上），其续稿不见于该刊第二、三册（该刊共出几期不详）。此外，《悲壮的精神》一文，则不知发表在何刊。据说大钊同志在辛亥革命以后有作品若干篇，发表于天津出版的报纸上，这就连篇目亦不知道了。

（5）残文　据何干之同志《纪念李大钊中国共产主义的先驱者》文，大钊同志为反对资产阶级改良主义曾撰有《对社会的告白》一文，他从时间地点条件这个革命辩证法的观点出发，指出各国革命的特点："在别的资本主义盛行的国家，他们可以用社会主义作工具去打倒资产阶级，在我们这不事生产的官僚强盗横行的国家，我们也可以用他作工具，去驱除这一般不劳而生的官僚强盗。"另外，大钊同志为反对专制反对军阀内战，还写了一篇《社会主义同盟草案》。这两篇均未见到全文，仅各存残文若干节。

（6）手札　现时所发现者仅不多的几通，另有致章行严和

附录

吴弱男的若干通。前闻北京周姓处藏有致鲁迅的手札若干通，即托人前往了解，没有下文。

此外，大钊同志在他所主持或编辑的报刊上所发表的文章，有的是不署名的。据刘弄潮考证，《每周评论》上《新纪元》一文，即出自大钊同志之手（见1951年7月6日《进步日报》）。这个发现很重要。是否仅此一篇呢？有待于对此有研究的同志继续加以考证。

至于晦庵同志文中所提到的三篇作品，在《李大钊选集》出版时，均未见原刊本而据北新本排印的，现有两篇已查明出处：

（1）《中山主义的国民革命与世界革命》一篇，发表于《政治生活》第七十期（1926年3月12日出版），署名守常。

（2）《鲁豫陕等省的红枪会》一篇，发表于《政治生活》第八十、八十一期合刊（1926年8月8日出版），署名猎夫。

《政治生活》直到今年才见到断断续续的二十期（最迟的为八十六期，该刊究出若干期，不详），因非全份，该刊是否还刊有大钊同志的其他作品，当然难以妄测，而上述两文的出处与署名，可于《李大钊选集》再版时予以补正。

今年的另一收获：承田家英同志出示所藏大钊同志早年的手迹一册，甚为珍贵。大钊同志早年曾号阉斋，就是从这里知道的。

（1962年10月7日《文汇报》副刊《笔会》）

读余书杂

《沉沦》和《茑萝》

郁达夫所著的小说集《沉沦》问世后,风行一时。此书初版出于1921年10月15日,列为《创造社丛书》第三种,由上海泰东书局发行,其时作者尚未回国,留居东京,故《自序》里在介绍《沉沦》《南迁》两篇的主题以后,便这样说:

> 这两篇东西里,也有几处说及日本的国家主义对于我们中国留学生的压迫的地方,但是怕被人看作了宣传的小说,所以描写的时候,不敢用力,不过烘云托月的点缀了几笔。

书中除《沉沦》《南迁》以外,尚有一篇《银灰色的死》,曾发表于《时事新报》副刊《学灯》。这三篇连同《茑萝集》里的一些文章,后来均收入全集之二《鸡肋集》里,自序却删去了。《茑萝集》原亦为泰东出版物之一,列为《辛夷小丛书》第三种。四十八开小本,1923年10月初版,书分七目:一、

《献纳之辞》，二、《目录》，三、《自序》，四、《血泪》，五、《茑萝行》，六、《还乡记》，七、《写完了茑萝集的最后一篇》。其中四、五、六三目均收入《鸡肋集》，另加《胃病》《还乡后记》两篇；一、二、三、七则被删去。达夫写这两本书时，心境最为苦闷忧郁，他曾想到俄国去当劳动者，到扬子江边去徘徊求死，于月明之夜吃得醉饱，图一个痛快的自杀，种种念头，纷至沓来。其《自序》第二节云：

  人生终究是悲苦的结晶，我不信世界有快乐两字。人家都骂我是颓废派，是享乐主义者，然而他们哪里知道我何以要去追求酒色的原因？唉唉，清夜酒醒，看看我胸前睡着的被金钱买来的肉体，我的哀愁，我的悲叹，比自称道德家的人，还要沉痛数倍。我岂是甘心堕落者？我岂是无灵魂的人？不过看定了人生的命运，不得不如此自遣耳。

达夫的话没有一点做作，没有一点虚伪，这是他和许多道德家不同的地方，也是他和许多浪荡子不同的地方，否则，醇酒妇人，岂非连轻薄小儿、下流淫娃都可以自拟为文学家了吗？大抵性情中人，处处见真，有当年对日本军国主义的不满，这才有南洋殉身的一幕，以鲜红的血，结束了"徒托空言"的生涯。"生命诚可贵"，然而吾不遑为达夫惜矣。

《落叶》之一

郭沫若中篇《落叶》，用书函体，计信四十一封，第一封信中有俳句云："委身于逝水的落叶呀！"因即以之为《落叶丛书》第一种——似乎也没有再出第二种。书为四十八开小本，1926年4月创造社出版。精装用麻布面，分红黄两种，完全日本风味。后来归光华书局发行，改版重印，可就没有这样精致了。

《落叶》之二

比郭沫若的《落叶》迟两个月，徐志摩也有《落叶》一书，在北京出版。郭、徐均为诗人，两书同名，而又均非诗集，可谓巧合。郭沫若的《落叶》是小说，徐志摩的《落叶》则系散文，大半为讲演稿。开卷第一篇是在北京师范大学讲的，题曰《落叶》，也就是本书命名的由来。徐志摩散文，除《落叶》外，尚有《自剖》及《巴黎的鳞爪》两书，所收各篇，情思丽绵，有"浓的化不开"之称。《落叶》虽多讲稿，时涉理论，但也热情奔放，富于诗趣。初版封面用红色宣纸，另有黑底白条木刻落叶图一，长二吋，宽吋半，贴书面上；扉页题眉，仿柳公权体，擘窠大字，再版时则皆改去。按志摩著作，多由陆小曼题签，《落叶》两字既非本人手迹，或亦小曼之大笔乎？

《一只马蜂》及其他独幕剧

近年来话剧风行一时，创作喜剧，亦屡见不鲜。"五四"初期作品中对喜剧独具成绩者，首推丁西林。西林所作《一只马蜂》，剧情自然，对话俏皮，各地争相排演，盛极一时。这个剧本于1925年5月由北京大学现代评论社出版，列为《现代社文艺丛书》之一，书名为《一只马蜂及其他独幕剧》，共收《一只马蜂》《亲爱的丈夫》《酒后》三篇，作者有序言云：

> 如果著者有那种荣幸，这本小书里面的第二篇戏剧——《亲爱的丈夫》——得蒙爱美的戏剧家认真的拿到舞台上去做试验，著者深信那里面的主角任太太，最好是请黄凤卿自己去饰；如果排戏的人不知道到哪里去找他，情愿勉强的对付，那么，他应当请一个女人代替他。
>
> 十四，五，五。北京

这本书绝版已久，至 1931 年，由新月书店重印，改名为《西林独幕剧》，另加《北京的空气》《瞎了一只眼》《压迫》三剧，共计六篇。现在并此重印本，也不再容易得到了。

《原来是梦》

　　宋春舫独幕趣剧《原来是梦》一种,为褐木庐发行,1936年5月初版,共印五十册,印数奇少,遂入"罕见书"之列。喜剧作者,丁西林外,春舫也可说是卓然的一家。

《玉君》

杨振声的《玉君》由朴社出版，列为《现代丛书》之一，毛边道林纸印，篆文题签，封面上绘武士劫美女骑骆驼上，大有《天方夜谭》中故事风味。作者以为"说实话的是历史家，说假话的才是小说家"。根据这点信念，努力做去，把《玉君》改了好几遍，自序末段里说：

> 先谢谢邓叔存先生，为了他的批评，我改了第一遍。再谢谢陈通伯先生，为了他的批评，我改了第二遍。最后再谢谢胡适之先生，为了他的批评，我改了第三遍。

无论作者的创作信条如何，他的态度是严肃的。杨振声长期从事教育工作，虽然《玉君》以后，写得较少，但始终不忘文艺事业，辛勤创造，少而十分认真。他的小说具有独特风格，个人情致比较鲜明，在早期各家小说中，这也是颇为难得的一点。

再记《玉君》

我曾谈过《玉君》，颇以作者写得较少为可惜。近来振声重理旧业，时有散文及短篇在杂志上发表。至于前谈《玉君》，根据的是朴社本第三版。今年7月，钦源以《瓦斧集》一册见贻，谓得之于上海北四川路。归途过这个书摊，浏览一过，见有初版本《玉君》一册，书尚生辣，惟一七八页以后，则付阙如，因购之，持归与朴社版相较，才知这部书经作者修订，改动颇多。初版书脊下作《现代社文艺丛书》第一种，封面全白，蓝篆"玉君"两字，旁署"作者杨振声"，围以长框，纹如古砖，卷首《自序》，除文句稍有更动外，初版第二节尚有这样的一段：

然则小说家都是骗人的吗？我又答没有一个小说家能骗过人的。你或者可以被科学家骗了，但是不能被小说家骗了的。因为科学家是为天然说话，你看了他的书，仍是不能知道他这个人；小说家是为自己说话，你在书中到处都可以捉到他的。譬如在《玉君》中，林一存海外归来，孑然独居。回首盛时，自愿玉君一如昔日。而偏偏玉君已有了情人；有了情人也罢，又偏偏是他的朋友；既是他的朋友，自愿此生此世，不再见到玉君，偏偏杜平夫又以玉君相托；偏偏要他作个红娘；作个红娘也罢，偏偏玉君处又来提亲；此真令人难堪之至者矣。故其桥下第一梦，欲杜平夫能有外遇也，第二梦欲早能与玉君有婚约也。但梦虽能替心说话，而不能替心办事，梦亦终留为 unfulfilled wish 耳。至其出游、种田等等，都是求 sublimation 的把戏。而其种种不平的议论，处处都是感情引导着理想，suppressed wish 在那里捣鬼儿。至玉君对婚姻制度起了反动，就是林一存的 complex 有了结局。作者初无意比附于心理分析学来写小说，不过写完后一看，自己才吓了一大跳。索性就写了一篇 Freudian 序在这里。

至于正文改动，随处可见，例如现代社初版本第一章第一段："不免想到未离家以前，父母俱存，姐姐未嫁，亲友往来频仍"，朴社本作"不免想到未离家以前，父母尚在，姐姐未嫁，亲友往来不断"；"正在低回往事，忽听到乓乓乓一阵叩门的环声，把我的旧梦打断了"，朴社本作"正在重温旧梦，忽然乓乓一阵扣门的环声，把我的梦网碰破了"。这种修正，几乎每章每节都有。初版本《自序》末段也和朴社本一样，说明此书由于邓叔存、陈通伯、胡适之的批评，前后改过三次。初版原文已经改过三次，这第四次的修改，不知又是为了谁的批评？但我愿再度指出：虽然作者应当有自己的主见，不能处处听人，事事随人，但杨振声创作态度的认真严肃，却是大足以为后进效法的。

《花之寺》

由苏雪林想到陈西滢、想到凌淑华。淑华有书曰《花之寺》,友人陈西老(这里指我的朋友陈西禾,即林柯,并非陈西滢,合亟声明)极口称道,偶于旧书铺中见之,亟收焉。书为新月书店出版,共收小说十二篇,以素淡笔墨,写平凡故事,如云林山水,落笔不多,而意境自远。可与丁西林的独幕喜剧同观。卷首有《编者小言》,出于其外子陈西滢手笔,惟称所收小说为十四篇,我购得的《花之寺》既为初版,而全书仅十二篇,再版除换了封面外,内容毫无变动,非付印时抽掉两篇,《小言》不及改正,则必为外子笔误无疑。

舍金上梓

1933年秋，《申报》副刊《自由谈》上曾经掀起过一场风波，这就是以鲁迅和施蛰存为中心的关于《庄子》与《文选》的论争。施蛰存在《突围》里有一段说：

> 我看一本《佛本行经》，其意义也等于看一本《谟罕默德传》或《基督传》，既无皈佛之心，更无劝人学佛之行，而丰先生的文章却说是我的《渡世法》，妙哉言乎，我不免取案头的一本某先生舍金上梓的《百喻经》而引为同志矣。

鲁迅的《重三感旧》，发表时用丰之余笔名，施蛰存文章里所说某先生，指的就是鲁迅，"以子之矛，攻子之盾"，在蛰存，大概是自以为相当得计的。平心说来，鲁迅的捐资印《百喻经》，志在讽世，所谓"天竺寓言之富，如大林深泉，他国艺文，往往蒙其影响"，他于公余研究佛经，在浩渺如海的经籍中，独取《百喻》，倘非具有文艺批评者的眼光，是不克臻此的。鲁迅研究佛经，始于1914年，《百喻经》即于是年雕版，至次年一月刻成，分上下两卷，上卷二九页，下卷二七页，每页二面，每面十行，每行二十字，线装一册，毛边纸印，末附识语云：

> 会稽周树人施洋银六十元敬刻此经连圈共计二万一千另八十一个印送功德书一百本余资六元拨刻《地藏经》《十轮经》。
>
> 民国三年秋九月金陵刻经处识

后来，王品青重校此书，"除去教诫，独留寓言"，由北新书局用铅字排印，恢复书名曰《痴华鬘》，鲁迅曾为作序。我藏有这两本书。并居珍籍，《痴华鬘》由钦源代购，《百喻经》则系黄裳所赠，同拜友情之赐，亦奇遇也。

《百喻经》

沈从文曾有杂文一篇,题曰:《劝人读经》。这所谓经,既不是和尚尼姑念念有词的《心经》《高王经》,也不是当年江亢虎之流存文会所提倡的四书五经,而是天竺僧伽斯那从修多罗藏十二部经中抄出的《百喻经》。《百喻经》曾由王品青校点,北新书局出版,中装蓝泥印,穿心纸钉,书名曰《痴华鬘》,鲁迅为之作序云:

> 佛藏中经,以譬喻为名者,亦可五六种,惟《百喻经》最有条贯。……王君品青爱其设喻之妙,因除去教诫,独留寓言,缘经末有"尊者僧伽斯那造作《痴华鬘》竟"语,即据以回复原名,仍印为两卷。尝称百喻,而实缺二者,疑举成数,或并以卷首之引,卷末之偈为二事也。尊者造论,虽以正法为心,譬故事于树叶,而言必及法,反多拘牵;今则已无阿伽陀叶,更何得有药裹,出离界域,内外洞然,智者所见,盖不惟佛

说正义而已矣。

《痴华鬘》分上下两卷,上卷五十则,下卷四十八则。经中意义,在目前这个光怪陆离的社会里,仍寓讽喻之意,还值得大大提倡,读鲁迅之序,从文之短文,此意若可会耳。

图文并茂

北新书局将出版《达夫全集》，共分六卷，日记和游记就占了一卷，新文人中擅写游记的很多，但求心手相应，情文相称的，首推达夫。全集之中，我以为这一卷最值得注意。

达夫之外，还有一个擅写游记的人，这就是孙福熙（春苔）。新朝社《文艺丛书》中最厚的一本，《山野掇拾》，就是他的作品。这是一册游记，更准确地说，这是一本从日记中摘录下来的游记。论文字，达夫似乎比春苔更多含蓄，而春苔又比达夫更能尽言，他们都是崇拜自然的人，不过达夫是诗人，而春苔却是画家，画家和诗人有相通的地方，亦有彼此不必苟同的异状，读过了《山野掇拾》和《屐痕处处》，当信此言之不谬。

《山野掇拾》和《屐痕处处》不同，还因为前者写的是异国风景，这是作者留学法国里昂时，到Savoie乡村去画山野时的实录。全书八十二节，各缀小题，从出发到回到里昂，最后一节说明为什么有这个记述。他的理由似乎简单得很，劈头第一句便是：

> 我本没有将《山野掇拾》发表的意思；但闻到野花香，不禁思念故人，于是起了借驿使聊赠一枝之意，想与故人共赏之。然而我是失败了。我本想尽量掇拾山野风味的，不知不觉的掇拾了许多掇拾者自己。

可见作者所写的不全是山野，画家和诗人相通的地方就在这里：春苔或者也还是未能忘情的吧。A. Vicard 在序文里说：

> 你是怎样的叙述你在 Savoie 旅行时的印象的呢？我是不懂中国文的，我似乎是很难于来谈论这个了。其实，我有许多资料可以指示我对于你的游记的优点的批评。
>
> 第一，我有你给我看的若干页的译文；其次，装饰在书面上的动人的风景画，是从你的笔下出来的，图画是最完美的万国语，为我所懂得的；最后，除我们的许多次谈话的机会以外，今年夏季，在法国西部的我们的旅行中，我能够天天珍重你的人格的价值。我能够说，不是想无益的恭维你，你的观察事物的细致，只有你的博学者的知识的广大可与相比。这不是我一个人的意见，你的朋友们，早已为了要表示他们对于你的特别的推重，给你一个别号为"细磨细琢的春苔"。

维卡尔的话说得不差,春苔以他柔美的画笔战胜了和他同时代的游记作者。《山野掇拾》里一共有四幅插画,即:《扣动心弦深处》《"你们去多逛一回,等我画好之后再来看"》《又是一个海天远别》《在夕阳的抚弄中的湖景》,一律用铜版纸精印,第一幅和第四幅为彩色。制图之精,一时无两,使我们有图文并茂的感觉。

这本书于1925年2月出版,列为《新潮社文艺丛书》之一,全书左起横排,目录倒置书后,所用道林纸极厚,毛边本。装帧分绸面与纸面两种,纸面的即以《扣动心弦深处》一幅为封面。归北新书局出版后,式样不变,而纸质已差。里页印字四行,第一行字大,曰:

　　我纪念我的姑母和父亲
　　他们以细磨细琢的
　　功夫传授给我,然而
　　我远不如他们了!

这可以说是春苔对维卡尔的一个答复。从文字里,从画里,都可以看出春苔是一个细心而柔和的人。真的,春苔画了山野,同时也不知不觉地把自己画进去了。

《月夜》志异

近来书店里少有好书，闲来涉足，常至空手而回，真令人有废然之感。大抵寻旧书必须有恒心，又必须有耐心，两者缺一，即使好书当前，也往往会失之交臂。几天之前，我在汉口路西段闲逛，这一带多线装书肆，我偶尔也买些不相干的旧籍。那天有人捆书一捆，向肆主兜售，所携多破烂小说，内有《胡适文存》等数册，初未经意。其人历经数肆，不知是这些书不受欢迎，还是议价未合，一直没有成交。当时，他捆书欲行，看样子似乎十分懊丧，我心里忽然感动，跟上去唤住了他，想挑几本买下，略一翻捡，觉得实在无可当意，心里有点歉然。回头看见他破大衣袋里尚留数书，要来一看，其中竟有初版本《月夜》一册，不禁大喜，问其价，加倍付之。我对新潮、未名两社的出版物，一向抱有好感，未名所出各书，所缺不多，新潮的也备有全目，不过冰心的《春水》和川岛的《月夜》，买到的都非初版，未免美中不足。因为这两册书，初版和再版以后的本子，颇有区别，初版

《春水》为小本，《月夜》则为狭长本。我虽久闻其名，却是不曾见过，一旦收得，自不免欣喜欲狂。初版《月夜》长九英时，宽四英时半，新文艺书籍中，向无此种版式，其狭长的程度，看来令人惊异。封面图案撑足全面，再版后始缩小至右角。扉页印 To My Fiammetta，背后录华茨华斯（通译华兹华斯）诗两句代序。附录斐君《许是梦里》和《他的来信》两文。这部书于1924年8月初版，为《新潮社文艺丛书》之一，两年后再版，改为三十二开本，书中文字，略有窜正，而且改得极好，例如《月夜》一篇第一段末句初版为："其实当我们开始行路时那残缺的月还没有挂在空中咧——也许已经被乌云遮蔽了。"再版改作："真个当我们开始行路时那残缺的月还没有挂在空中咧——也许被乌云遮蔽了？""其实"是理智的，"真个"是感情的，后者念起来就要生动自然的多。这种修改随处可见，但动的只是一两字，惟有《上帝容我祈祷吗》一篇第三段后删去一节，文字较长，这删去的几句是：

这些印象只不过与我以不宁，使我不忍回想的，是当夕阳斜照时，伊和惠迪去离地平面约二三尺高的堤上互相的奔跳和欢呼呵！

这几句话的背后是另有一段事实的，作者删去，大概与人事有关。川岛的文字清新婉约，情致缠绵，不脱一个真字；也惟因这个"真"字，使感情上的"傻川岛"，成为散文文学的妙手。由此看来，文学毕竟还是从生活里磨出来的，不容你离地三尺，凭空捏造！

《燕知草》

俞平伯不但出过线装诗集,还出过线装散文集,后者由开明书店印行,书名曰《燕知草》,分上下两册,上册收正文二十篇,下册附赵心馀作《重过西园码头》残稿一篇,卷首有自序及朱自清序,书末是周作人的跋。关于赵心馀的究竟,朱序里有这么几句话:

……所奇者,他的文笔,竟和平伯一样;别是他的私淑弟子罢?其实不但"一样",他那洞达名理,委曲述怀的地方,有时竟是出蓝胜蓝呢。最奇者,他那些经历,有多少也和平伯雷同!这的的括括可以说是天地间的"无独有偶"了。呜呼!我们怎能起赵君于九原而细细地问他呢?

俞平伯解释他的书名,谓:"此书作者亦逢人说梦之辈,自愧阅世未深而童心就泯,遂曰'燕知'耳……"我记得平伯曾有诗云:"君忆南湖荡桨时,老人祠下共寻诗;而今陌上花开日,应有将雏旧燕知。"抄在这里,或者可以算作书名的别一个注解吧。

俞平伯散文

俞平伯《燕郊集》，除收《良友文学丛书》，用冲皮面装订外，另有一种特印本，纸面平装，由平伯自署书名，饰以黑色直条。平伯字本秀丽，近年来更趋平实，用作书面，纯朴可喜。此本内容与丛书本无异，惟丛书本印刷不佳，间有阙字，此本则完全补足，且所用道林纸质纯色白，远较丛书本之米色道林为佳，友人黄裳极称之。其实此书装帧，乃仿效《杂拌儿》而来，《杂拌儿》一名《梅什儿》，出版于1928年，为平伯早年散文结集，开明书店印行，封面题字，出玄同手笔，周作人曾为作跋，平伯自己有《自序》，有《自题记》。其《自序》云：

颇拟试充文丐，于是山叔老人谆谆以刊行"文存"相诏，急诺之。俄而惊。夫"文存"大名也，吾何敢居？必得他名以名吾书而后可焉。谋之妇，询之友，叩山叔老人之门，均茫茫不吾应。思之，渺渺不得。

"恰好丁卯大年夜，姑苏塞给我一堆'杂拌儿'，在我枕头边。"

　　无以名之，强而名之。读者其顾名思义乎？十七年一月二十四日夜半，于禁用白话之地。

此序用文言写，且甚怪。当时北洋军阀禁止《独秀文存》《胡适文存》，所以序里提到"文存"，末曰"于禁用白话之地"。文中凡用白话，即加引号，却是一种极有趣极机智的抗议，这种地方由平伯写来，最见功力。后五年，《杂拌儿之二》出版，装帧相似，题签亦仍由疑古先生动手，不过周作人却已经由跋而序，高升一级了。但他自己劈头就说："这是我的一种进步，觉得写序与跋都是一样。"他的理由是"序固不易而跋亦复难，假如想要写得像个样子"。其实要写得像个样子，什么文体都难，却不是序和跋的问题，以此来掩饰他的升了一级，我看有点多余。《杂拌儿之二》也是散文集，但和第一本一样，都是很杂而已。之二里附录《呓语》十九至三十五，共计十七首新诗，有小序云：

　　这是我在《西还》以后所作新诗的总名，一共做到现在，只有三十五首。其第一至十八已附《西还》之后。这儿是从十九至三十五。这实在是分行写的文罢了，所以附在这里，反正也未必再想出什么诗集了。

平伯有诗集曰《冬夜》，曰《忆》，曰《西还》，此后真的不曾再出诗集，所谓"未必再想"，倒是事实。

《邻二》佚文

天马版《茅盾散文集》第一辑《文艺随笔》里，收有《邻一》《邻二》散文两篇，为茅盾在东京时所作。《邻二》的末一句是"美妙的眼睛惘然望着辽远的池里的绿水"。据施蛰存在《无相庵断残录》里说，"池里的绿水"五字，是由他加上的。原来茅盾这篇散文，写给《新文艺》月刊，原稿发下排印时，最后一页被排字工人遗失，一时无法请作者改正，就由编者施蛰存加上五字，算作结束。发表后茅盾去信更正，而《新文艺》却已停刊了。原文应该是这样的：

……美妙的眼睛惘然望着辽远的不知所在的地方，小脚踏车的寂寞的孩子又沙沙地跑过又回来了。

这寂寞的孩子！这寂寞的少妇！然而他们又无法互相安慰这难堪的春的寂寞。

在春静的明窗下看到了这诗一样的小小的人生的剪

片，我们的心不禁沉重起来了。

在开明版《速写与随笔》里，茅盾又重收了这两篇，把佚文订正，才恢复这篇作品的旧观。

《竹林的故事》及其他

冯文炳的《竹林的故事》于 1925 年 10 月由北京新潮社出版，列为《新潮社文艺丛书》之九。封面蓝色白字，卷首有周作人序及《自序》，末附书前未列目录的译文一篇——波特莱尔散文诗：《窗》。近人好波特莱尔者甚多，常见试译，以其难也，终未获睹佳构，冯文炳所译，虽只此一篇，实为诸译之冠。这书共收小说十四篇，后改由北新书局出版，将译文移植卷首，仍未列目。《竹林的故事》和作者的其他著作，今均绝迹。1944 年 11 月，北京伪方所办之新民印书馆，曾以他在北大时所用讲义一册出版，书名《谈新诗》，列为《艺文丛书》之五，卷首有周作人序，末附药堂《怀废名》及黄雨跋各一篇，全目为：《尝试集》《一颗星儿》《新诗应该是自由诗》《已往的诗文学与新诗》《沈尹默的新诗》《扬鞭集》《鲁迅的新诗》《〈小河〉及其他》《草儿》《湖畔》《冰心诗集》《沫若诗集》十二章。该馆另有诗集《水边》一册，分前后两部，前部曰《飞尘》，计三辑，收冯文炳诗十六首，后部曰《露》，收开元诗七首，开元即沈启无，伧父赖以自高，恶札也。沈启无后来还将冯文炳这部分诗加上《谈新诗》中部分文章，改书名为《招隐集》，用"废名著开元辑"名义，于1945年5月在汉口出版，列为汉奸主持的《南北丛书》之一，用的还是这个手段。

废名

废名是冯文炳的笔名。冯文炳以"废名"为名,出书四种,曰《桃园》,曰《枣》,曰《桥》,曰《莫须有先生传》。《桃园》由北京古城书店出版,并另加印周作人跋一篇,《枣》以后三种均为开明版,各有精印本,书页天地宽广,式样美观,今之商人,必且以为浪费纸张矣。

《沉钟》之五

1944年秋天我到北平，为的是阻止鲁迅在平家属将藏书出售，当时除向他的家属进言外，也对旧书商做了一点工作。我们住的是西总布胡同钱泰大使寓所，钱太太为一华籍美人，当时因内地交通隔绝，独住北平，承她殷勤招待，盛意可感。书呆子到处不忘买书，既然要同书商联系，旧书店就跑得特别起劲。总布胡同离厂甸较远，西单、隆福寺也不方便，因此常跑的是东安市场，这里有书肆二十余家，比战前的上海城隍庙还要热闹，从这里我配齐了沉钟社所出各书。《沉钟丛刊》预告九种，实际只出七种，陈炜谟译《英吉利散文选集》和陈翔鹤著《秋虫》两种未出。在已出各书中，我最喜欢杨晦的《除夕及其他》。此书出版于1929年8月，毛边道林纸印，为《沉钟丛刊》之五，封面印日本永濑义郎木刻《沉钟》一幅。全书收：《笑的泪》《庆满月》《磨镜子》《老树的荫凉下面》《除夕》五篇，各篇都用对话体写，如独幕话剧，而充满散文诗气息，深沉黯淡，令人心碎。我读此书时适在钱家二院，院有海棠一株，时正结果。晚风起处，海棠时时落地，一种黄昏的寂寞浸透身心，及今思之，犹怅惘不已。

影中影

李霁野从事翻译,卓著劳绩,创作则很少见。北京未名社出版的《未名新集》中有短篇一册,书名曰《影》,收创作六篇,另附《题卷末》一篇,全文如后:

  有好几年自己实在好像是影一样生活在人间,这几篇就是那时生活底影中影。过去的生活底影已经是杳无踪迹的了,也不想再追回它来,这影也就让它随同那影消灭了罢。这小集只是墓碑,不过证明它们曾经存在。

这本书于1928年12月出版,由司徒乔作封面,重磅道林纸印,留有毛边。未名诸书中,这也是较难觅得的一本。我为了买这本书,同时还以重价收下几本对我毫无所谓的小说,因为书贾不肯拆卖,必须全组出售,只得忍痛接受。书市黑幕,此亦一端。

《苦雨斋小书》

《苦雨斋小书》凡五种，依次列举，计为《冥土旅行》《玛加尔的梦》《泽泻集》《过去的生命》《永日集》。前两种均为译文，四是诗，三、五则为杂文，诸体皆备，盖亦脏腑毕具者也。丛书虽名曰小，其实并不，尤其是《永日集》，三十二开，三四四页，虽非皇皇巨著，却已厚厚一本。北新书局这套丛书印得朴素大方，极为漂亮，我尤其喜欢《玛加尔的梦》和《冥土旅行》，以为这和《陀累》一样，是值得细读的好书。

关于陶元庆

"五四"新文学运动初期文艺书籍,除泰东、启智等几家书店外,对于封面设计,都极讲究。惟是名家落笔,或无款识,多士构图,又鲜巧思。纵然画面五光十色,可以谈谈的画家却又寥寥无几。我曾在《谈封面画》一文中推崇陶元庆。前几天,《文汇报》副刊《笔会》上有宋炳林文章,题曰《大红袍及其他》,即是纪念元庆。这篇文章是遥遥的从甘肃寄来的,因此,我想补说几句。元庆的作品中,有许多人盛称他的"卖轻气球者",以为这一幅画里隐藏着作者的思想和个性,看了令人神往;但也有人摇头,说是一点都不懂。这两种态度说明了这一时代里中国人的一切:完全了解和一点不懂,不仅对陶元庆的画而已。鲁迅在《当陶元庆君的绘画展览时我所要说的几句话》一文中,曾这样说过:

但我并非将欧化文来比拟陶元庆君的绘画。意思只是在说:他并非"之乎者也",因为用的是新的形和新的色;

而又不是"Yes""No",因为他究竟是中国人。所以,用米达尺来量,是不对的。但也不能用汉朝的虑傂尺或清朝的营造尺,因为他又已经是现今的人。我想,必须用存在于现今想要参与世界上的事业的中国人的心里的尺来量,这才懂得他的艺术。

用"现今想要参与世界上的事业的中国人的心里的尺",这句话实在说得好。我看鲁迅正是针对上述两种人而说的。"卖轻气球者"是一张大幅的水彩画,为旅居杭州时所作,计划设施,费时月余。却不曾作书籍的封面。在封面画中,我已经说过自己最喜欢的是他的"大红袍",这幅画色彩强烈,使人兴奋。宋炳林提到元庆的《苦闷》《彷徨》《大红袍》等几幅画,说他此外的作品极少。其实不然。鲁迅著译如《彷徨》《坟》《工人绥惠列夫》《苦闷的象征》《出了象牙之塔》《唐宋传奇集》等书,其封面皆出元庆手笔。许钦文的作品从《故乡》《毛线袜》《幻象的残象》《回家》《蝴蝶》《鼻涕阿二》《赵先生的烦恼》《仿佛如此》《若有其事》一直到最后的《无妻之累》,亦均由元庆设计或以元庆的画为封面。钦文的小说惯写家庭琐事,自成风格,鲁迅曾有"拟许钦文体"之作。老实说,我买他的书至少有一部分是为了那些美丽的封面,其中如《仿佛如此》《若有其事》《蝴蝶》等,都为我所喜欢。《大红袍》尤觉心仪,可惜初版全新的《故乡》颇不易得,所以许氏的书,均已备架,惟《故乡》一本,虽数次见到,终以嫌污嫌旧，略不称心，至今犹付阙如。此亦志在明珠，遂不免溺心沧海，深合易卜生 All or Nothing 之意焉。各书中惟《无妻之累》出版最迟，时元庆早已作故，封面《吹箫人》一幅，当是钦文从元庆遗书中选制者。钦文保存故人作品甚多，曾筑室西子湖畔，曰"陶元庆纪念室"，罗列遗画，并及旧物。而轰动一时的"无妻之累"，亦即发生此处。事缘元庆女弟思谨与刘梦莹（元庆学生）同性相恋，互约不嫁，后来陶忽探得刘另有恋人，乃以背盟相责，遂起争执，陶杀刘，案发，梦莹的姊姊刘大小姐控钦文与谋，法官疑许、陶、刘间有三角恋爱，钦文系狱。此事一隔已十余年，因提起元庆，偶忆及之，并以为《无妻之累》一书的注解。至元庆所作封面，除单行本外，杂志如《语丝》《白露》《贡献》《新女性》及《京报副刊》合订本等，均曾经其作画。今人作封面，但重图案，欲求如元庆之并寓深意，使人低徊不已者，难矣。

《山中杂记》

《山中杂记》一册，郑振铎著，开明版，四十八开小本，封面印莫干山照片一，篆文"山中杂记"四字，大概出叶圣陶手笔。再版改作铅字排印，封面纸变浅蓝色，画杨柳月。全书收散文十篇，第一篇为《前记》，说明由上海到莫干山的沿途经过，副题为"山中通信"，所以是书信的形式。其他九篇记山居生活，偏报导性，今年（1946年）夏天，我们本有往莫干山计划，振铎拟作一月逗留，而人事栗六，终不果行，络纬声中，转眼又届秋令，劳生碌碌，此愿何日得偿乎？

叶俞合著

大家都知道夏丏尊、叶圣陶这两位亲翁，曾合著过好几部书，多半是关于语文写作方面的，并非文艺部门的东西。在文艺上，圣陶曾和俞平伯合出过一个集子，书名《剑鞘》，霜枫社出版，朴社发行，列为《霜枫之四》，卷首有平伯序文，第三段云：

现在以圣陶的和我的杂文结为此一集。一篇杂文已是一锅"李鸿章"了，何况把它们集合起来，更何况是出于两个人的手笔的。无端的凌乱，如榛莽般的充填着，我们殆将不知何以自解。所敢些微自信的一点是：体裁虽驳杂，却也未必生吞活剥；风格虽纤薄，却还不至空无所有；两个人所作的合拢来，虽不敢说相得益彰，却也面目各具，神思可通，不至于全然雷同或隔绝。戏台里喝彩，果然涎脸可憎，总要比冷场好个一点，我们——至少我是这样打算着呢。

《剑鞘》分两部，前部收圣陶散文十二篇，后部收平伯散文九篇，绝版以后，又各转收其他集子。圣陶的《没有秋虫的地方》《藕与莼菜》《将离》《客语》《回过头来》五篇，收《未厌居习作》；《诗的泉源》《错过了》《如其我是个作者》《读者的话》《第一口蜜》《泪的徘徊》《到吴淞》未再转收。平伯的《读毁灭》收《燕郊集》；《桨声灯影里的秦淮河》《雪》《跋灰色马译本》，收《杂拌儿》；其中《雪》一篇，已改题为《陶然亭的雪》，且编纂甚多，细细校读，亦颇有趣。《狗和褒章》《常识的文艺谈》《瓶与酒》《酒》及《茸芷缭衡室札记一则》均未另收。今《剑鞘》绝版已久，两氏或已不复忆及之矣。

女作家黄庐隐

现在已经不大有人提起女作家黄庐隐的名字了，这是因为庐隐死得太早，或者活得太短吗？都不是的。因为庐隐的时代过去了。庐隐所拥抱的感情已经不是这一代人的感情，她的相对地被冷却，正是非常自然的结果。庐隐发表作品，正当"五四"全盛时期，她是"五四"的产儿。"五四"的主要精神是反封建。所有反抗旧礼教，反抗买卖式的婚姻，争取恋爱自由等等，在庐隐的作品里有着鲜明的反映。从《海滨故人》（商务版）、《灵海潮汐》（开明版）、《曼丽》（文化版）、《象牙戒指》（商务版）、《归雁》（神州版）、《玫瑰的刺》（中华版）一直到《女人的心》（四社版），这一连串的作品里，就贯穿着这些问题。热情，苦闷，感情与理智的冲突，庐隐的小说永远在这些圈子里兜，庐隐自己也永远在这些圈子里兜。从郭梦良到李唯建，她有"爆发式的感情"，也有掩不住的伤心，如果说胡也频的死使丁玲向前跨了一步，那么，郭梦良的死却使庐隐反而停滞了。她的后期作品始终没有能够跳出前期的范畴，正是这种感情把她封锁了的缘故。

文人厄运

以柔顺的笔调，写灰暗的人生，作品不多，却又不能使人轻易忘记的，在我的回忆里，有一个是罗黑芷。黑芷原名象陶，字晋思，号黑子。后来写作黑芷，听说还是李青崖嫌黑子两字过于江湖气，劝他改上的。他的加入文学研究会，也由青崖介绍。作品散见于《小说月报》和《文学周报》，大都是三五千字的短篇。在这点上，颇有点像俄国的契诃夫。其实，黑芷自己亦正是契诃夫笔底的人物：贫穷、黯淡、平凡、不幸，最后是绝望的死。他在长沙，因为一篇文字被湖南当局逮捕，说他是共产党，监禁了一些时候，后来虽经保释，却已气成重病，不到两月便死掉了。他的作品成集的有三册：《牵牛花》《醉里》《春日》。《牵牛花》是散文和诗歌合集，署名晋思，长沙北门书店出版，这本书外边比较少见。《醉里》在商务出版，列为《文学研究会丛书》之一，收小说十七篇，卷首有《缀言》云：

《醉里》原是模模糊糊的。黄仲则诗句："醉里听歌梦里愁"，这风韵很长，初不必这书中的《醉里》一篇强拖来做一个代表。不限定能饮酒，只要能醉，人生便在其中了。

这本书每篇之前有一张篇名插页，在商务的书籍里还算不坏。《春日》出版于黑芷死后，由开明书店发行，1928年6月初版，列入《文学周报社丛书》中，收短篇九章，附录纪念文四篇，黄醒、李青崖、黎锦明、赵景深等执笔，都在《文学周报》上发表过。《春日》由钱君匋作封面，设意既佳，色彩亦复不俗，殊为不可多得之作。书首附作者与其夫人及两子合影一幅。黑芷毕业日本庆应大学，同盟会会员，辛亥革命时，在上海举义，曾持武器进袭北火车站，功成不居，结果潦倒半生，却以赤化罪名，横遭迫害，呜呼，文人厄运，亦云惨矣。

淦

冯沅君小说三册：《卷葹》《劫灰》《春痕》，北新书局出版，今所见者，封面题字，均出陆侃如手笔。惟初版本《卷葹》，则由司徒乔作画，为《乌合丛书》之六，开本颇阔，内收小说四篇：《隔绝》《旅行》《慈母》《隔绝之后》。署名曰"淦"，盖犹刊物上投稿时之笔名，再版改署沅君。陆侃如在后记里说：

"淦"训"沉"，取《庄子》"陆沉"之意。现在作者思想变迁，故再版时改署沅君。

沅君在创造社办的刊物上发表小说，署名"淦女士"，单行本《卷葹》袭用这个署名，而去女士两字。"卷葹"是一种"拔心不死"的草名，各版除署名改动外，内容无特殊，我于冷摊上碰到，以其少见，就买了下来。

《傀儡美人》

冯乃超有短篇集曰《傀儡美人》，小本，1929年1月长风书店出版，收小说九篇，并皆简短。乃超本来不想将这些小说结集，在傅克兴的鼓励和敦促下，才将早期作品搜在一起。书末附有《作者的话》一篇，其中有云：

> 我晓得我的生活的变革还不是飞跃的，过去的黑影渐次 Fade out 的时候，就是新的生命渐次 Fade in 的时候。过去及现在的错综，梦幻和现实的交叉，这个特征必然地着色我的作品，一切是 Double exposure 的反复及连续，然而，在进行的过程中，生活的飞跃的变化会来的。我希望这个。

转战文场，忽忽近二十年，乃超两鬓斑矣，而时代进行，终未到飞跃程度，吾辈对此，得无惘然！

《春蚕》改订

小说中我颇喜欢茅盾的短篇，不知道是不是因为同是浙江人，乡土气息，素所习见，读来遂觉亲切有味的缘故。总之，我觉得他写的农村和我十分稔熟，所以尤爱他的《春蚕》。《春蚕》由开明书店出版，初版收《春蚕》《秋收》《小巫》《林家铺子》《右第二章》《喜剧》《光明到来的时候》《神的灭亡》等八篇。再版时于书背加印"订正本"字样，内容却删去《秋收》《喜剧》《光明到来的时候》三篇，可见这所谓订正，与读者无关，而是只对检查老爷说的。我平生读书，不喜节本，对于这种"订正"，想起来更是不大舒服。

《上元镫》及其他

施蛰存《上元镫》一卷，水沫书店版，收小说十篇，计：《扇》《上元镫》《周夫人》《宏智法师底出家》《渔人何长庆》《牧歌》《妻之生辰》《栗芋》《闵行秋日记事》《梅雨之夕》。篇首有《自序》，文云：

此《上元镫》一卷，凡短篇十种，近作为多。编校既竣，将出版矣，欲有以语读者。久之久之，不可得一语。将何所言？文字之优劣，艺术之良窳，读者能求得之，自诩自谦，皆同嚼蜡。我惟于书有酷嗜，一卷在手，把玩不寘。今有出于自己笔下者，居然成帙，亦私心一喜也。付梓初衷，诚即在此，盖未曾敢有问世之想，仰厕作者之林，较一日之短长也。故或有以文字卑琐，漫灾梨枣相病者，是则发兑贸利者贾人，而我又未曾强人以购吾书，当置不问。

《上元灯》后来改由新中国书局出版，列为《新中国文艺丛书》之一，删《牧歌》《妻之生辰》《梅雨之夕》三篇，另以《旧梦》《桃园》《诗人》三篇代之。《梅雨之夕》编入另一书中，即以其为书名，亦收小说十篇。除《上元灯》《梅雨之夕》两书外，蛰存在《新中国文艺丛书》中，尚有小说一种，书名《将军的头》，收小说四篇，其中《石秀》一题，借《水浒》题材，状石秀杀嫂时之变态心理，细细写来，别出心裁。郁达夫曾极口称道，叹为佳作。达夫失踪已久，报载其坟墓近方发现。热带植物繁殖，一片离离之中，墓木当已拱矣。我读蛰存小说，想起达夫当年，不禁感慨系之。

《路》

《路》一册,茅盾著,光华书局出版,1932年6月发行,为一中篇小说,分十二章,原为《教育杂志》而作,写的是学生生活,稿交去后,"一二八"战事发生,竟毁于火,遂未发表,而由光华书局根据另一底稿单行出版。此书后为巴金要去由文化生活社改版重印,列入《文学丛刊》第一集中,著者在《后记》中云:

第一次印本错字多得很,现在这第二次的改版,所有的错字自然尽力校正,同时我又删去了些句子——合计大概亦有三四面吧。这被删的部分,多半是不必要的恋爱描写。这也是尊重那位朋友的意见;他读了第一次的印本后就说书中的恋爱描写有些地方不必要。

现在这位朋友不知到哪里去了。我校完了这本小书的第二次的改版,不禁深深忆念他,并祝他平安健康。

《后记》所说的"那位朋友",据我所知,指的是瞿秋白。至于说"不知道到哪里去了……并祝他平安健康"。那是用反语对国民党提出的抗议。改版本的《路》,前半部改动较少,后半部根据瞿秋白生前意见,颇有删略,将他所说"不必要的恋爱描写"删去。茅盾文字,本极经济,很少拖泥带水的描写,经此一删,遂愈见其凝练无疵,我以为这是初学写作者所当细加校读的。

诗人写剧

徐志摩的散文在新文坛上可以自成一家,《落叶》(北新版)、《轮盘》(中华版)、《巴黎的鳞爪》(新月版)里有许多篇,艺术上都有成就,诗的影响更是不能抹煞,尽管他的思想颇多可议之处。然而他还有一个剧本,却不大为人知道,这就是和陆小曼合作的《卞昆冈》。《卞昆冈》是一个五幕剧,1928年7月由新月书店出版,写后母毒瞎前妻之子的眼睛,而以一个算命的老瞎子作为全剧的灵魂。书前有江小鹣绘第一幕布景一幅。余上沅为之序云:

其实,志摩根本上是个诗人,这也是在《卞昆冈》里处处流露出来的。我们且看它字句的工整,看它音节的自然,看它想象的丰富,看它人物的选择,看它——不,也得留一些让读者自己去看不是?他的内助在故事及对话上的贡献,那是我个人知道的。志摩的北京话不能完全脱去硖石土腔,有时他自己也不否认;《卞昆冈》的对话之所以如此动人逼真,那不含糊的是小曼的贡献——尤其是剧中女人说的话。故事的大纲也是小曼的;如果在穿插呼应及其他在技术上有不妥当的地方,那得由志摩负责,因为我看见原稿,那是大部分志摩执笔的。两人合作一个剧本实在是很不容易,谁都不敢冒着两人打架的危险。像布孟、弗雷琪两人那样和气不是常有的事。诗人叶芝同格里各雷夫人合作剧本时是否也曾经打架,我不得而知,不过我想用他们来比譬志摩小曼的合作,而且我以为这个比譬是再切贴没有的了。

近年来合作剧本的风气颇为盛行,或则一个想故事,一个执笔;或则分幕负责。但像志摩和小曼那样混起来写的,却不多见。余上沅还说这个剧本有点意大利气息,这是因为志摩译过《死城》,小曼译过《海市蜃楼》,而两者都是意大利戏剧的缘故。《卞昆冈》的故事和布局都不见得高明,对白却逼真动人,这是小曼的功绩,也的确是这个剧本唯一的长处。

释《幻灭》

诗文结集,譬诸婴儿诞生,一定要给它取个名儿,有的以书中故事为名,有的以书中人物为名,有的以发生的地点或时间为名,更有以书中的篇名名书的,至于直截了当,径题为"某某文集"或"某某的诗"的,亦颇普遍;因为这样做法,念来既然清晰大方,又可以省却题名的麻烦,确实方便得多。至于嵌入作者姓名,而又兼采书中涵义的,就我所知,除徐雉所著《雉的心》外,便要推王以仁的《王以仁的幻灭》了。《王以仁的幻灭》由许杰代为辑成,原交现代书局,后来却由明日书店发行,于1929年7月出版。许编全书原分六卷,出版时改为三卷,另加附录一卷,第一卷短篇小说,第二卷长篇残稿,第三卷诗与残诗;附录三文,为郁达夫《打听诗人的消息》,许杰《秋夜怀以仁》和剑微《补记》。书前另有许杰代序《王以仁的幻灭》一篇,详述以仁恋爱和失踪的经过。原来以仁的爱人为郑素蕉,起初心心相印,已经到了可论婚嫁的程度,结果又因怕人议论,渐趋冷淡,使男的不得不佯狂出走,终至以身殉情。最奇怪的是以仁出走之后，这位爱人忽然又"革"起"命"来，打破男女大防，驯至人尽可夫，觉得只要有钱，什么都没有问题了。所以《王以仁的幻灭》出版时，扉页有插画一幅，绘一女郎，身被长裙，从心窝到裙边填满着$的记号，这是王以仁的朋友们对郑素蕉的讥刺。图下有辞，署名马力。辞为：

> 在那些能够享乐的女子的前面，我们只看见她们的身上和心上，都发泄出道拉司的气味：没有足以赠给男人的赤裸的心。
>
> 我们的作者，我们的穷朋友王以仁的恋爱，于是无条件的失败了。于是这部《幻灭》，成为现实的了！
>
> 这是单纯的恋爱问题呢？还是整个社会问题的一部分呢？
>
> 以仁为恋爱失败而失踪，已经有四个年头了！《幻灭》，我当它不是文艺丛书，而是社会问题丛书哩！

《幻灭》原为书中一篇，提出来当作书名，前加定语成为《王以仁的幻灭》，看来有两重意义：一，说明这是王以仁著的《幻灭》；二，说明作者整个生命的幻灭。求仁得仁，对爱情对国家都有先例，当年打听诗人消息的郁达夫，后来也让别人来打听他的消息，终于走上幻灭之途了。但在意义上，毕竟很不相同，我想，这也可以说是时代的进步吧。

《达夫代表作》两种

《达夫代表作》为春野书店版,于1928年3月15日印行,由钱杏邨、孟超、杨邨人选编,收达夫作品十三篇,书前插作者画像及《自序》各一,末附钱杏邨一万五千字《后序》一篇。此书后来由现代书局改版重印,内容篇数无殊,惟作者画像、《自序》及钱杏邨《后序》均已删去,另加《改版自序》一篇,序文的末一段说:

> 在改订这书的当中,本来是想把《银灰色的死》及《还乡》两篇删去的,但书店的主人,却希望维持原书的状态,所以只把文句略加了一番修改,而篇数仍复不动,依旧是如前两版之数。不过在前印的两版之中,末尾是有钱杏邨先生的一篇后序的,现在因为出版的书店不同,而钱先生的那篇文章也已经单独印出来了,所以不载,一半是怕掠他人之美,一半也是因为这序中有几处期望得我过大,实在有点儿惭愧害怕的缘故。

改版本扉页尚印有文字数行,云:

  此书是献给周作人先生的,因为他是对我的幼稚的作品表示好意的中国第一个批评家。

此本出版于1932年,后初版本四年,除文字上的改正外,装帧用纸均不及春野版,这是注意书籍装帧,关心出版掌故的人不能不知道的。

今庞统

《现代创作丛刊》第十三种为彭家煌的《喜讯》，这也是我所喜欢的一本短篇小说集。家煌（1898—1933）号韫松，又名介黄，湖南湘阴县清溪乡庙背里人，为人沉默寡言，朴讷而带点忧郁，他的朋友黎君亮曾说他貌似庞统，我觉得这个比拟很有意思，虽然我们大家都没有见过庞统。家煌的作品，以抒写乡村风物和家庭琐事为多，落笔平实简练，小说成集的有《怂恿》（开明版）、《平淡的事》（大东版）、《茶杯里的风波》（现代版）、《在潮神庙》（良友版）、《喜讯》（现代版）和一本中篇《皮克的情书》（现代版）。提起《皮克的情书》，使人立刻想起陀思妥耶夫斯基的《穷人》。其实家煌自己，也正是陀思妥耶夫斯基笔底的人物。他曾以左倾嫌疑被捕，释放不久，便与世长辞，结束了平淡的一生。他的小说集没有一本是有序文或跋言的，这可证明他是如何地不喜欢述说自己，也和陀思妥耶夫斯基极为相似。友人名小说家师陀，轻易不加誉他人，惟独对家煌多所推崇，几次谈话，极口称道。我至今还留有深刻的印象。

野草书屋

野草书屋除印过一本《不走正路的安德伦》外，还出了一册《萧伯纳在上海》，萧在上海虽只半天，却真是热闹非凡，各式各样的新闻记者，各种各派的文学作家，全体出动。这一本书，是由乐雯剪贴翻译编校而成的。乐雯原是鲁迅的笔名，但做这工作的，其实是瞿秋白。当时瞿秋白住在上海，个人生活奇穷，鲁迅劝其编集此书，一来可以换点钱，二来亦可以保存各方面因萧的到来而自暴其本来面目的事实。全书分五部分，第一部分为"Welcome"，收"不顾生命"及"只求幽默"两栏，全是诸家的欢迎或痛骂的文章；第二部分为"呸！萧的国际联合战线"，收上海各外报的社评；第三部分为"政治的凹凸镜"，收本文一篇，附录日文报上的记载两种；第四部分为"萧伯纳的真话"，收萧在香港、上海、北平三地所做的片段谈话；第五部分为"萧伯纳及其批评"，收黄河清作《萧伯纳》及德国尉特甫格作《萧伯纳是丑角》两篇。总括五部分的意见的有编者的《写在前面》。全书卷首有鲁迅《序言》，其中提及欢迎的有云：

  但先要提防自己的衣裤。于是各人的希望就不同起来了，耳朵也不同起来了，批评也不同起来了。蹩脚愿意他主张拿拐杖，癞子希望他赞成戴帽子，涂了胭脂的想他讽刺黄脸婆，民族主义文学要靠他来压服了日本的军队，但结果如何呢？结果只要看唠叨的多，就知道不见得十分圆满了。

  这些话真是一面镜子，正如萧伯纳的话也像一面镜子一样。野草书屋似乎就出过这两本书。《萧伯纳在上海》印于1933年3月，毛边道林纸，封面剪贴各报记载，白底红色，如画家所作"倒翻字纸篓"一样，这本书今已绝版，不复可得。

以身殉道

以身殉道的人物中,秋白而外,尚有柔石,柔石之聪敏不逮秋白,柔石之学力不逮秋白,进而至于柔石之成就也不逮秋白,而执着于所爱,终至以生命相殉,彼此则一。这样的事例在革命史上比比皆是。天边皓月,人间篝火,原不必同其光亮,但在黑夜里星星相望,那意义,却又是互相补充,大小一样。

柔石姓赵,原名平复,1931年2月7日在龙华殉难。除译品外,所传创作凡四种:《三姊妹》《希望》《二月》和《旧时代之死》。这之前,大概还有一部创作,据他自己说,因为幼稚丑陋,装订完毕之后,就愿意它立刻灭亡,最后便送给他的"开着一家小店的哥哥,拆了包货物用了"。现存四部,以水沫版的《三姊妹》为最早,出版于1929年4月,写一个青年和三姊妹的恋爱故事,虽然作者竭力想避免俗套,结果却还是不见出色。《旧时代之死》是长篇,分上下二册,上册《未成功的破坏》,下册《冷冰冰的接吻》,这部书虽于1929年10

月由北新书局出版,其实是1926年的旧稿,在技巧上,反较逊于《三姊妹》。《希望》是1928—1929年间所写的短篇,1930年7月由商务出版。柔石的创作当以《二月》为最佳,鲁迅在《小引》里说:

> 浊浪在拍岸,站在山冈上者和飞沫不相干,弄潮儿则于涛头且不在意,惟有衣履尚整,徘徊海滨的人,一溅水花,便觉得有所沾湿,狼狈起来,这从上述的两类人们看来,是都觉得诧异的。但我们书中的青年萧君,便正落在这境遇里。他极想有为,怀着热爱,而有所顾惜,过于矜持,终于连安住几年之处,也不可得。他其实并不能成为一小齿轮,跟着大齿轮转动,他仅是外来的一粒石子,所以轧了几下,发几声响,便被挤到女佛山——上海去了。

作者所写,正是一个知识青年的典型,虽然极想有为,却又徘徊游离,处在大时代中,终于还是一块石子,不能成为齿轮,此正鲁迅深致惋惜的地方。

丁玲和胡也频

当年和柔石同时被捕，又同在龙华被杀害的，尚有一个作家，这就是丁玲先前的丈夫胡也频。也频原籍闽侯，福建人学海军的很多，他早年也在烟台一个海军学校里读书，后来这学校解散，就跑到北京，编起《京报》的《民众文艺》周刊来。就在这一时期，他和沈从文、丁玲相识。也频死后，沈从文曾有《记胡也频》一书，详述交往经过，后来的《记丁玲》和《续集》，也多可供参考之处。也频早年曾做过不少诗，那时他正和丁玲来往，所以做的大都是情诗。丁玲曾替他编过一本《也频诗选》，由胡、丁、沈三人合办的红黑出版社印行，列为《红黑丛书》之一，1929年1月出版，收诗二十二首。也频的诗似乎受有李金发影响，但不太多。由于他从小养成倔强的性格，所以在诗里还保有着自己的特色。丁玲在序文里说："我喜欢他的诗，是数倍超过于那些小说。"其实，也频的诗所拥抱的是个人的情感，因此写来反而亲切真诚；而他的小说，却很有一些是为群众而呼吁的，没有这种生活，往往流于造作，流于生硬。也频殉难时不过二十六七岁，可是他创作力旺盛，产量着实可观。短篇小说有《三个不统一的人物》（光华版）、《活珠子》（同上）、《往何处去》（水沫版）、《消磨》（尚志版）、《四星期》（华通版）、《圣徒》（新月版）、《牧场上》（远东版）、《诗稿》（现代版）；长篇有《一幕悲剧的写实》（中华版）、《到莫斯科去》（光华版）、《光明在我们的前面》（春秋版）；剧本有《鬼与人心》（开明版）、《别人的幸福》（华通版）等。也频本来注意于描写人生的悲苦场面，笔触不离现实。他热情，固执，勇敢地追求自己的信仰，希望一切工作都不失其意义。献身于爱情或者献身于革命事业，在他是同样的虔诚与认真。

他没有柔石的沉着，却比柔石更富于青春的活力。

自选集的由来

赵景深以最近两期《青年界》见惠,里面有鲁迅给李小峰信三十六通,都是《鲁迅书简》里所不曾收的。景深之意,大约是因为我曾编过《鲁迅全集补遗》,对此不免关注。而我却还有一点意外的收获,觉得这些书简,对《书话》也大有帮助,例如1933年1月2日的一封信说:

> 书信集出版事,已与天马书店说过,已经活动,但我尚未与十分定实,因我鉴于《二心集》的覆辙,这地步是要留的。

> 现在不妨明白的说几句。我以为我与北新,并非"势利之交",现在虽然版税关系颇大,但在当初,我非因北新门面大而送稿去,北新也不是因我的书销场好而来要稿的。所以至去年止,除未名社是旧学生,情不可却外,我决不将创作给与别人,《二心集》也是硬扣下来的,并且因为广告关系,和光华交涉过一回,因为他未得我的同

意。不料那结果,却大出于我的意外,我只得将稿子售给第三家。

不过这事情已经过去了,北新又正在困难中,我倘可以帮忙,自然仍不规避,但有几条,须先决见示——

一、书中虽与政治无关系,但开罪于个人(名字自然是改成谜语了)之处却不少,北新虑及有害否?

二、因为编者的经济关系,版税须先付,但少取印花,卖一点,再来取一点,却无妨。

三、广告须先给我看一遍,加以改正。

四、因为我支了版税而又将书扣住了,所以以后必须将另一作品给与天马书店。

以上四条,如北新都可承认,那么,可以付北新出版了,但现在还未抄完,我也得看一遍,所以交稿就必须在阴历过年之后了。

于此知道《两地书》本来是打算给天马书店出版的,因为小峰要他帮忙,这才收了回来,准备把另一作品给天马。这另一作品是什么呢?先是《五讲三嘘集》,后来因为内容开罪上海文人的地方太多,恐怕累及书店,而且天马催稿甚急,整理费时,就改为《鲁迅自选集》了。《自选集》出版于1933年3月,收小说散文等二十二篇,计《野草》七篇,《呐喊》五篇,《彷徨》五篇,《故事新编》二篇,《朝花夕拾》三篇,正是所谓"将材料,写法,略有些不同,可供读者参考的东西"集在一起，对于初学写作的人，是十分方便的。卷首另插照相一张，墨迹一张，《序言》一篇。这篇《序言》，对于研究鲁迅的思想和作品，有着极大的帮助。继此之后，天马又出了茅盾、郁达夫、周作人的自选集。乐华继起，出了郭沫若、张资平、王独清的自选集，一时自选之风，大为盛行，推究根源，却是从小峰要出《两地书》开始的。此种故实，倘非看到书简，那就无从知道了。

《北平笺谱》

我曾以所藏《凯绥·珂勒惠支版画选集》喻眠雨堂镇库之物，书固良佳，而罕见亦一端焉。鲁迅印书，最为讲究，偶有梓行，精妙绝伦，然往往奇少。《珂勒惠支版画选集》虽印一百零三部，而发售者仅三十三部，难得可知。与此相类者为《北平笺谱》。《北平笺谱》由鲁迅、西谛合编，于1933年9月鸠工选材，至12月成书，印造一百部，每部六册，线装包角，蓝面白签，由沈兼士作字，扉页题名则出沈尹默手笔。全书共收笺谱三百三十二幅，计第一册四十八幅，第二册五十九幅，第三册六十一幅，第四册五十幅，第五册五十五幅，第六册五十九幅。画师刻工，两俱列名。藏版者为荣宝斋、淳菁阁、松华斋、静文斋、懿文斋、清秘阁、成兴斋、宝晋斋、松古斋九家。前有鲁迅、西谛序文各一，鲁迅序由天行山鬼（魏建功）书，郑西谛序则为郭绍虞手笔，书末另附西谛《访笺杂记》一篇，说明当时与鲁迅远道磋商，书函往还，以及遍访各铺，商请镌印的经过。鲁迅序文有云：

……及近年,则印绘花纸,且并为西法与俗工所夺。老鼠嫁女与静女拈花之图,皆渺不复见;信笺亦渐失旧型,复无新意,惟日趋于鄙倍。北京夙为文人所聚,颇珍楮墨,遗范未堕,尚存名笺。顾迫于时会,苓落将始,吾侪好事,亦多杞忧。于是搜索市廛,拔其尤异,各就原版,印造成书,名之曰《北平笺谱》。于中可见清光绪时纸铺,尚止取明季画谱,或前人小品之相宜者,镂以制笺,聊图悦目;间亦有画工所作,而乏韵致,固无足观。宣统末,林琴南先生山水笺出,似为当代文人特作画笺之始,然未详。及中华民国立,义宁陈君师曾入北京,初为镌铜者作墨合、镇纸画稿,俾其雕镂;既成拓墨,雅趣盎然。不久复廓其技于笺纸,才华蓬勃,笔简意饶,且又顾及刻工,省其奏刀之困,而诗笺乃开一新境。盖至是而画师梓人,神志暗会,同力合作,遂越前修矣。稍后有齐白石、吴待秋、陈半丁、王梦白诸君,皆画笺高手,而刻工亦足以副之。辛未以后,始见数人,分画一题,聚以成帙,格新神涣,异乎嘉祥。意者文翰之术将更,则笺素之道随尽;后有作者,必将别辟途径,力求新生;其临睨夫旧乡,当远俟于暇日也。则此虽短书,所识者小,而一时一地,绘画刻镂盛衰之事,颇寓于中;纵非中国木刻史之丰碑,庶几小品艺术之旧苑;亦将为后之览古者所偶涉欤。

刘半农、周作人亦曾自刻笺纸，顾颇少见，《北平笺谱》出版时售价十二元，在当时确属奇昂，然犹一出即罄。我求之多年，终不可得。前年去北平，遍索各肆，亦称无有。南回后忽接修文堂孙君来信，谓已代寻得一部，即筹款付之。书为初版，版权页上有鲁迅、西谛亲笔签名。晴日楼窗，独坐摩挲，浮生栗六，聊遣疲累，盖亦劳者自歌之一例耳。

"毛边党"与"社会贤达"

《文汇报》文化版编者催写《书话》续稿,至再至三,一副面孔,和《庆顶珠》里讨鱼税的差不多,大有倘不执笔,便要翻脸之意。鄙人无"家"可"杀",只是还有几本破书,可资谈助。这年头儿,只有做官的可以作威作福,做代表的可以打凳拍桌,编者不劝人向这方面发展,却来鼓励我把一堆破书捧进捧出,实在有违"君子爱人"之旨,又怎么能够令人心悦诚服呢?

在书本的取舍上,我是有党有派的(特务先生,请慢动肝火,听我缓缓道来)。鲁迅致曹聚仁信里说:"《集外集》付装订时,可否给我留十本不切边的,我是十年前的毛边党,至今脾气还没有改。"我也是毛边党党员之一,购新文艺书籍,常要讲究不切边的,买来后亲自用刀一张一张的裁开,觉得别有佳趣,许多人嫌麻烦,往往对毛边书摇头,仿佛听到过为毛边党辩护的人有过这样的解释:书看时容易弄脏,等看完后,再请装订作坊将毛边切去,就可以保持一副簇新的面目。由我看来，这个解释实在大杀风景。我之爱毛边书，只为它美——一种参差的美，错综的美。也许这是我的偏见吧：我觉得看蓬头的艺术家总比看油头的小白脸来得舒服。所以所购取的书籍，也以毛边的居多。早期如新潮社，未名社和北新书局出的，大抵顶发蓬松。几家大书铺是讲究修饰的，总要切得四面光光，衣冠整齐。商务只有一本夏丏尊翻译的日本田山花袋著的《棉被》，至今还留着毛边。鲁迅后期作品如《集外集》《准风月谈》《花边文学》《且介亭杂文》等，虽有毛边本，但为数不多，甚是难得。三本《且介亭杂文》出版的时候，鲁迅已经逝世，广平夫人留了少数毛边本，并托人带给我一套，不料竟被干没了，想起来实在可惜。

坊间书籍，除毛边本之外，别有一种所谓精装本，内容及用纸，同平装本一样，不像毛边本之需用道林纸，甚至需用串线钉。它只是在平装基础上，加一个硬纸面的外壳，为的是可以插书架装门面，骗骗不了解内情的外国人，好比当今另眼看待的最时髦的某些"社会贤达"一样。我不喜欢这种精装本，除了便于插书架以壮观瞻之外，它实在并无其他好处，只是让读者多掏几个腰包而已。买书原是为了阅读，为了增长知识，加强思想，得到艺术的享受；决不是为插书架，以壮观瞻，我们也就不需要装点门面的"社会贤达"。

《从空虚到充实》

《从空虚到充实》一册，张天翼著，收小说六篇，初由联合书店发行，毛边道林纸印，出版于 1931 年 1 月，后改归现代书局，版式仍为横排，改毛边为光头，封面虽然换了，但未必胜过原来的一张。事物本来应当向前发展，就过去我所见到封面设计而论，不知道为什么，改版本往往反而不及初版本，想起来实在令人扼腕。《从空虚到充实》是天翼早年作品，作者和蒋牧良齐名，为当时有数的几个优秀作家之一。我很喜欢他的作品，他后来的成就，正如这书名所昭示的"从空虚到充实"（实际上早期作品也不空虚），更为远大，也更为绚烂了。但就书的形式而论，却又适得其反，而是从充实到空虚。记得新钟书局出过一套《新钟创作丛刊》其中有天翼的《洋泾浜奇侠》，有我的《海天集》，印刷既坏，错字更多，几乎每页就有四五个，书一发行，老板就避不见面，结果是卷逃而去，一分钱稿费不付，那时天翼写信给我，主张联名同他打官司，筹商之间，抗战爆发，事情也就这样结束了。年前闻天翼肺病复发，在乡间养病，穷困如昔，远望天末，不知我们小说家的病状有起色否？

文学家中的教育家

与其说夏丏尊是文学家，不如说他是一个教育家，他在语文教育方面的影响和所写书籍的数量，实在远过于他在文学方面的所作。关于后者，除了几册译文以外，我们只能举出一本散文，这就是收在《开明文学新刊》里的《平屋杂文》。《平屋杂文》出版于 1935 年 12 月。开明这一套书籍，起初都用米色道林纸印，以原书底稿制成封面，再由作者亲笔题签，式样颇为别致。《平屋杂文》收小说、评论、随笔等三十三篇，卷首自序一篇，重心全在解题，也就是说明这《平屋杂文》四字的由来，我们且听他说：

自从祖宅出卖以后，我就没有自己的屋住，白马湖几间小平屋的造成，在我要算是一生值得纪念的大事。集中所收的文字，大多数并不是在平屋里写的，却差不多都是平屋造成以后的东西，最早在民国十年，正是平屋造成的那一年。就文字的性质看，有评论，有小说，有随笔，每种分量既少，而且都不三不四得可以，评论不像评论，小说不像小说，随笔不像随笔。近来有人新造一个杂文的名辞，把不三不四的东西叫做杂文，我觉得我的文字正配叫杂文，所以就定了这个书名。

这里所说杂文，意在说明本书里所收文字的夹杂，并非我们通常用作专指的那个"杂文"的意思。集中的有些文字，比如《对了米莱的〈晚钟〉》《幽默的叫卖声》《白马湖之冬》，无论从哪方面说，都是极好的随笔和散文，一点不杂。夏丏尊行文纾缓，毫无火气，然而交代清楚，不离本旨，而且处处含有教育意义，是盖始终不忘其本位使命者。

新闻学者

和夏丏尊的情形相像，我还可以举出一个谢六逸，六逸别署宏徒，贵阳人。如果说丏尊文章的内容偏重于教育（狭义的）方面，那么，宏徒的文章却是偏重于新闻学方面的。他们都曾留学日本，翻译的都以日本文学为多。六逸有散文集两册，这就是《水沫集》和《茶话集》，《水沫集》由世界书局出版。其中多是二三千字短文，谈各国——尤其是日本的文艺作品，一般说来偏于介绍。《茶话集》则由徐调孚编入《新中国文艺丛书》内，由新中国书局发行，于1931年10月出版。全书分为两部，第一部收随笔十二篇，第二部收论文九篇。论文中有六篇是新闻学方面的专论，便是第一部里的随笔，也有很多与新闻学有关。在文学工作上，宏徒的大部分精力是放在日本文学的介绍方面，如日本文学史的撰述，就有三种之多，小说散文，均有迻译。偶以余力草写短文，数量不多，要皆反映其所处的时代。抗战前夕，他在复旦大学担任新闻系主任,教课之余,为《立报》编辑副刊《言林》,提倡三五百字短文,在当时影响极大,也可以说是新闻文学的一个方面吧。

《山雨》

王统照所作长篇小说《山雨》，共二十八章，描写北方农村崩溃的原因与现象，以农民自觉运动作结束。初版发行于1933年9月，当时国民党反动派的中央图书杂志审查委员会谓其宣传阶级斗争，书出不久，即由国民党上海市党部勒令禁止。经删去第二十四至二十八章后，始得发行。初版流布极少，弥足珍贵。

由沉思而歌唱

何其芳自《画梦录》出版后，大受文坛注意。《画梦录》和芦焚《谷》（小说）、曹禺《日出》（剧本）在1937年5月同得《大公报》"文艺奖金"，但其受注意却并不完全由于这点。《画梦录》与其称为散文，毋宁说是散文诗，他在音律上的成就，也正不下于所烘染的色彩。作者继此书之后，又有新作出版，其一为良友版的《还乡杂记》——印成时书名误作《还乡日记》；另一则为《刻意集》。因战事关系，作者本人还没有见到这两本书。《还乡杂记》错误已如上述，《刻意集》诗文并收，也嫌芜杂，全书计分四卷，第一卷《王子猷》，如作者自己所说，"以散文叙述故事"；第二卷《夏夜》，"一篇对话体的散文"；第三卷《燕泥集后话》和《梦中道路》，两篇近于序跋；第四卷收诗十八首。从这点看，内容是很不调和的。到第三版时，作者乃予改订，抽去三四两卷，新增第三卷，计断片四则：《蚁》《棕榈树》《迟暮的花》和《欧阳露》，这原是作者计划中一个未完成的长篇，题曰《浮世绘》，三版序里说：

《浮世绘》是我 1936 年在天津开始写的长篇小说。因为忙于生活和职业，我只写了计划中的十分之一左右便停步了。现在，我倒并不因为它的没有完成而感到不痛快，由于对于中国这民族和它的社会还不大了解，由于还没有一个进步的世界观，人生观，由于还不知道现实主义的创作方法，假若我那时写完了它，它一定不过是一部荒唐的书，古怪的书。留待将来我再来写那些中国的个人主义者，中国的罗亭和沙宁和另外一些还没有名字的人物，一定是更胜任一些的。而这四个断片，可以说是完全穿上了幻想的衣服的现实，在现在想来，已经是近乎古董之类的东西了。把它和《王子犹》和《夏夜》放在一起倒是很合适。我可以给这本书另外取一个名字：一些失败了的试作。

战争改变了许多事情、许多人，就我所知，改变得最多同时也就是进步得最快的要算何其芳。虽然作者说他有他自己的道路，但就所表现的看来，他确是从阴暗和寂寞里突然跑到阳光底下，由沉思而歌唱了。我们期待着他的"更胜任"的作品，同时把《浮世绘》收入《刻意集》，也确实可以使这本书显得比初版和谐一些，协调一些。

龙之变幻

巴金散文集《龙·虎·狗》，文化生活社版，1941年1月在沪渝两地同时发行，版式不同，内容也有差别，渝版用土纸印，书内目次，龙下注一"缺"字，盖虽曰《龙·虎·狗》而实无龙者也。附录二篇：一，《关于雷雨》；二，《关于小说中人物描写的意见》。后来，作者小说集《还魂草》于同年4月在重庆出版，龙就附在三篇小说的后面，不见其首，乃见其尾。沪版《龙·虎·狗》有龙，但少附录《关于雷雨》一篇。胜利后，《还魂草》在上海再版，龙仍附篇末，与沪版《龙·虎·狗》重出，文字略有改动，惟出入不多，至三版，此一条神龙方掉尾而去，今惟《龙·虎·狗》中有龙，与狗猪虎并列而为四焉。

《秋》装

《秋》装云者,非谓秋天的装束,乃指巴金长篇小说《秋》的装帧也。友好知我爱书,时以所著见惠,自从《书话》里谈及装帧,更多以特印本相赠。其间赠书最多,厚意最可感激的,当推巴金。实我《书话》,他日当一一记之。记得1940年,巴金将内行,我和圣泉、柯灵等饯之于霞飞路一酒楼,巴金即携其所著《秋》一册见贻,方于4月初版,盖犹当时之新书也,但为坊间经见的本子。去年,巴金在某一次来信里,问起我有没有《秋》的精装本,我回信说没有,不久,他就差人送了来,并附条说,他自己藏的已经赠完,这一本是向人索回转送的。检视款识,果有用橡皮擦去重题的痕迹。此书用道林纸印,织锦硬面装,书脊及封面烫橘黄色细笔题名,围以长框,酷似日本书籍,富丽堂皇,为他书所不及。友人黄裳见告,巴金此书,原已赠其太太,所谓向人索回转送,实则从太太处要回者也。闻之失惊。此一对贤伉俪之盛情,委实令人感念,世有书痴,当能领会我这一点意思也。

诗海一勺

《诗经》今译

近于《文汇报》《笔会》中,读郭沫若《离骚》今译两章,热情奔放,不减当年。今人治古文学,不曰王母琼液,即曰冢中枯骨,爱之恶之,截然异趣。沫若远在1923年,于大家反对旧文学声中,即曾译《诗经》四十首,成《卷耳集》一册,由创造社出版,列为《辛夷小丛书》第二种,《辛夷小丛书》第一种名《辛夷集》,为沫若、均吾、仿吾、达夫等创造社同人的合集;第二种就是这本由沫若翻译《诗经》的《卷耳集》。译诗与原诗共分两部,卷首有序,编末有《自跋》,《自跋》中云:

但是国人研究文学,每每重视他人的批评而忽视作者的原著。譬如研究西洋文学,不向作品本身去求生命,只从新闻杂志上贩输些广告过来,做几篇目录,便算是尽了研究的能事一样。近来研究《诗经》的人也不免有这种习气,《诗经》一书为旧解所淹没,这是既明的事实。旧解的腐烂值不得我们去批评。我们当今的急务,是在从古诗中直接去感受它的真美,不在与迂腐的古儒作无聊的讼辩。

书前序文对翻译的态度也有提及:

> 我对于各诗的解释,是很大胆的。所有一切古代的传统的解释,除略供参考之外,我是纯依我一人的直观,直接在各诗中去追求他的生命。我不要摆渡的船,我仅凭我的力所能及,在这诗海中游泳;我在此戏逐波澜,我自己感受着无限的愉快。

《卷耳集》出版后,引起轩然大波,称赞之者,诋毁之者,遍及书报杂志,群众图书公司曾为辑成一集,曰《卷耳讨论集》,今已绝版。友人周木斋、陈子展续有所译。子展的曾出单行本,木斋的则未成书,殊可惜也。

沈尹默《秋明集》

沈尹默合刊旧诗词曰《秋明集》，分上下两册，前诗后词，不违诗余古意。诗又分三目，都一百一十题，词共七十阕，均自民国纪元前七年收起，至大革命前后为止。《玉楼春》一阕《春日寄玄同》云：

年年纵被春情误，
莫道春情无着处；
海棠开了好题诗，
绿柳荫浓听燕语。

人生自有真情绪，
不合空教愁里度！
与君俱是眼前人，
领取从来无尽趣。

此种洒脱清丽的情调，贯穿着尹默全部诗作，把大自然看得既和平，又温柔，此在诗人心中真是另一境界也。但尹默亦有感慨苍凉之作，特不多耳。我很喜欢他的《读北史儒林传》二首：

　　天水违行语岂虚，小人君子竟何如！
　　不妨梦里看星坠，只恐人间有谤书。
　　能说论文八十宗，居然郑学号明通。
　　今人何事输儒雅，吹笛弹筝恨未工。

尹默为新文学运动初期的诗人，白话诸作，亦多和易可诵，不知怎的终未收集。《秋明集》为北京书局印行，1929年12月出版，我所得的盖钦源从旧书肆买来相赠者。尹默比年留居内地，今已来沪，囊中诗句，当多于《秋明集》十倍矣。

《白屋遗诗》

新文人中颇多精于旧诗者，达夫凄苦如仲则，鲁迅洗练出定庵，沫若豪放，剑三凝古，此外如圣陶、老舍、寿昌、蛰存、锺书诸公，偶一挥毫，并皆大家。惟单行付梓，早获定评者，惟沈尹默、刘大白两家而已。尹默有书曰《秋明集》。大白旧诗集名《白屋遗诗》，遗诗云者，盖梓于大白逝世之后。全书分七部，曰：《斠云剩稿》《冰庑集》《剑胆集》《北征小草》《东瀛小草》《南冥小草》《西泠小草》，古今体俱备。王世裕为之序云：

"五四"以还，大白敝屣其旧诗，然温丽隽爽，予夙爱之。尝戏谓他日署予名刻之何如？君殁后，诗稿存储君皖峰处，予乞以归，题曰：《白屋遗诗》，付上海开明书店。经年而书成。昔日戏言，宛然如昨，而君墓有宿草，予亦垂垂老矣。风雨之思，良不可任。二十四年春日，王世裕识。

《白屋遗诗》出版于1935年4月,线装一册,连史纸印,封面由夏丏尊题签,扉页则出经亨颐手笔,大白诗清雅自如,有信手拈来之妙。我得这本书于旧书摊头,非挟以自珍,不过文人积习,偶似嗜痂而已。

《遥夜闺思引》

《忆》出版后二十三年,俞平伯又有手写诗稿出版,不过前者为新诗,这回写的却是长篇古风,虽然书法隽秀,远过畴昔,但在新文学的立场上却是转弯抹角,又回到老路上来了。我对平伯的旧学造诣,极为佩服,对他的淡泊自持,尤致向往,所以1944年秋天到了北平,别人都不想见,古槐书屋却非去不可,正是这点意思。当时曾请平伯写字一幅,录诗三首,两律一绝。句云:

侧身天地一长物,漠漠秋云无古今;
开卷譬如刚上学,闭门心迹忆山深;
封书渐远疏亲旧,笔墨时闲贱寸阴;
窗下红梨都是叶,萧萧风色比寒林。

野塘十顷几荷田,一水含清出玉泉,
菱蒂无端牵旧恨,萍根难值况今年!

红妆飘粉谁怜藕,翠袖分珠不是圆。
莫怯荒城归去早,西山娟碧晚来鲜。

眉绿珠楼一晌残,夕阳红后又春寒,
深杯檀印还如昨,留与沧波驻笑看。

末加短识:岁次甲申,秋晚闲居古都,适风子先生顾我荒斋,出纸属书近作,即以呈正。

我极喜欢平伯的诗,这似乎和上面的立论有点相背,其实也并不尽然,因为喜欢是一回事,希望则又是一回事也。以平伯的才力与修养,无论是继续走《冬夜》《西还》——新诗——的路,或是走《燕知草》《杂拌儿》——散文——的路,必将有更辉煌的成绩昭示后人,这便是区区微忱。近出的诗稿名《遥夜闺思引》,因仿绍兴本通鉴行格手写,每页十二行,每行二十字,都十六页。前附骈体自序四页,中间有云:

……仆也三生忆杳,一笑缘坚,早堕泥犁,迟升兜率。况乃冥鸿失路,海燕迷归,过槐屋之空堨,宁闻语屐,想荔亭之秋雨,定湿寒花!未删静志之篇,待续闲情之赋,此遥夜闺思引之所由作也。……

这几句话,已经把动机交代清楚。此书于1948年出版,道林纸珂罗版印,穿以丝带,由许宝骁题眉,发行人为暴春霆。我所得的是再版本,共计影印三百册,为黄裳从北平购来见贻者。听说初版只印一百册,用纸较佳,那就更为难得了。

《冬夜》

《冬夜》为平伯最早诗集,三十二开横本,1922年3月亚东图书馆版,分四辑,收诗五十八首,有《自序》及朱自清序,又有《付印题记》,云:

花影底绰约,
却是银灰色的。
影儿虽碍花啊,
花终不愿抛撇她依依的影。

其时离"五四"运动才三四年,《冬夜》的成绩的确值得称道,所以出版后颇受注意,批评的文字也特别多,曾有《〈冬夜〉〈草儿〉讨论集》出版,再版时删《自序》,以《致汪君原放书》代序,算作对批评者的一点答复。平伯为人洵如,腹内虽有牢骚,说来温文尔雅,总不见有一点儿火气。

《西还》

《西还》一册，俞平伯作，亚东图书馆发行，1924年4月出版，三十二开横本，丝线订，道林纸精印，较《冬夜》远为出色。封面彩绘苏堤小景，扉页题"玉楼春寄莹环"两句云：江南人打渡头桡，海上客归云际路。全书分三部，一、《夜雨之辑》，收诗四十七首，大都作于"人间天堂"之苏杭两地，平伯在这两个地方都有祖传别业，杭州之俞楼尤负盛名，盖曲园先生之旧居也。二、《别后之辑》，收诗三十八首，作于国外，最后一首题《西还前夜偶成》，诗云：

船儿动着；
只我最爱睡，一天要睡去大半天。
船儿泊着；
只我睡不着，一夜睡不到小半夜。

末注：一九二二，十一，十八，吴淞夜泊。这是平伯从国外归来时作于俄国皇后号上的。《西还》命名，即出于此。三、《附录》，收《呓语》十八首。平伯诗温文如其人，但平易中别有一点缠绵情致，以言诗格，颇近于温、李一路，较诸"新月派"中写情诸作，又是一番滋味矣。

湖畔诗人

近来雪峰写作奇勤，以杂文形式，作思想批判，收获甚多，看这几年的情形，大家都把他看作理论家，几乎很少有人知道他还是一位诗人了。19世纪英国有过"湖畔诗人"，二十年前，中国也同样有过，雪峰就是四个湖畔诗人里的一个。他们曾印行两册合集，第一册《湖畔》，出版于1922年4月，收诗四家，计漠华十六首，雪峰十七首，修人二十二首，汪静之六首。扉页题句云："我们歌笑在湖畔，我们歌哭在湖畔。"这湖指的是西湖。

第二册《春的歌集》，出版于1923年12月，扉页也有题句："树林里有晓阳，村野里有姑娘。"全书分三卷，卷一为雪峰和漠华诗，卷二为修人诗，卷三为若迦《夜歌》，末附雪峰《秋夜怀若迦》一篇。若迦为漠华笔名。汪静之在《湖畔》发表的诗不多，似乎只是客串性质，称得起"湖畔诗人"的，主要是冯雪峰、潘漠华、应修人三个，这就连人数也和英国的"湖畔诗人"相等了。他们的诗大都带有泥土气息，虽不成熟，却是有血肉有生命的东西。修人于1933年5月丁玲被捕之日，因拒捕坠楼，身殉革命，适夷曾有文记之，发表于《奔流新集》之二上。《湖畔》和《春的歌集》二书，今均绝版。

《雉的心》

《雉的心》一册，作者徐雉，1924年8月天津新中国印书馆出版，为《绿波社丛书》之一。《雉的心》与刘大白《旧梦》、康白情《草儿》、汪静之《蕙的风》等，同为早期受注意的诗集。这几本诗集有个共同的地方，就是承受"五四"的余风，倡导自由恋爱，解放男女社交，被卫道之士所反对，而又为当时新派人物所爱读，乘风扬帆，正是极富于时代气氛的作品。不过，他们的重心，始终是在男女问题上，与胡适的《尝试集》固然有别，比起郭沫若的《女神》来，却又完全是另一回事了，因为后者是更加大胆地开拓了另一个风气。《雉的心》共分五集，都四十三题，另有序诗两首，附录《少年集》旧诗二十一题，前有叶圣陶、黄俊序言各一篇，叶序里有一段说：

徐君这部诗集，刘延陵君曾仔细看过。他说其中最好的是《母亲的哭泣》《微笑》《熄了的心灵之微光》《欢乐》《一切都不是她的》《风儿呵》《愿为情而死》《忆镇海女郎》《有夫之妇》《失恋》《石路》《送给上帝的礼物》《孤独者的烦闷》《爱情的花》《心的轻重》《一篮花》《冲喜》《被污了的灵魂》《跳舞的快活》那几首。他的总批评是：

"……吾观全册的诗，觉质地虽然很好，而文字方面，除十多首完全佳妙者外，其余皆须略加修改……"今年3月31日致徐君信。

后来这部诗集到了我的手里，我也通体读过，觉得刘君的话我都能同意——人家开辟了道路，我便跟着走去，也可以做我不会批评的一个证据了。

黄序里也摘录篇名，指出印象最深的几首诗，其中有九篇和叶、刘说的吻合，而这些又几乎都是情诗。后来朱自清为上海良友图书印刷公司编辑的《中国新文学大系〈诗集〉》，采录《失恋》一首，可见作者的才能主要表现在这方面，并且如何被大家所重视了。

袖珍诗册

第二次世界大战中，美军军中阅读书籍，多袖珍本，过旧书摊，至今犹琳琅满目。华文书籍，颇闻有继起仿效者。其实十几年前，小本书固曾风行一时。创造社及商务、中华以外，开明亦竞出多种，巴金译著，初版多属小本。卢冀野有诗两册，曰《春雨》，曰《绿帘》，并皆四十八开，于1930年5月出版。《春雨》曾由南京书店印行一次，三十二开，1926年11月出版，分前后两部，前部收诗三十二题，附录《哀歇浦》《明月夜忆明月楼往事》《怨蓬莱》三篇。后部由武昌盲乐师冒烈卿逐首制谱，并有朱锦江、李清悚插图多幅，篇首有文言自序，改版后由厉小通代删，剩诗二十首，《代序》一首。末附《付印后记》《读春雨》各一篇。插图八幅，出朱锦江手笔。《绿帘》收诗十一首，篇首有自序，子恺插图两幅，自序有云：

关于诗形，我还有一点要说的，就是这仍然是我的尝试。在我的意识里，究竟新体能替代了旧体没有？新体诗已达到了成熟期没有？像这一样是不是一条可通的路？都还在疑问中。我只知这样写出，我只为我写了这么一卷东西，其他非所顾及。见仁见智，读者自便。

冀野工旧诗词，所作新诗受词曲影响很深，有时几不可辨，而且他本来就是一个主张"旧瓶装新酒"的人。

李金发诗

大家都说李金发的诗是象征派，金发原为一雕塑家，以雕塑的艺术引入诗中，别有一种浑成的感觉。金发诗两册，曰《微雨》，曰《食客与凶年》，均为《新潮社文艺丛书》。《微雨》出版于1925年11月，版权页上注明作者李金发，编辑者周作人，前附《导言》一篇，目录倒置书末，《导言》开首有云：

虽不说做诗是无上事业，但至少是不易的工夫，像我这样的人或竟不配做诗！

我如像所有的人一样，极力做序去说明自己做诗用什么主义，什么手笔，是大可不必，我以为读者在这集里必能得一不同的感想——或者坏的居多——深望能痛加批评。

中国自文学革新后，诗界成为无治状态，对于全诗的体裁，或使多少人不满意，但这不紧要，苟能表现一切。

《微雨》收诗九十九首，附录译诗八家。时作者尚在柏林，这本书后来改由北新出版。《食客与凶年》亦《新潮社文艺丛书》，由北新书局出版，较《微雨》迟二年，收诗八十九首，插图五幅，篇末有自跋云：

余每怪异何以数年来关于中国古代诗人之作品，既无人过问，一意向外采辑，一唱百和，以为文学革命后，他们是荒唐极了的，但从无人着实批评过，其实东西作家随处有同一之思想，气息，眼光和取材，稍为留意，便不敢否认，余于他们的根本处，都不敢有所轻重，惟每欲把两家所有，试为沟通，或即调和之意。

金发文字颇多疵病，其诗亦然，然欣赏能力极高，则长处也。

《为幸福而歌》

李金发又有诗集曰《为幸福而歌》，商务印书馆发行，1926年11月初版，列为《文学研究会丛书》之一，封面彩绘一裸女临风而舞，有小字注云："却姐，二五年作。"盖李氏夫人手笔也。卷首有《弁言》云：

> 从前在柏林时曾将诗稿集成两册，交给周作人先生处去出版，因为印刷的耽搁，至今既两年尚没有印好，故所有诗兴都因之打消！后除作本集稿子外，简直一年来没动笔作诗，真是心灵的一个大劫。
>
> 这集多半是情诗，及个人牢骚之言情诗的"卿卿我我"，或有许多阅者看得不耐烦，但这种公开的谈心，或能补救中国人两性间的冷淡；至于个人的牢骚，谅阅者必许我以权利的。

诚如《弁言》所说，此书所收，多为情诗，情诗于苦难的时代实少裨益，而"公开的谈心，或能补救中国人两性间的冷淡"，这句话却说得不错。

《邮吻》

《旧梦》以后，刘大白又有诗集曰《邮吻》，收诗三十一首，儿女温柔，情见乎辞。以大白所受的教养，所处的社会，竟能有这样绮丽的诗，这样热烈的书名，不可谓非奇事！老辈之中，惟曾孟朴可与比拟。《邮吻》出版于1926年12月，仍归开明发行，列为《黎明社丛书》之一，前附《付印自记》。大白对《旧梦》的装订、排印和迟迟出版，大感不满，说商务只知道赶印教科书图利，忙着去"教育商务"，希望《邮吻》不至再蹈这个覆辙。他在《付印自记》里还叙述了一个关于《旧梦》的趣事。他说：

> 还有一件趣事，也值得一说。该书馆每逢有一书出版，照例在总发行所入口处挂一牌子；等到再有一部新书出版，才把先出的一块书名牌挨上一肩。如此递挨上去，直到最末一个位置上，才再由最新的书名牌一挤，把它挤出去。《旧梦》出版以后，他们自然照例挂牌。但是因为

横行的缘故，书面上"旧梦"两字也是从左向右的横排；不料写牌子的先生竟反其方向而读之，把它写作"梦旧"。出版不久，被我的朋友瞧见了，告诉他们说：这是"旧梦"，你们写颠倒了，应该拿下来改正！他们果然从谏如流，立刻把它拿下来了。不过只从了一半的谏，拿是拿下来了，改却没有改；从此这块牌子就提前被淘汰了，不曾再挂上去。因此，此书出版数月，还有许多朋友以为不曾出版。并且有人知道出版了，到总发行所去买，他们还说只有《梦旧》，没有《旧梦》，以致失望而回。这些都是《旧梦》出版以后所遭的不幸，我很希望《邮吻》不至于像她姊姊似的也交这种魔苦运！

《邮吻》所收各诗，仍不脱旧时词章影响，其中《邮吻》《秋晚的江上》《春寒》等篇较少传统气味，可说是集中好诗。至于书的形式，《邮吻》较《旧梦》进步得多，除再版改装外，初版《邮吻》由沈玄庐题字，恰恰作封面，双色套印，底作玫瑰色，画淡绿信封一，右角贴邮票，邮票中有唇印，当系情人之吻。不知今日情场上少男少女，尚有玩此把戏者否？

《昨日之歌》

沉钟社诗人冯至有《昨日之歌》一册，1927年4月北新书局印，列为《沉钟丛刊》之二。封面画取自 W. Blake 画集，由马隅卿重摄，线条富东方色彩。全书分上下卷，目录倒置书末。上卷收诗四十六首，下卷收较长诗四首，题目独占一页。冯至诗圆熟柔和，在早期作品中，颇为难得，鲁迅曾称之为"中国最为杰出的抒情诗人"。夜阑独吟，大足自遣。

周作人绍兴话序歌

半农有书曰《瓦釜集》，收所著山歌二十一只，均以第一句名题，开首有《开场的歌》，末缀《后语》，并附录江阴民歌《手攀杨柳望情哥》词十九首，周作人《中国民歌的价值》一篇。封面印古器三件，由马叔平选器，陈万里制像，疑古玄同题字，曰：刘半农的瓦釜集，疑古玄同写。色调和谐。扉页用红色宽边细条，框词三行："刘半农瓦釜集一卷附录手攀杨柳望情哥词一卷1926年北京北新书社印行"。不加标点。周作人用绍兴方言作序歌云：

半农哥呀半农哥，
倷真唱得好山歌，
一唱唱得十来首，
倷格本事直头大。
我是个弗出山格水手，
同撑船人客差弗多，

头脑好唱鹦哥调,

我是只会听来弗会和。

我弗想同倷来扳子眼,

也用弗着我来吹法螺,

今朝轮到我做一篇小序,

岂不是坑死俺也么哥!

——倘若倷一定要我话一句,

我只好连连点头说"好个,好个!"

1922年春夜,于北京。仲密。

半农自己另以写给周作人的信代序,信是讨论中国民歌问题的,并对诗歌的语言和声调发表意见。这封信写于1921年5月20日,当时作者还在伦敦。

《红纱灯》

郭沫若以外，创造社尚有好几位诗人，冯乃超也是其中之一。乃超诗集《红纱灯》，出版于 1928 年 4 月，由创造社发行，列为《创造社丛书》第二十种，分《哀唱集》《幻窗》《好像》《死的摇篮曲》《红纱灯》《凋残的蔷薇》《古瓶集》《礼拜日》等八辑，收诗四十三首。感情细致，意境深远，而受旧诗的影响也较深。我辈从古垒中来，偶一不慎，往往会趁袭现成。因此，我对《红纱灯》有一种偏见，认为集中接受旧诗的影响和滋润而能跳出其框框的，大抵就是好诗，例如题做《十二月》的一首：

十二月
灰烟灰雾笼罩的十二月
欲雨还昙的焦躁
破我心头 stoic 的积雪

昼间街灯的睡眼惺惺
市外朦胧的远山淡影
又是葬式的钟声

空中浮游着银灰的景色
枯枝曳着欲断的叹息
又是孤悄的沉寂

十二月
岁月告老的十二月
震栗的灰白的苦寒
积我心头疲惫的白雪

此外如《酒歌》《泪零零的幸福升华尽了》《榴火》等篇也都是好诗。乃超名其集曰《红纱灯》，不但美丽得很，而且这三个字，对于集里各诗的情调，也是一个恰如其分的体现。

《新月诗选》

我曾谈过闻一多的《红烛》和《死水》，其实最早读一多的诗，倒不是这两个诗集，而是他的一首题曰《奇迹》的长诗，发表在新月书店出版的《诗刊》第一期上，徐志摩称这首诗为"三年不鸣一鸣惊人"的奇迹，我看这句话不算过分。在一多的诗里，我很喜欢《你指着太阳起誓》和《死水》两首，但论气魄，总不如这首《奇迹》。《奇迹》成诗较晚，不及收入《死水》，更不必说《红烛》了，但曾见于《新月诗选》。《诗选》录诗凡十八家，共八十首，由陈梦家编定，1931 年 9 月新月书店出版。根据梦家的说法，这些入选的人大家有个一致的方向，这就是："主张本质的醇正，技巧的周密和格律的谨严。"技巧周密和格律谨严可说是新月派的特点，但要本质醇正，却又谈何容易。由我看来，新月诗人之中，有几个本质浇薄得很，离醇正真不知尚有几千万里。饶孟侃、方令孺、卞之琳和梦家自己，不失清新自然，闻一多和朱湘秉性善良，当得

"醇正"二字,一多后来的转变,就和这个"醇正"的底子很有关系。《奇迹》录自《诗刊》。这首诗已编入开明版《闻一多全集》中。

自费印书

作者自费印书，过去极为通行，诗文结集，倘非朋友或子孙刊印，就大抵由本人出钱，雇工雕版。自从印刷术进步，出版业风行，书籍可以牟利，这种风气便渐渐地消歇下去，偶有继起，大都另有原因，例如要印得讲究和称心，就非自费不可；而且这样又可避免与书侩周旋，减少其剥削。新文人中，鲁迅、宋春舫、刘廷芳等，都曾自费印书，版式装帧，选纸挑字，均有独到之处。至于无名作家，因作品碰壁而还求诸己，那就另是一回事了。这类书籍，大抵印数较少，往往成为藏书家架上的珍品。昨于巴金案头，得见孙毓棠赠其《海盗船》一册，亦为自费印行者。此书二十五开毛边本，1934年5月初版，木造纸印，封面下角绘帆船图案，作者序文的末段说：

这里面的二十一首诗，大半都曾在《新月》《学文》《文学季刊》《文艺月刊》《大公报》《文艺副刊》等处发表，得各方允许重印，在此谨致谢意。此集编制是按照意趣相近者排列，拆乱了时间前后的线索。其中《野狗》一篇，诗成以后曾修改三四次，《学文》一卷一期发稿时，一时疏忽，误将初着笔时的草稿付印，此集中所收是修正过的。此集之能成形，也因为几年来时得一多先生、公超先生和梦家、玮德、洵侯等至友的教导与鼓励，是我不能不至诚感谢的。

这本书收诗二十一首，为孙毓棠早期作品，由天津文岚簃印刷，立达书局代售。版式宽大，装帧漂亮，酷似三闲书屋之《铁流》或《毁灭》，不过，此书为右起直排，全本较薄而已。我藏有《学文》数册，他日有暇，当将《海盗船》借归，就《野狗》异同，细细校勘一番。记得我在别处已经说过，一个作者能以严肃认真的态度对待自己的作品，就不怕没有收获。后来收入《文季丛书》的同一作者所写的长篇历史叙事诗《宝马》，真是一鸣惊人的佳作。毓棠曾在《新月》及《诗刊》上写诗，在风格上，多少受有闻一多以次的这一流派的影响，《宝马》的成就不但超过《海盗船》，直欲摩新月诸诗人之顶呢。

《旅程》

巴金又藏有邵冠华《旅程》一册,亦由作者自费印行。出版商向来有一种脾气,不大愿意印诗,从前还有人反对过新诗分行,认为浪费纸张,仿佛一本书出版,非把天顶地角,填得满满的不可。因此自费印书,也以诗集为多。冠华诗宗象征,偶有奇思,可惜脑子里跑野马,一脱了缰,往往不知所云。我不爱读他的诗。但无论如何,他写的却确实是诗,冠华也确实是一个有自己风格的诗人。本集收诗二十三首,另有《序诗》一篇,自述印本书的动机,是为了"纪念我那消逝的寂寂的二十青春",扉页引杜诗一联云:

文章憎命达
魑魅喜人过

——杜甫

此书于1930年12月出版,重磅道林纸印。今绝版。

曹葆华与朱湘

曹葆华著有《寄诗魂》一册，北平震东印书馆印刷，1930年12月出版，毛边道林纸印，封面蓝地白文，颇为美观，收诗三十七首，这当是他的第一个集子，大概是自费出版的吧。葆华出清华大学，清华多诗人，作者亦此中之佼佼者，据其自述，得朱湘之鼓励最多，因此深表感激。序中有云：

> 记得是去年秋天，我写诗不到半年的时候，我对于自己创作的能力，起了绝大的怀疑。我不相信自己以后能写出好的作品，我很想一心念书，对于写诗的工作不再过问；免得将大好的光阴虚度过去，到后来方追悔不及。可是自己又犹豫徘徊，不能毅然决定。正当这时候，我突然接到子沅从安徽寄来一封信。他说从《清华周刊》上见过我一两首诗，不同凡响，望我将全部诗稿寄给他看。本来子沅与我，素不相识，虽然他是清华同学，但我到清华，他已毕业出洋了；我虽知道他是中国有名的诗人，但我想

他决不知道我这样一个无名的学生。我那时接着信,一面感觉惊讶,一面感觉羞愧。我寄诗给他的时候,我写了一封信,说明我犹豫不决苦痛的情形。……他的回信到了,他说我将来希望很大,望我好好努力。以后又常常写信来鼓励我。

葆华因此就把这本集子献给子沅,以志他对这个同学兼先辈的敬意。子沅是朱湘的字。后来,葆华继续努力,写了不少诗,到1932年,出《灵焰》《落日颂》两集,均由新月书店发行。此外还有一个诗集曰《无题草》,由巴金编入其主编的《文学丛刊》,在文化生活出版社出版。葆华诗落句平实,缺少绚烂飞扬的感觉,与子沅正是一路。子沅投水自杀已久。诗坛寂寞,令人徒兴空梁落月之感。

臧克家诗

追求形式决不是形式主义，但固执得太过，又往往会沉湎而不能自拔，这样的例子说起来很多。在《新月》上写诗的人，能够跳出同侪的圈子，保持了个人的特点的，我以为有两个人，一个是卞之琳，别一个是方令儒。卞之琳著有《三秋草》，方令儒写诗那时不算太多。讲究形式而又不为形式所囿的，记得还有一个臧克家。克家在青岛时，曾和我通过几次信，没有见面。近几年来，他在国内很活跃，作品方面，质和量都有进展，在上海能读到的很少，心里却终觉得快活。现在我还藏着一本他赠送的《烙印》初版本，这本诗集的装帧和闻一多的《死水》以及后来蒲风的《茫茫夜》相似。封面黑色，书名用红方骑背（《死水》初版用泥金，《茫茫夜》用白色），木造纸精印，三十六开狭长本，出版人为王剑三。王剑三即王统照，与作者有姻亚之亲，提拔后进之功，实不可没。书前有闻一多序言，出版后颇获好评，我也极喜欢集中《生活》《烙印》《不久有那么一天》《歇午工》等篇，后来这本诗集又经剑

三介绍,由开明书店改版重印,缩成小本,并加添了《到都市去》《号声》《逃荒》《都市的夜》四诗,作者在《再版后志》里说:

> 再版加了四篇诗,《到都市去》是旧作,三篇新作中,我自己喜欢《号声》和《逃荒》。这些诗虽说不上变风格,可是于中加上了些什么,聪明的读者们,不用我点也一定会看出来的。在这本小书的完成上,夏丏尊先生费过心,友人王莹就近代为校定,不胜感谢。

王莹是当时的话剧红演员,据说她读克家的诗,一往深情,常常独自流泪。她确是作者文字上的知己,代为校定,就充分说明了这一点。

蒋光赤《哀中国》

蒋光赤是一个小说家，所作长短篇小说不下十余种。现在我却想从诗的角度上来谈谈他，特别是早期的几本。光赤从苏联回国后，努力提倡革命文学，由于技巧不够成熟，作品侧重口号，被指为口号文学，不受注意，因此作品虽多，而影响不广。钱杏邨对此甚为愤愤，以为这是别德内依事件的重演。因为别德内依也曾受过俄国批评家们的冷遇，甚至被否定为诗人。光赤的命运正复相同。既然别德内依是诗人，现在也从诗的角度来谈光赤，这倒是很有意思的了。光赤的第一本诗集是《新梦》，1925年1月上海书店出版，全书分五个总目：《红笑》《新梦》《我的心灵》《昨夜里梦入天国》和《劳动的武士》，一共收诗四十一首。作者在自序里，说明诗人的伟大与否，当视其"如何表现人生及对于人类的同情心之如何而定"。高语罕为他作了一篇长序，现在把开头和结束两段抄在后面：

《新梦》作者蒋光赤，是我数年前一个共学的朋友。

那时，他是一个无政府主义者。后来，他留学苏俄共和国，受了赤光的洗礼，竟变成红旗下一个热勃勃的马克思主义的信徒。他本富于情感，于研究社会科学之暇，高歌革命，没有三年，新诗已裒然成帙。我劝他把它发表，他居然允许了；现在出版有日，特把我劝他发表这本诗集的意思，略对读者表明一下，做个引子。

……

唉！光赤是一个热烈的青年诗人；我拿泰戈尔和他相提并论，无论照哪方面说，都是比拟不伦。他绝不愿，且羞耻的去学泰戈尔！他绝不愿像泰戈尔那样看着几万万印度同胞，受着英人的践踏，还拿那些"忍耐"、"精神自由"、"欧人已在我们面前求救"的鬼话来"站在左边帮右衬"，替英人努力地消灭印度人的革命怒潮！现在又不害臊的跑到中国来了！这个老而不死的货！我愿《新梦》集出版，能以杀却一些那老货所撒的恶种！我更愿光赤越发努力，成就一个完全的：

"革命的诗人，

　人类的歌童！"——自题小照。

这段话说得很是有趣，因为其时泰戈尔正在中国。1926年12月，《新梦》三版，毁版重排，改成横式，四十八开小本，由新青年社发行，加了一篇《三版改版自序》，其中有一段说：

《新梦》初再版久已销售净尽,因种种关系,现在才预备三版付印。作者重新改正了一遍,将其中作者自己以为太不好的诗,删去了几首。又因为初再版的格式太不美观了,遂又决定将其改版。

三版本删去六首,剩下三十五首,各诗亦略有修正。这些诗,都是作者在苏联时写成的,欢欣鼓舞,热情奔放,钱杏邨称之为中国革命文学的开山祖。

光赤的第二部诗集是《哀中国》,收诗二十三首,都成于回国以后,目睹国内军阀横行,暗无天日,从悲愤而歌唱,而提出革命的要求。此种情怀,与写《新梦》时已经完全不同。我们且看他《哀中国》一首的全诗:

我的悲哀的中国!
我的悲哀的中国!
你怀拥着无限美丽的天然,
你的形象如何浩大而磅礴!
你身上排列着许多蜿蜒的江河,
你身上耸峙着许多郁秀的山岳。
但是现在啊,
江河只流着很呜咽的悲音,
山岳的颜色更惨淡而寥落!

满国中外邦的旗帜乱飞扬,
满国中外人的气焰好猖狂!
旅顺大连不是中国人的土地么?
可是久已做了外国人的军港;
法国花园不是中国人的土地么?
可是不准穿中服的人们游逛。
哎哟! 中国人是奴隶啊!
为什么这般地自甘屈服?
为什么这般地萎靡颓唐?

满国中到处起烽烟,
满国中景象好凄惨!
恶魔的军阀只是互相攻打啊,
可怜小百姓的身家性命不值钱!
卑贱的政客只是图谋私利啊,
哪管什么葬送了这锦绣的河山!
朋友们, 提起来我的心头寒, ——
我的悲哀的中国啊!
你几时才跳出这黑暗之深渊?
东望望吧, 那里是被压迫的高丽;
南望望吧, 那里是受欺凌的印度;
哎哟! 亡国之惨不堪重述啊!
我忧中国将沦于万劫而不复。

我愿跑到那昆仑之高巅,
做唤醒同胞迷梦之号呼;
我愿倾泻那东海之洪波,
洗一洗中华民族的懒骨。
我啊!我羞长此沉默以终古!

易水萧萧啊,壮士吞仇敌;
燕山巍巍啊,吓退匈奴夷;
回思往古不少轰烈事,
中华民族原有反抗力。
却不料而今全国无生息,
大家熙熙然甘愿为奴隶!
哎哟!我是中国人,
我为中国命运放悲歌,
我为中华民族三叹息。

寒风凛冽啊,吹我衣;
黄花低头啊,暗无语;
我今枉为一诗人,
不能保国当愧死!
拜伦曾为希腊羞,
我今更为中国泣。
哎哟!我的悲哀的中国啊!

蒋光赤《哀中国》

我不相信你永沉沦于浩劫,

我不相信你无重兴之一日。

　　就诗而论,这不能算是好诗,但作者的革命热诚是值得赞美的。这部书于1927年1月出版,汉口长江书店发行,四十八开小本,左起横排,封面深红色,由瞿秋白题签。宁汉分裂,旋即遭禁,所以颇不易得。后来一部分诗收入《战鼓》。现代书局于1928年9月为作者出过一册诗选,彼时已改名光慈,故曰《光慈诗选》,也收了几首,但已零落不全。同年,春野书店又为光慈出过诗集《哭诉》,收长诗一首,列为《太阳小丛书》第四种。

绝命诗

为蒋光赤《哀中国》题签的瞿秋白,相传其被害时,有绝命诗,集唐人句成一绝云:

夕阳明灭乱山中,
落叶寒泉听不同;
已忍伶俜十年事,
心持半偈万缘空。

这首诗从国民党人口中传出,究竟是否秋白愿意,已不可知。或以为传者想借此来毁秋白,证明他临死回首,对平生所为,颇具悔意。秋白丈夫,必不至此。其实从诗意看,哪里有什么悔和不悔,心持半偈,万缘空去,只是一种视死如归的精神而已。假使真想借此毁辱秋白,其结果将适得其反。

秋白好为旧诗,不过以这首诗的意境来和其他的著作相比,的确不大调和。他以书生从事革命,而勤敏练达,气魄博大，要非捏笔杆的朋友所能望其项背！所作政治论文，泼辣通俗，散见《新青年》《向导》等刊，惜未加以收集。除译文数种及鲁迅所辑《海上述林》两卷外，著作方面，单行极少，早期作品如《赤都心史》《新俄国游记》，绝版已久。秋白既殁，谢澹如为辑所著，成《乱弹及其他》一书，收杂感及论文，要研究文学家的瞿秋白，这大概是最重要的一本了。《乱弹及其他》由霞社印行，出版于1938年5月5日，分精装平装两种，精装用黑布面，道林纸印，左起横排，版式一如《海上述林》，书背红字，极易脱落，反不如平装的来得醒目。书中各篇，颇多辑自《北斗》及《文学月报》两杂志，例外的是有小说一篇，曰《"矛盾"的继续》，诗一首，曰《向光明》——副题《新打油二章》，全诗如下：

  爱神的箭
  颤动着处女的心弦，
  那是神妙的音声，
  那是真实的人生。
  生理学教授
  别做声吧，你那一套
  我全都知道！
  何况你也太"怠惰"，
  怎么连这玩意儿也不来跟我学习
  性的理论需要我的爱的实习。

正当灵感的一忽
要会聪明地沉默，
说穿了又有什么趣味
你忍心叫人"三月不知肉味"？

伟大的艺术之宫在黑暗里显露
人家摸摸索索地倒找着了道路
你们打着纸灯笼，
还未必走得上这条惟一的生路。
只有诗人的灵感
觉得到光明里的黑暗
预先就说：太炫眼了，
真实反而看不见了。
你说是太阳！——那是太夸张。
要说是灯笼！——又不见得亮。
我难道不向着光明？
不过黑地里摸索那才有诗趣，
凭我这点心火，抵得住暴风雨
谁要干涉，就给他拼命！

　　这诗隐含讽喻，疑其有所实指。与所传绝命诗相较，虽然文言白话，两不相同，但没有前诗里那种空茫的感觉，却是十分显然的了。

苏州山歌

顾颉刚辑《吴歌甲集》一册，北京大学歌谣研究会出版。我知道有这本书。可是"余生也晚"，且又久居南方，遍访各肆，终不可得，三年前偶过白克路，在一烟纸小铺内有旧书一叠寄售，细雨黄昏，举目苍茫，模糊中一瞥，始知皆为绝版佳籍，因挑选十余种，《吴歌甲集》即其一焉。这部书出版于1926年7月，为《歌谣丛书》之一，上卷收儿歌五十首，下卷收民歌五十首，并皆吴侬软语，苟得一苏州朋友，于庭院月上之后，沏浓茶一壶，摇芭蕉扇，坐槐树下徐徐歌之，自有无穷佳趣。细想此愿易偿，所惜年荒世乱，太平未可期耳。书首除颉刚自序外，尚有胡适、沈兼士、俞平伯、疑古玄同、刘复序文五篇，玄同发挥最多，文亦最长。编后有附录多篇，计：一、颉刚《写歌杂记》；二、建功《读歌札记》；三、《歌谣中标字的讨论》，为兼士、建功、颉刚三人的通讯；四、建功《吴歌声韵类》；五、疑古玄同《苏州注音字母草案》，为玄同给颉刚、建功两人的信。书内所收歌曲，固极重要，而附录各篇，对研究歌谣之贡献，尤为难得。玄同、半农、兼士早已谢世，建功远在台湾，独颉刚居住北京，间犹从事旧业。

《君山》和《冰块》

《未名新集》中有诗两册，均韦丛芜著，曰《君山》，曰《冰块》。《君山》出版于 1927 年 3 月，为一长诗，共四十节，由林风眠作书面，司徒乔插画。《冰块》出版于 1929 年 4 月，收诗十二首，附录惠特曼自由诗两首，封面出关瑞梧手笔，新月初上，松枝倒挂。今已绝版。未名出书，多用重磅道林纸，毛边精装，书式美观，求之今日，鲜兮难得。

岭东风情

我很喜欢民歌小曲，觉得只有在那些东西里，才真的蕴藏着民众的感情。还记得小时候，每逢夏夜纳凉，摇大芭蕉扇，坐槐树下，跟祖母学唱吾乡通行儿歌。此情此景，仿佛可忆。后来很想把这些儿歌搜集，不幸老辈凋谢，我自己也长大成人，再没有人肯摩我头顶，为我唱那些有趣的小调了。但对已经流行的民歌，却始终抱着好感，当年在旧书摊上买到《吴歌甲集》，便觉高兴非凡。因此，我见过的这一类书籍，也还有不少可以谈谈。譬如关于岭东的，就有三本。广东的语言，大约可分四种，即是：广府话、客家话、福老话和海南话，不同的语言代表了不同的习俗，代表了不同的谣曲，《粤讴》里的山歌，多出文人拟作，按下不谈。这里且说说客族的民歌。客族居五岭以东，民风刻苦勤劳，礼教束缚愈严，热情奔放愈烈，所以采集结果，大抵倒是情歌，按照出版前后，最早一本是钟敬文的《客音情歌集》，1927年2月出版，北新书局发行，收情歌一百四十首，前缀

《引言》，后附《客音的山歌》一篇，毛边道林纸印，此书标明为第一册，作者的意思，是预备一册册出下去的，后来却并未如愿。第二本是李金发的《岭东恋歌》，1929年4月光华书局版，分《相思酬唱歌》《相思病歌》《梦五更》《十劝妹》四部分，所收歌比钟集为多，毛边道林印，由钱牧风画封面。第三本为陈穆如的《岭东情歌集》，1929年10月北新版，收情歌二百首，由郑振铎、傅东华、鲁森堡作序，另有自序一篇。三书所搜，偶有重复，但因采集对象不同，用字略有出入，而一往深情，丝丝入扣，则为三书所同具，例如：

扇子拨来圆叮当，你夫打你我痛肠；
一心都想来去救，恐怕雪上又加霜。
——钟敬文《客音情歌集》

风吹莲叶响叮当，嘱妹恋郎心莫慌；
倘有大郎叔官问，假作出去看姑丈。
——李金发《岭东恋歌》

雄鸡一啼正五更，嘱咐偍妹莫大声；
嘱咐偍妹莫多讲，只怕壁背有人听。
——陈穆如《岭东情歌集》

佢者，我也。写偷情心境，跃然纸上，这种文字可以造作，这种感情却是无法伪托的。山歌之所以成为民俗文学宝藏，绝非偶然啊！

四川情歌

《四川情歌》一册,梅子编,1930年华通书局版,与《挂枝儿》《南洋恋歌》《常州情歌选》等同列为《春草丛书》之一,四十八开小本,每页红线黑字,用木造纸仿十行笺精印。《春草丛书》都是小本,用纸却不相同,但大都印得极为漂亮。《四川情歌》全书选录三十七章,每章以首句为题,末注通行县份,如《腊月八》云:

腊月八,
日子好,
许多姑娘变大嫂。
嘴里哭,
心里笑,
屁股又坐大花轿。

说明:通行泸县。

各诗篇篇精选，词句毫无佶屈，怕已经过文人的一番修饰了。其中如《妹相思》《月子弯弯照九洲》等篇，更曾脍炙人口。四川乡间，有领养成年女子，抚育幼童，使成夫妻之风俗，老妻小夫，不知造成多少怨偶。情歌中《十八女儿九岁郎》《月出东方日已西》等篇，就咏这种风俗，现在录后一首于下：

一

月亮弯弯两头尖，
双脚挑郎郎自眠；
可恨爷娘婚配少，
活人睡在死人边。

二

媳妇房中多怨言，
莫嫌吾儿少青年！
且待明朝欲性发，
一对鸳鸯同枕眠。

三

婆婆之言太无理，
自己肚饱哪知别人饥？
若等儿夫年长大，
月出东方日已西。

李健吾《青春》一剧，亦写老妻小夫故事，这种风俗，不仅四川有，在中国农村里，大概是颇为普遍的吧。

"班敦马来由"

钟敬文编有《马来情歌》一册,1928年12月上海远东图书公司版,篇首有《献诗》一首,警民《论马来诗歌》及编者《马来民歌研究》各一篇,副录华尘《马来民歌一脔》一篇,正文收民歌七十六首,都是从报章杂志上录下来的,译者为警民,华尘,夹际,北溟诸人。因为是译作,不免稍带文腔,未能完全保留原作好处,但意思却是极精彩的,如:

一

何处来的浮萍?
从田畦流下河里。
何处来的爱情?
从眼睛流到心底。

二

假若无皎烂之月光,
流星何以落在西方?

假若无你这般可爱的人儿,
我何致这般流浪!

书里尚有许多篇什,放弃了简短民歌形式,却用较长的句子来迻译诗意,念起来不免累赘,大抵歌曲以纯朴浑成为贵,例如下面这一首就译得很好。

摘了一枝无花果,
携了筐儿下山坡;
姑娘如果爱了我,
嘴儿过来来吻哥。

马来文称诗为"沙一儿"(Sa'jar),称民歌为"班敦"(Pentoen),"班敦马来由"即为马来民歌之音译,不过钟编偏于男女之情,只是情歌集而已。近来弄民歌的越来越少,回忆1919年左右,北大歌谣会率先倡导,许多人努力搜集,成绩斐然可观,到如今,不能不使人有蛇尾之叹了。

译书过眼录

《德国诗选》

郭沫若对德国作家歌德很有好感,校《迷娘》,译《浮士德》,此外又曾与成仿吾合译《德国诗选》一册,收歌德、席勒、海涅、施笃谟(通译斯托姆)、列瑙、雪莱六家,计歌德十四章,海涅四章,其余每人一章,此书为四十八开小本,1927年10月发行,创造社藏版。创造多小本书,扉页各有饰画,选纸精良,装帧美观,此即其一。

《浮斯德》献诗

郭沫若、成仿吾合译《德国诗选》，收诗六家，我已于书话中记之，但根据的是创造社初版本。数日前偶过福煦路旧书摊，见有此书再版本一册，白报纸印，虽留有毛边，较诸木造纸初版本，豪华寒伧，判若天壤，令人兴西施、嫫母之叹。但翻检内容，则颇有出入，初版歌德诗中《浮斯德》选译两篇，第一篇《献诗》，即为再版所无；《维特》序诗则改题为《维特与绿蒂》。再版本海涅诗中，有《打鱼的姑娘》一首，却又为初版所无。近来建文书店将沫若所有译诗辑集，成《沫若译诗集》一册，《德国诗选》亦被罗致，书内有《打鱼的姑娘》，而无《浮斯德》的《献诗》，可见根据的是再版本。郭译群益版《浮士德》中，虽有《献诗》，而字句颇多出入，"浮斯德"已作"浮士德"，全诗四段，每段八句，每句十三字，形式整齐，非复本来面目，旧译势将绝响，急录如下：

浮沉着的幻影哟，你们又来亲近，

你们呀曾现在我朦胧眼中的幻影。
在这回，我敢不是要将你们把定？
我的心情还倾向在那样的梦境？
你们逼迫着我的胸心，你们请！
尽可云里雾里地在我周围飞腾；
我的心旌感觉着青春般地摇震，
还绕着你们的灵风摇震我的心旌。

你们携带着欢愉时分的写生，
和些亲爱的肖像，一并来临；
同来的初次的恋爱，初交的友情好像是半分忘了般的古话模棱；
苦痛更新，又来把人提醒——
又提醒生涯中走错了的邪路迷津，
善良的人们已从我眼前消尽，
他们是被幸运欺骗，令我伤神。

听过我前部的灵魂，
听不到我后部的歌咏；
往日的欢会，久已离分，
消失了的呀，啊！是当年的共鸣。
我的歌词唱给那未知的人群谛听，
他们的赞声适足使我心疼，

《浮斯德》献诗

爱听我歌词的友人，
纵使还在，已离散在世界的中心。

寂静森严的灵境，早已忘情，
一种景仰的至诚系人紧紧，
我幽渺的歌词一声声摇曳不定，
好像是爱渥鲁司琴弦上流出的哀吟，
我战栗难忍，眼泪连连涌迸：
我觉着和而嫩了呀，硬化了的寸心；
我目前所有的，已自遥遥隐遁，
那久已消失的，又来为我现形。

  初版中《浮斯德》选译第二篇，再版时以首二字为题，改署《暮色》，据说这篇原是李太白诗，而由歌德迻成德文者。文姬归汉，仗沫若之力，得复还中土，而翻遍青莲全集，不知何者始为原诗，噫，诗的翻译，亦难矣哉！

《雪莱诗选》

歌德以外，郭沫若又曾译过雪莱诗一卷，曰《雪莱诗选》，泰东书局印行，1926年3月出版，当时创造社尚未成立出版部，各书均由泰东发行。《诗选》收诗八首，多有用文言译出者。前缀小序，末附年谱，小序开端云：

雪莱是我最敬爱的诗人中之一个。他是自然的宠子，泛神宗的信者，革命思想的健儿。他的诗便是他的生命，他的生命便是一首绝妙的好诗。他很有点像我们中国的贾谊。但是贾生的才华，还没有焕发到他的地步。这位天才诗人也是夭死，他对于我们的感印，也同是一个永远的伟大的青年。

"一个永远的伟大的青年"，这个称谓实在恰当得很。他还说："雪莱的诗心如像一架钢琴，大扣之则大鸣，小扣之则小鸣。"我觉得也是知音之谈，译者倘非诗人，就说不出这样的话来。

　　马克思重视雪莱的精神远过于拜伦,他说拜伦幸而在三十六岁上死了,如果再活下去,可能成为反动的布尔乔亚;但雪莱呢,他认为雪莱"骨髓里都是革命家"。沫若译此,其亦有感于这个评论乎!

《茵梦湖》

郭沫若精德文，又曾与钱君胥合译过德国施笃谟原著《茵梦湖》一册，亦由创造社出版，四十八开小版，1927年9月发行，列为《世界名著选》之五。分道林纸报纸两种，并有倪贻德作插图五幅。全书十章，用倒叙法。《茵梦湖》有誉于世，我早年读此，备受感动，印象之深，不下于《少年维特之烦恼》。这本书有多种译本：商务印书馆有唐性天译本，书名作《意门湖》；开明书店有朱偰译本，书名作《漪溟湖》。朱偰在序文里指出唐译语句滞重，不堪卒读，"实逊似郭译"。但郭译也有错误，并指出可以商榷之处凡十五条。最后，北新书局又有英汉对照本，为罗牧所译，序文中对郭钱合译之译文施以攻击，谓不可信。早期译者常持此种态度，实则所据原文不同，罗译既系英汉对照，根据英文本转译，实难据为信史。

1946年，《茵梦湖》刊为郭沫若译文集之一，由群海社刊行。群海社系群益、海燕、云海三出版社的联合组织，犹生活、读书、新知之为三联一样，不过规模不如后者宏大。

周作人最早书

现在一提起周作人最早书,大家总以为是《红星佚史》。《红星佚史》印于1907年,比《域外小说集》早两年。书为《说部丛书》初集第七十八编,分道林纸及报纸本两种,原著者为英国哈葛德,译者署名周逴,与鲁迅发表《怀旧》所用的笔名相同。不过在这之前,周作人尚有三书,一为模仿雨果的长篇小说《孤儿记》,印于1906年;另两种为译本,一曰《侠女奴》,译《天方夜谭》里的一篇,一曰《玉虫缘》,译爱伦坡的小说,均印于1905年。三书中我只有一部《玉虫缘》,书为小说林总编译所编辑,日本翔鸾社印,乙巳五月初版,译者化名会稽碧罗女士,由常熟初我润辞,卷首有《例言》,又有萍云女士的《绪言》。这位萍云女士是《侠女奴》的译者,实即周作人自己。书末有初我的《附叙》,又有译者的《附识》,今录如下:

　　译者曰:我译此书,人勿疑为提倡发财主义也。虽然,亦大有术,曰智识,曰细心,曰忍耐。三者皆具,即不掘藏亦致富,且非独致富,以之办事,天下事事皆可为,为无不成矣,何有于一百八十万弗之巨金!吾愿读我书者知此意。乙巳上元译竟识。

智识,细心,忍耐,为周作人所教之发财秘诀,但我以为有此三者,倒不如去做别的事情,所谓"事皆可为,为无不成",大家不妨试试看。

《孤儿记》与《侠女奴》

我谈到周作人最早书时，说过《红星佚史》之前，曾有三书：《孤儿记》《侠女奴》及《玉虫缘》，我所有的仅最后一种，另两书则阙如焉。稍后过卡德路旧书铺，忽于故纸堆中见之，大喜过望。《侠女奴》译自《天方夜谭》，与《玉虫缘》同为小说林社出版物，惟《侠女奴》又加列女子世界社，译述者会稽萍云女士，润辞则仍为初我。初我即丁祖荫，字芝孙，和同乡曾孟朴（别署东亚病夫）、徐念慈（别署东海觉我）同为清末介绍西洋思潮的常熟三巨子。《孤儿记》列为小说林社《小本小说》第一辑第一册，1906年6月出版，曰会稽平云撰，卷首有《凡例》，有《缘起》，有《绪言》，有《识语》，编末有《附录》。著者自己声明为"感于嚣俄哀史而作"。嚣俄即雨果，《哀史》今译《悲惨世界》。《孤儿记》全书共十四章，其中第十及第十一两章，则取自雨果散文 Claude Ceaux 中。今均绝版。

"敲门的声音"

《一个青年的梦》为日本武者小路实笃原著，成于第一次世界大战期内，等到这个剧本译成中文，大战已经结束。经过惨痛的教训，作者的非战思想，因此也更易为当时的知识分子所接受。鲁迅最初把它译登于北京《国民公报》，译到第三幕第二场，《国民公报》被禁，这个梦也只得在中途打住了。后来，经《新青年》编者的催促，才把全剧译完，重加校订，自七卷二期起，每期一幕，在《新青年》上发表。七卷五期的《新青年》是《人口问题号》，一出版即被没收，因此，读者仍没有看到第四幕，梦亦依旧没有完。到1922年7月，单行本在商务印书馆出版，列为《文学研究会丛书》之一，卷首插入武者小路专为中国译本而作的《与支那未知的友人》一文，由周作人译出。全书又经译者根据作者寄来的勘误表，修正一过，备见完善。这本书后来也和《工人绥惠略夫》一样，归未名社出版，道林纸印，留有毛边，封面并用武者小路自作的画，三色彩版，颇饶日本风味。武者小路实笃曾于第二次世界大战期内来华，周作人《药堂杂文》，即由其代绘封面。他在《与支那未知的友人》里说：

> 我正访求着正直的人；有真心的人；忍耐力很强，意志很强，同情很深，肯为人类做事的人。在支那必要有这样的人存在。这人必然会觉醒过来。
>
> 这人就是人类等着的人，或是能为他做事的人罢。恐怕这人不但是一个人，或者还是几万个人合成一个人的人罢。不将手去染血，却流额上的汗；不借金钱的力，却委身于真理的人！
>
> 我从心里爱这样的人，尊敬这样的人。

武者小路曾说"支那的谜"还没有解决，因此也没有觉醒，又自谦敲门的声音太微弱，未必打得开这些未觉醒者的心。可是，这个门终于给日本军阀从反面来打开了，虽然现在又有沉沉睡去的样子。写到这里，我的笔突然停住了。对于作者武者小路，译者鲁迅，抚今追昔，我又有什么话可说呢？

正名

《工人绥惠略夫》，我似乎已经谈过一回，旧稿散佚，遍寻不获，不记得究竟讲些什么了，无已，就再来谈它一谈吧。此书初由鲁迅译登《小说月报》，于1922年5月由商务印书馆出版，列为《文学研究会丛书》之一。封面绘生翅膀之小孩二，分立左右，构图繁复，墨色深浅有致，在商务初期书籍中，别开生面。后来又归未名社，列为《未名丛刊》之一，毁版重排，于1927年6月出版，毛边，道林纸印。由陶元庆作封面。初版错字，一律校正。卷首《译了工人绥惠略夫之后》的结尾说：

我本来还没有翻译这书的力量，幸而得了我的朋友C君给我许多指点和修正，这才居然脱稿了，我很感谢。

未名版指明C君为齐宗颐君，这一点正名，就是两书内容上仅有的异点，此外别无差别。但就形式而论，后者却要比前本漂亮得多呢。

《出了象牙之塔》

《出了象牙之塔》初由未名社出版,后归北新,陶元庆作封面,绘裸女倚树而望,作橘黄色,树身有麻点,刻《未名丛刊》四字,归北新后,此四字乃经剜凿,与麻点同列,一齐化作树皮矣。未名原版封面无译者姓名,重印后始加"鲁迅译北新书局发行"等字,初再版书脊"北新书局发行"之上,并有"北平"两字,三版后方删去。至于内容,自始至终,固未有丝毫更动也。

三迁

《桃色的云》为爱罗先珂创作集第二册《最后的叹息》里的第一篇,初由鲁迅译登于《晨报副镌》,修正后出单行本,凡三易其所。第一次出版者为新潮社,旋归北新,最后由生活书店重印,内容略有改动,封面图案仍旧,惟所植出版者名称,每次更易,且略有移动而已。

《新俄诗选》之一

冯雪峰曾以画室笔名，译过苏联作家诗选一册，书名《流冰》，副题《新俄诗选》，由水沫书店发行，于1929年2月出版，列为《今日文库》之一，四十八开小本。全书收新俄诗人十三家，诗二十五首，其中别泽勉斯基的《村野和工场》与马连霍夫的《十月》为苏汶所译，别德芮伊的《资本》为建南所译。苏汶即杜衡，建南是楼适夷的初名。由雪峰翻译的，计诗二十二首，都十一家，所选均苏联革命初期作品，金刚怒目，充满战斗意味，不能以琐琐形式相囿，比之后期的苏联诗篇，已大有今昔之异了。

《新俄诗选》之二

冯雪峰所译《流冰》之外，L. 与郭沫若也合译过一本苏联诗人的作品，书名径署《新俄诗选》，光华书局发行，1929年8月初版，三十二开本，道林纸印，由钱君匋作封面，列为《新俄丛书》之一，收布洛克等诗十五家，都二十四篇，其中马林霍夫的《十月》，嘉斯特夫的《我们长自铁中》《工厂汽笛》以及柏撒门斯基的《农村与工厂》四篇，与《流冰》重出，不过选字与造句稍有出入而已。郭沫若在小序开端说：

> 这部《新俄诗选》是 L. 由 Babette Deutsch 与 A. Yarmolinsky 译编的 Russian poetry 的第二部翻译出来的。我把来和英译本细细的对读过，有些地方且加了很严格的改润；但如柏里的一首，叶贤林的一首，以及《缝衣人》《工厂汽笛》《Nepmen》《农村与工厂》《砌砖人》《木匠的刨子》等篇，我差不多一字都没有改易，那完全是 L. 的。L. 的译笔很流畅，造语也很有精妙的地方，读他的

译诗多少总可以挹取一些原作的风味。

这本书后来被禁，改名为《我们的进行曲》继续出版，与冯译《流冰》一样，原名《新俄诗选》反而降为副题，但内容却一字未改，译者亦仍由 L. 与郭沫若联署。这位 L. 是谁呢？当时许多人都以此为谜，到处打听。其实 L. 即李一氓，郭沫若的老友之一。《沫若译诗集》中仍收全书，未将一氓所译各诗摒除，猜想起来，大约是为了留一点纪念的意思吧。

安徒生的传记

关心童话的人，没有一个不知道安徒生。在孩子们的世界里，安徒生的名声，比起秦始皇、拿破仑、希特勒来，真不知要响上多少倍，更不必说张伯伦、杜鲁门、范登堡了。我想，或者这倒是世界终究还有一点希望的证明吧。安徒生作品零星地被介绍到中国来的很多，比较有系统的选集，友人陈敬容有译本，归骆驼书店出版；听说叶君健正在译他的童话全集。我在这里想谈谈关于安徒生的一本传记。

1925年秋，《小说月报》在八九月份接连出了两期《安徒生专号》，赵景深、徐调孚、顾均正、胡愈之都曾为这个专号执笔。他们几位差不多就是最早介绍安徒生到中国来的人。均正在八月号里写了一篇安徒生传，共计七章，后来补写三章，订成单行本，由开明书店出版。补叙的部分是《独身生活》和《改编童话的实例》二章，并将原文第七章《安徒生的童话》分为《童话的风格》和《童话的艺术》，共计十章。附录有张友松译的《安徒生童话的来源和系统》和均正、调孚合编的

《安徒生年谱》,也都是在《小说月报》上发表过的。这本书为四十八开小本,道林纸印,留有毛边,由钱君匋作封面,卷首插二色版安徒生像,以黄白黑三种线条构成。在安徒生像中,我觉得这是最精美的一幅,今已绝版。

海涅《还乡》

在报上看到勃兰兑斯写的《海涅评传》的广告，使我想起有一个时期，曾经竞译海涅的诗，而且大部分是小本。我见过的就有谪瀛译的《插乐曲》（1928年受匡出版部版）、段可情译的《新春》（1928年世纪书局版）、剑波译的《海涅诗选》（1929年亚细亚书局版）、杜衡译的《还乡集》（1929年尚志书屋版）等多种。《还乡集》是从《歌之书》里分出来的一个集子，计收短歌九十首，四十八开小本，盖亦袖珍诗册之一。译本根据的大概是 Todhunter 氏的英译，细心推敲，译笔大致不错。到了1943年上海沦陷期间，这本书又有另一译本出现，书末附注：一九三〇，十，七，译完于维也纳。根据的大概是德文原本，译者范纪美，出版者木简书屋。这位范纪美曾在汪记政府中央大学当过艺术教授，后来不知怎的闹了别扭，大掼纱帽，从南京跑到上海，在静安寺路一个商场里开起旧书店来，这个书店便是木简书屋，里面陈列着许多原版西书，颇有一些珍本，我在那里见过一册插图本《鲁滨逊飘流记》，由哥伦比亚大学印行，精美绝伦，便在美国恐怕也很难买到了。还有许多德、法文书，我是外行，不敢瞎说，可是富丽堂皇，一望便知都是古董，令人歆羡无限。书屋里偶然也有线装古籍和新文艺读物，我的精装本《西洋美术史》和春野版《达夫代表作》，就是从他那里买来的。木简书屋陈列各书，定价奇昂，好书又往往标作非卖品，望之兴叹。至于自印的书，似乎只有海涅的这册《还乡》，范译作《还乡记》，与杜译比较，文字较多修饰，虽见雅藻，要非海涅原意。因为海涅的诗以质朴见称，是一点儿没有做作的。范译出后，销路呆滞，可是到了现在，虽非罕见书，却也颇难找到了。

《霜枫之三》

《霜枫之四》为叶俞合著之《剑鞘》，我已为文记述，之三为《髭须》，里页作《髭须及其他》，李青崖所译莫泊桑短篇小说集。李译莫泊桑小说集在北新出版者凡九册，较预告十册尚少一本，惟《髭须》出版，在1924年11月，比北新诸书为早。其后商务又出过数种，凡三易其处矣。《髭须》计收短篇小说：《髭须》《呢喃》《窗前的失败》《代理人》《林中》《波宜发司式的命案》六篇。霜枫社收歇已久，各书甚不易得，《髭须》不过七十八页，虽小书，亦拱璧也。

莫泊桑短篇

《霜枫之三》刊出后，调孚驰书见告，对李译莫泊桑短篇小说各书说明甚详，订正之处更多。《书话》存稿已完，随写随刊，编者时虑中断，催促急如星火。我以工作太忙，无暇查书，随手写出，致肇错误，《霜枫之三》一文中各版时间前后，略有颠倒，调孚信中有云：

顷读今日《书话》，记霜枫之三《髭须》，弟有几句话要奉告：青崖兄译的《莫泊桑短篇小说集》，最初由商务印书馆出版，作为《文学研究会丛书》，一共出了三本（当然早已绝版了）。当第一二册原稿交到商务时，不知是谁的审查，查得内有六篇小说，说是"秽亵"，以商务之尊，岂肯出此等不为大人先生所道的下流东西。于是被车裂了，六篇东西被退还了。这时，朴社正好组织起来，文学研究会的主持人就把这六篇另交朴社，作为霜枫之一出版了。《莫泊桑短篇小说集》，商务就出这三集，后来青崖兄有全译的企图，于是转交北新分册出版，每册题一书名，似乎一共出了七册还不知八册。此次青崖兄在大后方，不知如何又交商务出版（不过不再是《文学研究会丛书》），则弟不知道了。

今天去查原书，商务版《莫泊桑短篇小说集》三册，我所有的是"国难后第一版"，但版权页上注明初版日期，为1923年11月，确乎早于《髭须》，因"秽亵"而被摈，此亦出版史上一件有趣的史实。至大后方出版的商务版李译莫泊桑短篇，我只见到两册，即《天外集》和《橄榄田集》，小本，1940年7月及8月在长沙印行，该是大火以前的事了。青崖拟全译莫泊桑短篇，交北新出版，预告实为二十册，（我前误作十册）但已出版者确是九册，计《哼哼小姐集》《苡威荻集》《鹧鸪集》《羊脂球集》《霍多父子集》《遗产集》《珍珠小姐集》《蔷薇集》《蝇子姑娘集》，此后即不见再出。《遗产》曾由耿济之译出，亦由商务出版。莫氏作品，译成中文，由各书局零星出版者尚多，其间有可道，有不足道者，暇当再记，此刻不详说了。

偏于知识的童话

《新潮社文艺丛书》里有本童话，书名《两条腿》，丹麦卡尔·爱华耳特作，由李小峰译出，1925年5月出版。周作人在序文里介绍说：

> 自然的童话妙在不必有什么意思，文学的童话则大抵意思多于趣味，便是安徒生有许多都是如此，不必说王尔德等人了。所谓意思可以分为两种，一是智慧，一是知识。第一种重在教训，是主观的，自劝戒寄托以至表述人生观都算在内，种类颇多，数量也很不少，古来文学的童话几乎十九都属此类。第二种便是科学故事，是客观的；科学发达本来只是近百年来的事，要把这些枯燥的事实讲成鲜甜的故事也并非容易的工作，所以这类东西非常缺少，差不多是有目无书，和上边的正是一个反面。《两条腿》乃是这科学童话中的一种佳作，不但是讲得好，便是材料也很有戏剧的趣味与教育的价值。

大抵童话的难处是一方面要含有教育意义,一方面又要做到能为孩子们所接受,不流于枯燥和沉闷。近来为文协阅征文稿,担任的正是散文、报告和童话,童话这一门中总少当意之作,成人的作品到底还是成人的作品,世上毕竟少有七十岁的孩子,此安徒生之所以可贵也!普通童话,大都以物拟人,这本《两条腿》的特点却在以人拟物,把人看做大千世界里百兽之一,赤裸裸地写出人类的生活来。小峰翻译此书,出于周作人的劝告,听说周作人曾动手译过几段,因事忙搁置,后来就介绍给小峰翻译了。他们根据的是麦妥思的英译本,而由鲁迅对照德文本校正。书中插图多幅,每章前面并饰眉画,出勃里特和乔可勃司手笔,画面既美,印刷亦佳。又有《雨景》一幅,为丹麦画家原本,不但插入书内,并且还放大作为封面。早期书籍,如新潮、未名等社出版物,均极讲究装饰,此书里封面用红泥印,目录用蓝泥印,毛顶光边,精美大方。归北新后,内容未动,式样则远不如前。新潮版之可贵,即在此点。

《肉与死》

曾孟朴别署东亚病夫，他以翰苑宿儒，从事新文艺的译著，如《鲁男子》《恋》等书，曾经风行一时，打动过无数少男少女的心。他和他的儿子曾虚白，还合译过边勒鲁意的名作《阿弗洛狄德》（Aphrodite）。因为葛尔孟的批评里有这样一句话："边勒鲁意先生很觉得这部肉的书恰如实地达到了死：阿弗洛狄德只关闭在死和葬的舞台里。"所以中译本的书名就改为《肉与死》。这部书曾被目为淫书，因为它赤裸裸地描写了肉的美。变态性欲、卖淫杂交、狂乱、蛊惑、嫉忌是它所应用的材料，然而，正如译者所说：那些"人类最丑恶的事材"，"在他思想的园地里，细腻地，绮丽地，渐渐蜕化成了一朵朵珍奇璀璨的鲜花，我们只觉得拍浮在纸面上的只是不可言说的美。"

《阿弗洛狄德》有初版和再版两种本子，再版本是经作者增改过的，增改的内容是：

一、二卷三，增加半章。又把题目原作《顾虑》，改作《爱与死》，移原来的末一节做了四章《月光》的首节。所增情节，原文叙杜尼女祭司的死，但美眺趁她熟睡之时刺死，改本是在她醒后受了他热烈的拥抱，方才刺死，比较详尽。

二、三卷七，增加一章，题目是《姑娄巴多》，叙的是佩雷尼丝女王十二岁的幼妹大姑娄巴多，讥笑她姊姊失了尊严，不能控制但美眺。她领她到自己牢狱般的密室里，把她奴畜似的情人指给她看。

三、四卷二，也增一章。题目是《恐怖》。叙的是梅莉妲听了希曼利的劝不再去找但美眺，后来遇见一个小情人米基洛，在海边夜行，发现了杜尼女祭司的尸。

曾氏父子所根据的是初版本，据"后记"所述，他们曾把两种本子仔细参照，觉得改本虽添加篇幅，却并未增长作品的价值，反不及初版本的一气呵成。中译本由真善美书店发行，1929年6月初版，分平装、精装、编号皮装三种，我得到的是后一种的第三本，里页有病夫题字，是送给他的一个朋友的。此书附图二十三幅，并皆精美，因为译者所根据的是近代书馆图画本，颇有一点来历。

《美的性生活》

我前回曾说过 Aphrodite 的中译本《肉与死》，其实这书尚有另一中译，名为《美的性生活》，初一看，颇似张竞生博士的大著，其实却是比埃尔·路易（曾译作边勒鲁意）的名作，书名虽然古怪，却是并不下流的。《美的性生活》由鲍文蔚翻译，北新书局印行，1930 年 1 月出版，较曾孟朴父子译本迟出半年，书是毛边，道林纸印，书中附原序一篇，译者小序一篇，插图十幅，较曾氏译本少去十三幅，但所收互有出入，想见原书插图，当多于二十三幅。以铸版论，鲍本不及曾本，惟鲍氏译文，亦尚不恶。小序中有云：

离国将近八月，不知国内集团主义下的革命文学已经膨胀到如何程度。不知现在第四、第五阶级的武器的宣传的文学作品，是否已经像白粉墙上的革命标语一样的普通而且动人。但在我离开上海的时候，艺术之神这位可怜的"女王"，确是已经遭了厄，被逐出艺术之宫，而在当革命战士的膝下婢了。

然而，我总觉得，勇敢的革命战士对他们跟前的这位膝下婢，总是赧赧然半掩着自己的脸似的。

我以为，凡是有勇气的，非懒怠的人，既经动到文艺，不问你是努力哪一方面，都应该正视艺术；你想宣传，你想作革命文学，更要正视艺术。

译者的意见基本上是不错的，但不知为什么竟说得满腹牢骚，语中带刺，后来听说在革命文学论争中，和创造社大战的"甘人"，就是鲍文蔚的化名，果真如此，事出有因，那就不足为奇了。

《花束》

《花束》一卷，鲁彦从世界语译出。原著者为法国查理斯·拉姆贝尔，本来是大学里的讲演稿，由著者亲手译成世界语，于1908年在法国出版，包括论文六篇。前三篇有关文学，后三篇有关语言学，鲁彦译的却是前三篇。第一篇讲古希腊人在天医庙求治病的事情；第二篇讲印度名剧《沙恭达罗》；第三篇论法国童话《林中睡美人》。著者自说"这些文章不是为专门家而作，只想给普通学者不大知道的微带科学观点的兴趣，因此竭力避免严重的科学的探究"。所以这部书非常有趣。周作人在序言里说"《花束》的著者仿佛他还是气象学派的门徒，容易'到处看出太阳'或是露水"，并且说这在他"外行的个人看来觉得是不大很对"，但无论如何，这部书却是极有味的。《花束》译本出版于1928年3月，光华书局印行，今绝版。

《朝花小集》

朝花社拟出丛书一种，曰《朝花小集》，仅印第一本，为波希米亚山中故事《接吻》，捷克斯惠忒拉著，真吾译。书为狭长小本，1929年8月初版，封面美术字出鲁迅手笔，书中附俄国绥盖勒单色油画"接吻"一幅，卷首有译者序言，则为介绍捷克文学之概况者。第二册原定为《小彼得》，因朝花社经济困难，濒临绝境，无力印行，遂让给春潮书局。所以封面样式，图案设计，以至开本大小，完全和《接吻》一致，只是没有"朝花小集"字样，又改了出版处所而已。两书今并绝版。

"赠尔多情书一卷"

前面提及的印度名剧《沙恭达罗》，苏曼殊在《文学因缘》序言里，有过这样的介绍：

沙恭达罗者，印度先圣毗舍密多罗女，庄艳绝伦，后此诗圣迦梨陀娑作剧曲，记无能胜王与沙恭达罗慕恋事，百灵光怪。一千七百八十九年，William Jones 始译以英文，传至德，歌德见之，惊叹难为譬说，遂为之颂，则沙恭达罗一章是也。Eastwick 译为英文，衲重迻译，感慨系之。

据说曼殊译《沙恭达罗》仅只一幕，并没有译下去。他在《本事诗十章》的第七首里以梵本《沙恭达罗》赠人，并赋诗云：

相怜病骨轻于蝶，
梦入罗浮万里云，

> 赠尔多情书一卷,
> 他年重检石榴裙。

《沙恭达罗》不但得到歌德的称誉,拉马丁在《文学谈话》里,也说这是把"比《圣经》中更乡野的风味,比爱斯奇剧中更辛酸的分子,比拉西英剧中更柔媚的情感,联合在一起了"。曼殊称之为"百灵光怪"。我看到的是王维克的译本,世界书局版,1933年4月印行。译者在《译后杂记》里说明他的翻译此书,先是受曼殊大师的影响,后来在法国买到两种译本,回国后执教中国公学,在胡适办的《吴淞月刊》上登了两幕,以后离开中公,又断断续续的把全书译完,才交世界书局出版。此书装帧印刷不佳,惟封面尚佳,卷首所插沙恭达罗彩色像一幅,尤为精美。柳亚子为题诗两首云:

> 梵土莎翁绝妙词,
> 曼殊赞叹我能知。
> 译书多谢王维克,
> 庄艳无伦自铸词。

> 百灵光怪定难逢,
> 瞿德当年亦改容。
> 珍重多情书一卷,
> 行藤携遍浙西东。

《爱经》

罗马四大诗人之一布勃里乌思·沃维提乌思·拿梭（通译奥维德）的巨著《爱经》，原系诗篇，戴望舒根据亨利·鲍尔奈克教授纂定的本子，以散文译出，由水沫书店印行，1929年4月初版，毛边道林纸印，由钱君匋作封面，颇美观。另有装饰本一种，木造纸印，硬布面，横列烫金"爱经"两字，共印二百本，除书较厚外，反不及毛边本漂亮。此书后由现代书局重印，于1932年9月再版。另插序文一篇，其中有云：

……今兹所译《爱经》三卷，尤有名。前二卷成于纪元前一年，第三卷则问世稍后，然皆当其意气轩昂，风流飙举之时，以缤纷之词藻，抒士女容悦之术，于恋爱心理，阐发无遗，而其引用古代神话故实，尤见渊博，故虽遣意狎亵，而无伤于典雅；读其书者，为之色飞魂动，而不陷于淫佚，文字之功，一至于此，吁，可赞矣！

据说沃维提乌思曾流放黑海，成诗盈箧。后来悔其少作，颇感少不更事，自堕轻薄，乃另写《爱药》一书，聊资忏悔。其实春华秋实，由绚烂而平淡，事理所然，《爱经》《爱药》，又何必作此等想。

显克微支

王鲁彦还译过一本《显克微支小说集》,也是根据世界语重译的。收《泉边》《宙斯的裁判》《乐人扬珂》《天使》《光照在黑暗里》《提奥克庞》《老仆人》等短篇小说七篇,照片四张,由北新书局发行,1928年3月初版,毛边道林纸印,封面装帧出钱君匋之手。显克微支的成名作是三部有连贯性的历史小说:《火与剑》《洪水》和《浮罗提约斯基先生》,除了内容丰富,结构精密,描写深刻动人以外,鲁彦在序文里又说明了另一个使显克微支成名的原因。他说:

一千八百六十三年,波兰曾有过一次反抗压迫的叛乱,没有成功。随后全国就走入黑暗的夜中,灰色的、压迫的实证主义的时代,忧愁日常的面包、抛弃了最高的自由的目标的时代。这时,伟大的三部作品便像阳光似的走了出来,充满着希望的呼声,喊醒了沉睡着的心,而又不息的鼓舞着它们。

除这三部作品外，显克微支还有一部为世传诵的巨著，那就是描写纪元后1世纪罗马皇奈龙时代基督教和旧教斗争的《你往何处去》，中文有徐炳昶、乔曾劭译本，商务印书馆版，列为《世界丛书》之一。那种装帧，加上这个书名，倘不留心，很容易被当作"处世教育"一类无聊书籍看待，然而真论处世，显克微支教给人的实在要比任何处世教育来得更多，更深刻，更有益，鲁彦说得好：

> 读了显克微支的小说，我们可以知道他是最能探得人生的痛苦，烦闷，忧郁，悲哀——心的深处的；但他又能从绝巅转过来，使失望变为希望，悲观变为乐观，痛苦变为甜蜜。显克微支自己曾说过，他做小说原是要给人们以安慰。

这些话算得是显克微支小说的确评，读他的作品，没有人不这样想。

显克微支又有小说曰《在蒙的卡罗》，描写恋爱变幻，词采美丽，中文有两种译本，一为叶灵凤译，光华书局版，1928年10月印行，译书名曰《蒙地加罗》；一为张友松译，1928年11月印行，春潮书局版，改书名曰《地中海滨》，盖以出版时间相近，避雷同也。两书均毛边道林纸印，译笔互有短长，但均过得去。叶书卷首插显克微支半身雕像，并加简短叙言。张则译英译者 S. C. de Soissons 之原序以代序。序中说明作者为波兰人，许多英美读者当他是匈牙利人，其实是错误的。可见显克微支初被介绍至英美诸国时被误解的情形，以作者之努力为国，较诸音乐家肖邦，科学家居里夫人，无多让焉。

《给海兰的童话》

我在谈到狂飙社时,曾说,《狂飙丛书》中只有鲁彦的一本《给海兰的童话》为惟一非社员的作品,而狂飙诸书也只有这本《给海兰的童话》最为难得。十几年来巡回书市,此书曾未一遇。今春三月偶于卡德路旧书摊头见之,索价甚廉,因即收焉。《给海兰的童话》为《狂飙丛书》第三辑第三种,作者俄国马明西皮尔雅克,中文本系从世界语转译而成,内附单幅插图四张,分青紫蓝黄四色,另有文中插图多幅,状动物生活,颇为有趣。全书目录如下:《序》《长耳朵、斜视眼、短尾巴的大胆的兔子》《小蚊子》《最后的苍蝇》《牛乳儿、麦粥儿和灰色的猫满尔克》《是睡觉的时候了》。中间四段是故事,首尾两节叙述给海兰讲故事时的情形,所以《序》的开头便说:

宝贝啊,宝贝啊,宝贝啊!……
海兰的一只小眼睛望着,一只睡着了;海兰的一只小耳朵听着,一只睡着了。

睡罢,海兰,睡罢,美女儿;爸爸好讲童话给你听哩。自然,猫和村狗,灰色的小苍蝇和灶下的小蟋蟀,斑色的笼中的椋鸟和好争斗的鸡都在这里呀。

封面就根据这段叙述,画一女孩躺床上,作半睡状,四周虚绘猫、兔、鼠、鸟、蚱蜢等小动物,构图饶有意思,但封面纸质低劣,反不如书中诸图。此书于1927年11月出版,光华书局发行,扉页题云:译呈肖眉和特夫。在文学的童话中,这是一部难得的佳作,不但当年如此,便在今日,也还是这样的。

郑振铎《恋爱的故事》

郑振铎根据希腊罗马的神话与传说,编成《恋爱的故事》二十六篇,随写随寄,交《小说月报》发表,至1929年3月,始由商务印书馆单行问世。振铎写这本书时,尚在伦敦,每天出入于不列颠博物院,抄录并研究藏在该院的中国古籍,有时觉得疲乏,便也翻翻别的书,于是就向《希腊神话》《罗马传说》一类的书籍探求了。按他的计划,把这些神话传说演译成中文,在《希腊罗马的神话与传说》总题下,分为三部:第一部《神谱》,第二部《英雄传说》,第三部才是这《恋爱的故事》。但因当时孤身远客,不免常常思家,便先从《恋爱的故事》入手。全书二十六篇,附《根据与参考》《索引》各一篇,三色铜版图五幅,单色二十四幅,其中如《爱歌与那克西斯》《希绿的最后眺望》《优丽狄丝由他手中消滑去了》等幅,均极美丽。书分精装及平装两种,精装布面烫金,木造纸印,就是平装也还是用道林纸印的,不过并非硬面而已,扉页有字云:

本书献给

我的妻,君箴,她是我的一位重要的合作者。本书是在忆念她的情怀里写成的。

振铎伉俪情笃,即此数语,已足抵《欧行日记》全部矣。

法国弹词

以曲折笔墨，传儿女间悲欢离合故事，盛行于唐宋之间，叫作传奇。西洋中世纪也有这种文体，戴望舒就译有法国传奇一种，名为《屋卡珊和尼各莱特》，故事由行吟诗人随口唱出，不知道究竟谁是它的作者了。法国学者对此曾有许多意见，迦思东·巴利说它产生于12世纪，须喜亥却断定为13世纪前半期的作品。不管事实怎样，总之，在法国民间，这故事是十分流行的，如今巴黎国家图书馆还藏着一部抄本，许多人便由此传抄。周作人《欧洲文学史》里有一段关于这篇故事的叙述：

Aucassin et Nicolete 为12世纪半作。诗话间出，故文中自称 Chantefable，盖弹词之属，为古文学中所希见。书叙 Aucassin 悦 Nicolete，而其父格兰伯爵阻之，谓敢娶 Nicolete 者，当被诅咒，坠入地狱。Aucassin 终不听，谓不欲居天国，与衰癃之长者伍。惟愿偕 Nicolete，与世之学士文人,美人豪杰俱入地狱中云。现世思想,已极彰著。

所谓"诗话间出",乃指原书一节韵文,一节说白,正和弹词的一会儿唱一会儿说一样,望舒根据此意,直译为"法国古弹词"。这部书对中世纪严峻的宗教思想,确是一个有力的反抗。第六节说白里,屋卡珊在答复子爵说他如果娶了尼各莱特,他的灵魂就要坠入地狱的时候说:

那些年老的教士和那些年老的跛子和断臂人,这些人,整日整夜跪在神坛下和殡葬所中,还有那些穿着破旧的法衣的和穿着褴褛的旧袍的人们,这些人都是赤裸的,没有鞋子又露着腿,这些人是饥渴贫寒而死的。这些人才到天堂去,和他们在一起就糟了。我正是要到地狱去!

这声音洪亮得很,非叛逆者不敢出此!译本出版于1929年8月,由光华书局发行,毛边道林纸印,施蛰存作序,钱牧风画封面,列入《萤火丛书》中。新月书店尚有邢鹏举译本,题为《何侃生与倪珂兰》,今并绝版。

从《小约翰》说起

《小约翰》一册,荷兰望·蔼覃(通译凡·伊登,下同)作,系鲁迅取得齐寿山合作,根据德文译出者,草稿成于北京中央公园。鲁迅到广州后,才重加整理,交未名社出版,列为《未名丛刊》之二,初版于1928年1月印行,由孙福熙作封面,青莲套色,绘一裸身小孩,在海滨高山旁,举手向月,书名亦由孙君作美术字。再版时封面全部改动,"小约翰"三字由鲁迅自署,图用 M. M. Behrens-Goldfluegelein 的"爱神与鸟",别致美观,仍由未名出版。后在上海重印时,虽袭用此图,然已非毛边,风格不相逮焉。初版本尤为难得。鲁迅对此书甚推重,无论在文字上或口头上,常常提及。1927年,刘半农和几个外国朋友主张将鲁迅的作品提交瑞典诺贝尔奖金委员会时,鲁迅就想起了望·蔼覃,他在给台静农的信里说:

9月17日来信收到了,请你转致半农先生,我感谢他的好意,为我,为中国。但我很抱歉,我不愿意如此。

诺贝尔赏金,梁启超自然不配;我也不配,要拿这钱,还欠努力。世界上比我好的作家何限,他们得不到。你看我译的那本《小约翰》,我哪里做的出来,然而这作者就没有得到。

或者我所便宜的,是我是中国人,靠着这"中国"两个字罢。那么,与陈焕章在美国做《孔门理财学》而得博士无异了,自己也觉得好笑。

我觉得中国实在还没有可得诺贝尔赏金的人,瑞典最好是不要理我们,谁也不给。倘因为黄色脸皮人,格外优待从宽,反足以长中国人的虚荣心,以为真可与别国大作家比肩了,结果将很坏。

我眼前所见的依然黑暗,有些疲倦,有些颓唐,此后能否创作,尚在不可知之数。倘这事成功而从此不再动笔,对不起人;倘再写,也许变了翰林文字,一无可观了。还是照旧的没有名誉而穷之为好罢。

其实,鲁迅的作品,未必一定不及望·蔼覃,但因佩服他的某一部书,便觉自己僭先了于心不安,对不起人。这种胸襟惟伟人才能有之,其他理由自然更值得我们深思。我读《小约翰》,阖书沉思,环顾十年来文坛风尚,常不免为之戚戚于心。

琵亚词侣诗画

金屋书店曾出有《琵亚词侣诗画集》一册,四十八开小本,毛边,1929年6月出版,译者署名"浩文",是邵洵美的化名。这本书印得很漂亮,全书分三个部分:一、序;二、三个音乐师;三、理发师。插画四幅。序文有云:

琵亚词侣的画在我国已有人提起过了,他的线条画是受了我们东方的影响的,但是当我们看了,竟觉得没一处不是他自己的创造。啊,这一个美丽的灵魂!

他不到三十岁便死了,但是即使是在病重的时候,他还是不息地工作着。他同时还向文学努力;写了一篇故事,叫作《山下》,西门氏曾说,要是他能多活几年,那么,他在文学上的地位,也是第一等的了。

……

他的画我国已有了选集翻印了,这里译他两首诗——只有两首;当然,这是有一些收藏珍宝的性质的。

为了诗太少,因此加了花边,希望印得厚一些,但这是发行人的责任。

《琵亚词侣诗画集》收诗两首,四幅插画分别为《自画像》《音乐师》《整理着衣裳》《梳装》。诗用红色花框,颇精致。我于工作之余,常常希望读几本心爱的书,有一个比较安静的环境可以休息。别的不会,爱好一点艺术趣味。因此买书之时,犹不忘此,遂不免被别人认为怪癖,但也顾不得许多了。

朝花两集

新文学运动发轫时期,在鲁迅影响下,努力介绍国外文学,同时又印行创作,埋头实干,不事宣传者,有两个团体,在北方为未名社,在南方为朝花社。朝花社的主干是柔石,历史较短,所出书亦不若未名之多,但其苦干精神,盖不让未名诸子焉。朝花社曾印行《近代世界短篇小说集》两册,三十二开,法如丛刊,由鲁迅、柔石、真吾、梅川四人翻译,毛边道林纸印,装帧美观。第一册曰《奇剑及其他》,1929年4月出版,收小说十三篇,计比国一篇,柔石译;捷克二篇,真吾译;法国三篇,鲁迅、真吾译;匈牙利一篇,真吾译;俄国一篇,鲁迅译;苏联四篇,梅川、鲁迅译;犹太一篇,真吾译;篇首有匈牙利作家摩尔那及其夫人照相一幅。第二册《在沙漠上》,出版于1929年9月,较第一册迟五个月,收小说十二篇,计捷克和法国各一篇,真吾译;南斯拉夫三篇,柔石译;苏联三篇,鲁迅、真吾译;西班牙二篇,鲁迅译;犹太二篇,真吾、柔石译。有关作品之插图,较第一册加多。两书卷首各有"小引"，都由鲁迅执笔，但发表时署"朝花社同人识"。根据预告，第三集应为《果树园及其他》，但因朝花社倒闭，没有出版。后来由现代书局印行，署名鲁迅等译的《果树园》，译稿虽即朝花社当初搜集的一部分，出版却是为了还债，那就属于另一回事了。朝花社的目的是要替中国新文艺界介绍一些质朴的作品，所以选译对象，着眼于北欧和东欧，这个计划未竟全功，实在是文艺界的一个损失。

《小彼得》

鲁迅文章,亦有用其夫人之名刊登者,如所译果戈理的《鼻子》就是。单行本《小彼得》初版署名,亦用"许霞"。《小彼得》原定为《朝花小集》之一,后由春潮书局印行,出版于1929年11月,三十六开,毛边精装,内附乔治·格罗斯插画六幅,封面除中间小图案采自西洋书籍外,整个设计安排均出自鲁迅之手,书名《小彼得》三字亦系鲁迅所写。卷首有鲁迅的序。内云:

这连贯的童话六篇,原是日本林房雄的译本(1927年东京晓星阁出版),我选给译者,作为学习日文之用的。逐次学过,就顺手译出,结果是成了这一部中文的书。但是,凡学习外国文字的,开手不久便选读童话,我以为不能算不对,然而开手就翻译童话,却很有些不相宜的地方,因为每容易拘泥原文,不敢意译,令读者看得费力。这译本原先就很有这弊病,所以我当校改之际,就大加改译了一通，比较地近于流畅了。——这也就是说，倘因此而生出不妥之处来，也已经是校改者的责任。

大概是因为改译者的功夫用得比译者更多的缘故吧，这本书由联华书局重印时，已改由鲁迅署名，后来又收入 1938 年版的《鲁迅全集》中。

战争与文学

茅盾在未作小说以前,除研究神话之外,颇努力于批评文章之写作,间署玄珠,但大多却还是用沈雁冰这个真名的。接编《小说月报》之后,几乎每期都亲自执笔,报告海外文坛消息。时当世界大战十周年纪念,《小说月报》出战争文学专号,他就写了一篇论文应景,题为《欧洲大战与文学》,四年后由开明书店出单行本,即以原题为书名,并加《自序》一篇,序中有云:

……现在又过了四年,大战离我们似乎更远了;几乎灭绝人类的可怖的大战,只成为渐就模糊的旧梦,现在这老欧洲正在庆幸伤痍的平复,光荣的欧洲踏过了血泊回到原来的地方了,巴尔干依旧是世界的火药库,地中海沿岸的外交风涛依旧那样险恶;虽然地图上小小的换了些色彩,但是如同没有那次大战一样,老调子又在唱,历史又复演了。

原文作于 1924 年，单行本出版于 1928 年 2 月，想不到十年以后，二次大战，果又爆发，而且绵亘多年，情况之惨，较诸第一次大战，有过之而无不及。序中所说，几同谶言。全书分七章，曰：一、发端，二、文学家对于战争的赞助，三、文学家对于战争的反对，四、不谈战事的青年文艺家，五到七节为战争文学一瞥，分小说、诗歌、戏曲。作者虽自谦为"应时糕点，其无价值，自不待言"。但要约略的知道第一次世界大战与文学的关系，却还不失为一本有意义的参考书，可惜绝版已久，现在要想找寻颇不容易了。

阿左林

许多朋友都关心着一本绝版已久的书，这就是戴望舒、徐霞村合译的《西万提斯的未婚妻》，师陀、怒庵（傅雷）都向我借过这本书，后来就索性送给了怒庵。《西万提斯的未婚妻》原作者阿左林（通译为阿索林，下同），1876年生于西班牙的莫诺伐尔，其真名为马尔谛奈思·卢伊思（Martinez Ruiz），和巴罗哈、乌纳莫纳、培那文德等同为"一八九八派"。阿左林文笔清新，疏淡中略带忧郁，如云林山水，落笔不多，却是耐人寻味。此书系根据法国比勒蒙所选译的 Espagne 重译，比勒蒙为法国研究西班牙文学的权威，又是阿左林的好友，译文当很可信。中译本出版于1930年3月，神州国光社版，收阿左林作品二十六篇，其中《沙里奥》《一个劳动者的生活》两篇，曾收入戴望舒所译《西班牙短篇小说集》（商务版《世界文学名著》本）中，《一个劳动者的生活》在《西万提斯的未婚妻》一书中，原为霞村所译，望舒重译后始收入短篇小说集，改题名为《一个农人的生活》。徐霞村译的《斗牛》一篇，又曾作为其本人所译西班牙小说选的书名,此书为春潮书局版,1929年3月印行,较早于《西万提斯的未婚妻》,收小说四篇,阿左林的只有这《斗牛》一篇,《斗牛》封面图案极美丽,毛边道林纸印,装帧印刷,较《西万提斯的未婚妻》高出多多,今并绝版。

伊巴涅思短篇小说

望舒又曾译过《伊巴涅思短篇小说集》，分上下两册，各有专名，上集曰《良夜幽情曲》，收《愁春》《天堂门边》《良夜幽情曲》《最后的狮子》《蛊妇的女儿》《墙》《夏娃的四个儿子》七篇，前有《译者题记》；下集曰《醉男醉女》，收《醉男醉女》《失在海上》《虾蟆》《奢侈》《落海人》《女囚》《疯狂》七篇，末附《伊巴涅思评传》一篇，为孙春霆所作。据译者题记所述，其中《良夜幽情曲》及《夏娃的四个儿子》系杜衡所译，此书上下，均系道林纸毛边本，封面构图，两册互殊，然精美可喜，求之市肆，颇不易得。

《洗澡》

徐霞村译过自然主义大师左拉的短篇十二篇，曰《洗澡》《杨梅》《大米修》《禁食》《侯爵夫人的肩膀》《我的邻人雅各》《猫的乐园》《丽丽》《爱情的小蓝外套》《铁匠》《失业》《小村子》，均一时精选之作，其中如《失业》《猫的乐园》《禁食》等篇，在法国可说是家弦户诵。中译本即以第一篇为书名，由开明书店出版，初版印于1928年9月，列为《文学周报社丛书》之一，封面即以书名命意，画棕榈树下之大海一角，有人露头肩而浴，未署名，颇疑出君匋手笔。这本书从封面看去，很容易被错认作儿童读物，如什么童话选之类，其实却是传诵世界的名著。倘不翻看内容，在旧书摊上，很容易滑过眼睛去。

左拉两种

早期常从法文译书的，戴望舒、徐霞村、鲍文蔚、李青崖之外，还有一个毕树棠。毕树棠亦曾译过左拉的作品，但他多半是将左拉写作查拉的。据我记忆所及，就有两本小书，一本是《一夜之爱》，1927年12月由北新书局出版，原作系一较长之短篇，或者也可说中篇吧。另一本叫做《不测》，亦北新版，1929年9月印行，较前书迟两年，篇幅略相等。两书均毛边道林纸印。近来书店好出长篇巨著，而不甚讲究版式装帧，对于喜欢书籍的我辈，实在是眼皮上的疙瘩，不痛不痒，而又不忍也不想见到。

《文艺理论小丛书》

鲁迅译《现代新兴文学的诸问题》，后收 1938 年版《鲁迅全集》第十七卷（也即 1958 年版《鲁迅译文集》第五卷）。原书为四十八开小本，1929 年 4 月 1 日出版，大江书铺发行，列为《文艺理论小丛书》之一，由陈望道编辑。这批小丛书出版的有《文学及艺术之技术的革命》《文学之社会学的研究》《艺术简论》《艺术方法论》等等，原著全为日文名作，译者亦多留东前辈，当时禁锢思想之风方兴，鲁迅在序言里说：

此外，则本文中并无改动；有几个空字，是原本如此的，也不补满，以留彼国官厅的神经衰弱症的痕迹。但题目上却改了几个字，那是，以留此国的我或别人的神经衰弱症的痕迹的了。

后两年，日本乃有大捕左翼作家的事，中国继起，周纳愈盛，杀戮愈多，问题也愈演愈复杂。看起来，在这几句话里，生活已经反映着一些先兆了。

《现代欧洲的艺术》

1930年顷，左翼文艺运动勃兴，上海几家新书铺，大抵都出了一些进步书籍，属于文艺理论方面，水沫出了半套《科学的艺术论丛书》，与光华平分天下，合成全套。新生命、大江亦各不相让，大江除出了一套小丛书外，又有《文艺理论丛书》一种，预告六册，共出三册，第一册为鲁迅译蒲力汗诺夫（通译普列汉诺夫）的《艺术论》，第二册为雪峰所译《现代欧洲的艺术》。《现代欧洲的艺术》系匈牙利艺术家玛察所作，玛察久居莫斯科，研究新兴艺术，此书所述，颇为详尽，弗理契特为作序介绍，雪峰系根据日译本重译。其结论部分，曾译登鲁迅所编《文艺研究》第一卷第一册中。这本书出版于1930年6月，毛边道林纸印，颇为美观，惟插图二十一幅，印得过小，影响清晰程度，未免使人觉得可惜。

"献给世间有情人"

朱孟实（光潜）致力于文艺理论，不论著译，大多为论文专著，其于小说方面，仅有译品一种，则《愁斯丹和绮瑟》（通译为特里斯丹和伊瑟，下同）是。愁斯丹和绮瑟的故事，在欧洲流传甚古，为中世纪叙事诗极重要的一种，亦为世界文学精华之一。从基督教流传欧洲以后，这是第一篇热烈沉痛的恋爱故事，近代欧洲人的恋爱观念，可以说是从这个故事孕育而成的。文豪如丁尼生、安诺德、毛列斯、斯温朋和哈代，都从这一故事中汲取诗料，英、法、德诸国且纷纷聚讼，争来夺去，引这个故事为本国的特产，其受爱戴与重视可知。愁斯丹和绮瑟本身实为一篇传奇，故事叙述勇士愁斯丹为康威尔国玛克王数立功勋，极受宠爱，朝奸以国王无嗣，虑将禅大宝与愁斯丹，迭施破坏，愁斯丹为了证明无他，愿为国王求凰，国王所爱者为其世仇爱尔兰国王之女，亦即愁斯丹之大敌金发绮瑟，愁斯丹冒最大危险，求得金发绮瑟，不料两人误饮动情丹（其实这个丹是象征不可自主、不可抵御、不可毁灭的爱的，否则，世上又何贵有此丹乎？），发生恋爱。此后便叙述两人受尽谗言，历尽磨难，终于在同一天同死于勃罗丹国。故事情节离奇，穿插巧妙。译者曾三易其稿，才于 1930 年 7 月由开明书店出版，卷首插拉劳"愁斯丹和绮瑟在大松树下"画一幅，里页书名后红泥印本书最后一段，加题曰"献给世间有情人"，文云：

诸位听官们，从前白欧尔、汤姆斯、艾尔夏和郭特佛里几位中世纪的诗人们传达这段佳话，是专为此间有情人去听的。他们托我向诸位致敬礼。他们向多愁的人们，快活的人们，失望的人们和期望的人们，向一切幸运的和不幸运的有情人们致敬礼，默祝他们在这段佳话里寻得安慰来打消一切人世间的无常和不平，打消一切仇恨和苦恼，打消一切爱情上的烦忧隐痛！

这确是一段很好的祝词，我在这里特地重加抄录，沿用"献给世间有情人"这句话，以贻《书话》的读者。

纪伯伦散文诗

有一个时期，我很喜欢读散文诗，自己也学习着写。记得这是顶苦闷、顶倒霉的时候，近来仿佛预感到这时期又将到来，我真想为时代痛哭，为自己的命运痛哭。写《书话》忽杂牢骚，似乎并不相宜，且说我喜欢的散文诗吧。除波特莱尔、屠格涅夫、阿左林以外，我也喜欢纪伯伦，纪伯伦是近东叙利亚人，有英文作品六种，散文诗之译成中文，且经结集者，共计三册，曰《先知》；曰《疯人》；曰《前驱者》。《先知》由谢冰心译出，收文二十八篇，1931年9月出版，新月书店发行，分布面纸面两种，均道林纸印。插图十二幅，出作者本人手笔，如幻想之影，摄魂荡魄，惟翻印时缩小，似较英文本为差耳。卷首有冰心序言，介绍作者生平。《疯人》一册，刘廷芳译，为《风满楼丛书》之一，收短文三十五篇，1929年12月北新书局版。《前驱者》亦刘廷芳所译，开本阔大，为《风满楼丛书》第六种，由译者自印，不发售，版权页上印明共印一百本，非卖品，我购得第四十四号，但印刷装帧并不甚佳。刘廷芳并曾译过纪伯伦的《人之子》，散见于《真理与生命》月刊，似未完稿。《前驱者》收短文二十五篇，前附译者《卷头言》一篇，印出既少，颇为难得。纪伯伦专治文学与绘画，以东方人的沉思，在西方的文场奔走驰骋，名重一时。至于他为中国人所熟悉，主要还是因为谢冰心译了他的代表作《先知》，我们得深深地感谢她。

陀氏三书

俄国作家中,我很喜欢陀思妥夫斯基(通译陀思妥耶夫斯基),尤其喜欢他的《罪与罚》《被侮辱与损害的》《卡拉马卓夫兄弟》三书。《卡拉马卓夫兄弟》耿济之译作《兄弟们》,由良友复兴图书公司出版,仅出上卷(《兄弟们》出版于1940年8月。至1947年10月出全译本,分四册,改为《晨光文学丛书》之一,书名也正式用《卡拉马助夫兄弟们》)。《被侮辱与损害的》有李霁野译本,商务版,分两种,其一为《万有文库》本,其一为《世界文学名著》本;文光书局有荃麟译本,近方出版,尚未购置,不知译笔如何?三书中惟《罪与罚》出版最早,装潢亦最佳。此书为韦丛芜翻译,初由北平未名社出版,毛边道林纸印,分上下两册,上册出版于1930年6月,下册出版于1931年8月,前有自序,后有韦素园《写在书后》跋文一篇,其时素园尚在北京西山养病,跋文后面有一段附记,他说:

丛芜译完了这本巨著，我心里很高兴，因为我很爱它。但是病中不能读书，现仅就以前读过的《最新俄国文学》（黎沃夫·罗迦契夫斯基著）和《文学底影像》（卢那卡尔斯基著），回忆中写成此文，文中译名从本书译者。

韦译系根据 Constance Garnett 英译。素园精俄文，曾为译者按原文详校《穷人》中译本，这时卧病北京西山，《罪与罚》遂失去与原文对校机会，殊为可惜。此书后归开明书店出版，合装一册，分精平两种，平装为硬纸面报纸本，精装则用米色道林纸印，蓝布面烫金，华丽美观，不逊国外出版书籍，今绝版已久，而未名社之初版，更成广陵散矣。

《穷人》

前文提及陀思妥夫斯基《穷人》一书，亦韦丛芜译，未名社出版。封面印陀氏木刻像及俄文签名，除书名外，和未名版《罪与罚》完全相同。篇首插陀氏油画像，作深思状，并有鲁迅《小引》及《英译本引言》。里页书名之后，印有 Prince V. F. Odoevsky 的话一段：

呵，这些小说家！可惜他们不愿写点有用的，快意的，慰安的东西，他们却要发掘各样隐讳的事情！……我愿禁止他们的著作，这成什么样子！你读的时候，你不能不想——于是各样愚念都进入你的脑子里来了。我实在愿禁止他们的著作，我愿简直把他们的著作完全禁止！

《穷人》为一个老者和少女的通信——一束穷人的情书。人生的痛苦和欢乐，崇高和卑鄙，欣遇和不幸，都在这里交织。此书未出版前，曾由陀氏友人带给名批评家别林斯基去看,别氏看完后连声叫道:"带他到我这里来!带他到我这里来!"陀氏遂以此书一举成名。人海滔滔,挫折弥多,《穷人》能曲曲折折地写出感情上的痛苦,固是值得一读再读的小说。

安特列夫

陀思妥夫斯基以外，有一个时期我又常常读安特列夫，前进的朋友也许会骂我虚无，但读他并不一定要跟他学，否则，我早该去自杀，不必在这里写什么《书话》了。未名社诸公大概也同具此好。陀氏作品之外，该社又出有安特列夫作品二种，即《往星中》和《黑假面人》。两书均为李霁野据英译本转译，《往星中》初版于 1926 年 5 月，由陶元庆作封面，毛边精装，内插安特列夫画像一幅。卷首有韦素园序，末缀后记。此书曾经素园从原文详校，译笔流畅，不知怎的我总有点喜欢它，大概我亦在向往星球，而十分厌倦于这些地上的魔鬼了吧。《黑假面人》出版于 1928 年 3 月，共印一千五百本，声明不再版。这本书也由素园根据原文校改，并由鲁迅将人名的音译一一改正。霁野在《自序》里说：

> 这剧本是在 1907 年著的，正当俄国两次革命失败后，社会环境正沉闷的时候，所以不免很沉重抑郁。经过

1917年的革命，俄国虽然还没有成功的新的文学发生，然而精神上已经积极地向新的将来奔驰了。安特列夫的精神早已和现在俄国的精神相左了。但是我们的新的将来在那里呢？似乎还很渺远。因此我还将这译稿印行，希望有一天能以接受这剧本的一样热诚的心情，将这剧本抛弃。

声明不再版的意思就是期望这一天的早早到来，现在，离开《黑假面人》出版已经二十年了，一切都还依旧，这个剧本不但仍可以印，而且还可以大印特印。呜呼！时代的悲哀欤！时代的悲哀欤！

都会诗人

《未名丛刊》中有亚历山大·勃洛克诗一册,书名《十二个》,为长诗一首,内附 V. 玛修丁木刻插图四幅,勃洛克画像一幅,封面绘人头一,持枪的兵士的影子一,"十二个"三字斜散其上,颇别致。这本书为胡成才从原文译出,先由伊发尔将该诗意义加以校勘,再由鲁迅和韦素园酌改文字,篇末并附鲁迅《后记》一篇,其中有云:

> 从1904年发表了最初的象征诗集《美的女人之歌》起,勃洛克便被称为现代都会诗人的第一人了。他之为都会诗人的特色,是在用空想,即诗底幻想的眼,照见都会中的日常生活,将那朦胧的印象,加以象征化。将精气吹入所描写的事象里,使它苏生;也就是在庸俗的生活,尘嚣的市街中,发见诗歌的要素。所以勃洛克所擅长者,是在取卑俗、热闹、杂沓的材料,造成一篇神秘底写实的诗歌。

中国没有这样的都会诗人。我们有馆阁诗人,山林诗人,花月诗人……没有都会诗人。

《十二个》是革命时代最重要的作品之一,但还不是革命的诗。译本绝版已久,我于冷摊上购得,当时曾嗟为奇遇。

《勇敢的约翰》

匈牙利民间故事诗《勇敢的约翰》一册,裴多菲·山大(通译裴多菲·山道尔)作,孙用译,1931年10月湖风书局版。湖风所出文艺书,虽颇有几本可读,但论印刷之精,从未逾于此书者。此书由鲁迅校订,为二十三开大本,道林纸印,并附铜版纸插图十五幅,除作者肖像外,A. Jaschik 二幅,B. Sándor 壁画十二幅,内三幅系彩色。校订者在《后记》里介绍那些图画说:

> 译者便写信到作者的本国,原译者 K. de Kalocsay 先生那里去,去年冬天,竟寄到了十二幅很好的画片,是五彩缩印的 Sándor Bélátol(照欧美通式,便是 Béla Sándor)教授所作的壁画,来信上还说:"以前我搜集他的图画,好久还不能找到,已经绝望了,最后却在一个我的朋友那里找着。"那么,这《勇敢的约翰》的画像,虽在匈牙利本国,也是并不常见的东西了。

裴多菲·山道尔为抒情诗人，在1848年匈牙利革命战争中，他拥护平民，反对政府，在培谟将军所率领的战场上活动，第二年在瑟斯堡战役中被杀。他的爱国歌使他成为国家的英雄。《勇敢的约翰》中译系根据世界语译出，故卷末除校者后记外尚有原译者后记一篇，译者注释并《后记》一篇。译者曾三易其稿，原拟登在鲁迅所编的《奔流》上，作为第二十一次世界语大会的纪念的。旋以《奔流》停刊，遂由鲁迅辗转介绍，始得单行出版。

易卜生情书

春潮书店出有《现代读者丛书》一种，第一册为林语堂译《易卜生评传及其情书》，原著者为丹麦名批评家勃兰地斯，他以文学史家身份，兼写评传，博识而专，可称佳构。书中附插图多幅，情书部分，计收信十二封，受信的为 Emilie Bardach 女士，勃兰地斯在编首作介绍云：

以下的函札是寄给一位维也纳的 Emilie Bardach 女士的。易卜生于 1889 年晚夏在 Tirol（前奥国西部）之 Gossensass 城遇见她及她的母亲，在此地易卜生与她得聚会一时。那时 Bardach 小姐年十八岁；从此次别后，就永不得与易卜生重逢的机会。

这些函札是正依易卜生诗人所写原文发表：连文字上的小疵点也不曾修改，以保其真。

勃兰地斯志

易卜生在 B 小姐家来宾题字簿上曾题句云:"为难偿的夙愿而奋斗——这是高逸的悲痛的幸福。"但在情书第十一封中,易卜生于收到 B 小姐赠画及小钟,说他太太非常喜欢她的画之后,就请求 B 小姐不要再写信给他,B 小姐依言不复。七年之后,易卜生七十诞辰,她才打了一个贺电,易卜生回赠照像一幅,背后写了一个短札:

心爱的女郎——!

　承赐手函,感佩无既。在高桑萨斯所过的夏天是我一生最快活,最幸福的时节。

　我几乎不敢想起。——但是还是永远不能不想——永远!

你的亨利·易卜生

这种恋爱看来似乎很奇怪,难以理解。但茫茫人海,忧患相乘,在无可奈何的时候,留着两颗赤心,遥遥印证,对此事实,或者也是没有办法中的一种办法吧。

《夏娃日记》

1946年老舍去美,听说彼邦人士都把他当作中国的马克·吐温看待,不错,老舍的幽默可与马克·吐温媲美,不过老舍在中国国内已获得普遍的尊敬,马克·吐温是直到死后,这才为美国文化界所认识,所推重的。马克·吐温晚年有作品曰《夏娃日记》,借这个全世界第一位女人的口,以嬉笑的姿态,写出一切女性的肖像。原为一篇小品,由李兰译出,1931年10月湖风书局出版,鲁迅曾以"唐丰瑜"之名,为之作序,其中有云:

> 含着哀怨而在嬉笑,为什么会这样的?
> 我们知道,美国出过亚伦·坡,出过霍桑,出过惠德曼,都不是这么表里两样的。然而这是南北战争以前的事。这之后,惠德曼先就唱不出歌来,因为这之后,美国已成了产业主义的社会,个性都得铸在一个模子里,不再能主张自我了。如果主张,就要受迫害。这时的作家之所

注意，已非应该怎样发挥自己的个性，而是怎样写去，才有人爱读，卖掉原稿，得到名声……于是有些野性未驯的，便站不住了，有的跑到外国，如詹谟士，有的讲讲笑话，就是马克·吐温。

那么，他的成了幽默家，是为了生活，而在幽默中又含着哀怨，含着讽刺，则是不甘于这样的生活了。因为这一点点的反抗，就使现在新土地里的儿童，还笑道：马克·吐温是我们的。

这批评对马克·吐温很公平。尤其是说到在产业主义社会里作家们迁就现实的事实，针针见血。不久以前，我们不是听到一个作家谈过她在美国创作的秘诀吗？怎样捉摸读者心理，怎样迁就读者胃口，观此当可恍然大悟。《夏娃日记》并有里斯德·莱勒孚插画五十五幅，均系白描。最后一幅画亚当坐在夏娃坟上痛哭，背后有长虹一道，文为：

亚当：她在那里，那里就是伊甸乐园。

这部书就因为鲁迅爱它的插画，转托李兰译出，并介绍给湖风书局出版的。

《雅歌》中译

《雅歌》又名《歌中之歌》，为旧约篇名之一，文辞秀美，情思真切，中文由吴曙天翻译，1930年7月北新书局出版。全诗五章，以时日分，曰"第一天"，"第二天"，以至"第五天"。篇末附周作人《圣书与中国文学》；周译蔼理斯《论雅歌与传道书》，冯三昧《论雅歌》，薛冰《雅歌之文学研究》四文。并有插图《离别的情人》《被掳的书拉密女》《葡萄园的看守人》《耶路撒冷的众女子》《所罗门王与书拉密女》《呼声之梦》《相思病》《她的良人》八幅，我甚喜《离别的情人》及《呼声之梦》两幅，前者画一女子闭目静坐，若不胜情，迷雾中隐约有一男子之半身像出现，神情甚佳。后者绘一女子跣足立围墙内，伫踵望墙外，墙外黑夜正在进行，她大约在睡梦中听见爱人的呼声，仓猝出视，而迎接她的乃是无底的黑夜，爱情欺骗了她，她失望而又颓丧，看起来令人惆怅。关于《雅歌》有两种不同的意见，薛冰文中有云：

历来的经学家，所持的意见，并不相同，大概可以分为两派：一派主张雅歌是一篇戏剧，而另一派以它为一首牧歌。前者乃是从文学实体的计划方面着想：以为所罗门王向书密拉女子求婚，献给她无上的王者的荣耀，但是她——书密拉的女子，忠诚地爱着她那低微的牧羊的情人，并不转移她的爱情给那显赫的君王，所以最后所罗门王自愿退让，而那两个忠心的情人，终于结合成幸福的伴侣。后者是从诗体方面着想，以为所罗门王自己就是那个牧羊人……在春天的某日，所罗门王往利巴嫩山他的葡萄园中去游玩，在不期中遇见书密拉女子，他惊奇她的艳丽，但是那女子蓦地窥见了那阑入的生客，就翩然逸去。所罗门王想尽了种种方法，都不能见她，最后他自己就化成一个牧童，孤身走往山中……

吴译过于素朴，构句遂如散文，不免缺乏诗的意味，殊可惜耳。

"水仙"

我颇喜欢保尔·梵乐希的诗,据报上所刊消息,可惜因背叛祖国,已为戴高乐将军所杀。我不想替梵乐希辩护,只觉得这位诗翁倘有死罪,中国的文化汉奸,真可以斩尽杀绝了。梵乐希以《水仙辞》得名,发表时年仅二十岁。"水仙"为希腊神话中一个美少年,原名纳耳斯梭,风姿绝代,山林女神群相钟爱,终不为动,而"回声"恋之尤笃,几度相诱,不遂而死。"水仙"初生时,有告其父母者曰:"勿使对镜,对镜不寿!"因撤去家中所有镜子,使他无法自照。一天打猎回来,过清泉,花影入水,掩映波心。"水仙"渴甚,俯身就饮,忽睹水中丽影,摇魂荡魄,凝视不去,顿生爱恋,已而暮色苍茫,幻影逐渐漫灭,"水仙"亦憔悴以死。众女神痛哭而至,寻其尸,但见黄白色大花一朵而已。这大概是一种自我恋吧。梵乐希诗里所叙,正是"水仙"临流自吊之辞,盖诗人借此题材,以发抒其对自我之沉思、对创造之歌颂者。译者梁宗岱在《译后记》里说:

这诗除了隐示希腊神中"水仙"临流自鉴的故事而外，还有以下一段凄艳的逸闻：法国南方蒙伯利城的植物园里，有一座无名少女的孤墓，相传葬的是英国18世纪诗人容格的女儿。容格游蒙伯利时，他的爱女不幸绝命客旅。该地居民因为他是新教徒，不允把她葬在他们的墓园。容格不得已私埋之此园中。后人怜之，为立一碑，上刻"以安水仙之幽灵"几个拉丁字样。植物园是梵氏肄业蒙伯利时常游之地，深感少女薄命，因采用希腊神话而成诗。诗发表后，那惨淡的诗情，凄美的诗句，哀怨而柔曼如阿卡狄秋郊中孤零的箫声一般的诗韵，使大众立刻认识了作者的天才，《巴黎时报》登了一篇恭维备至的评论。

1922年，距少年作的《水仙辞》约三十年，他的第三部诗集《幻美》初版，又载了一篇《水仙辞》的第一段，可是，这一次，已不像从前一样只是古希腊的唯美的"水仙"，而是新世纪一个理智的"水仙"了。在再版的《幻美》里，我们又发现了近作的《水仙辞》的第二第三段，和第一段一样深沉丰富：时而为诗人对其创造之低徊歌叹，时而为哲士对其自我之沉思凝想。

中译《水仙辞》载少年作全篇及近年作第一、第二两段，由中华书局印行，1931年2月初版，前附作者肖像及译者所作评传一篇。梁宗岱在法时与梵乐希相过从，故评传能详尽无遗的述说诗人的生涯、思想和事业。书为线装连史纸，仿宋字印。我对上海几家大书局印书向无好感。卞之琳的《维多利亚女王传》译稿，原有极详尽之注释，译者用力之勤，几过于本文之迻译，而交商务出版时，竟全被删去，削头截足，剩下光身一个。而原稿亦不见退回，此种恶习，令人发指。对过去商务、中华出版的书，我常表怀疑，而装潢亦未能使人惬意。此《水仙辞》却为例外。如果说我对中华书局的书有什么好感，惟《水仙辞》与《五言飞鸟集》两书而已。

"水仙"余闻

我在《水仙》一段中讲戴高乐将军把梵乐希枪毙,是根据报纸上的记载而来。大约是1945年上半年,日本尚未投降,而法国自由军已克复巴黎,日本的通讯社就传出戴高乐枪毙梵乐希的消息,原因是他于沦陷时在某报上写过一篇什么文章。这消息传出后,几个汉奸文人大为着忙,在《新申报》上出过哀悼特辑,"诗鱼"路易士还写了《向戴高乐抗议》一文,其实,他们哪里是哀悼梵乐希,不过为自己的命运痛哭而已。这番《水仙》发表后,承巴金、怒庵(傅雷)、健吾三先生驰书见告,原来那个消息完全不确,梵乐希既未叛国,戴高乐将军也没有将他枪毙,汉奸文人到底不能引诗翁为同调了。

十日又接伊凡来信,述说梵乐希病死情形甚详,特为转录如下:

顷阅《书话》《水仙》有云:"诗翁梵乐希以背叛祖

国，致被戴高乐将军所杀……"不胜诧异。按梵乐希在法国沦陷时期实无背叛祖国之行为。杜哈美尔(G. Duhamel)在《悼念梵乐希》一文中，曾讲起法兰西学院拒绝某汉奸入会时说，这一天，梵乐希也正到会。他一向避免和人家作政治上的争论，不过这一次，在法国蒙难时期，在这又长又可怕的冒险上，却坚决地把定他的立场，而且懂得如何避免敌人所设的陷阱。足资证明。关于梵乐希的病逝，纪德在《悼梵乐希》一文中曾讲起"他（指梵乐希）卧床一个月，虽曾使用盘尼西林，输血，又有他家人全心的看护，但这只延长了最可怕的痛苦，在数次我被允许见到的时候，痛楚已使他的面形完全改了样，在最后第二次去看他时，他把我留在床畔很久，握了我的手，好像希望从这接触里获到某些神秘的传输。他几次要向我讲话，我也倾身俯就，竭力使我的耳朵能听懂他所说的是什么；可是我只掠到了几个不清晰的字……"手边也适留有梵氏逝世的消息，录之如下："梵乐希于7月19日（1945年）逝世，遗体在25日午夜移至巴黎夏岳大厅之前，法国及外国人士来吊者甚多，戴高乐亦亲至，并举行仪式，有法兰西学院秘书长杜哈美尔及教育部长嘉必唐等致词，26晨，灵柩发引，离巴黎去赛德（按赛德为梵氏故里），即安葬于该地之海滨墓园中……"

四位先生的热忱甚是可感。使笔者不至为侵略者所愚,借戴高乐将军之枪,将此一代诗翁枪决。同时,汉奸文人的把戏,也得由此揭穿,书此数语,以当更正。

《毁灭》中译

鲁迅翻译法捷耶夫名著《毁灭》,开始于1929年,最初以《溃灭》译名,登载于当时的进步文艺刊物《萌芽》(1930年1月创刊)上面,刊物的《编者附记》里曾经有过这样的介绍:

现在关于这第一期的内容,记下几句要记一记的话。第一,A.法捷耶夫底小说《溃灭》,是被评为"立在现代苏联普罗列塔利亚文学底最高峰"的艺术作品。这是真真描写现实的民众的东西,作者观察很深刻,描写手段也高,作中虽无一句革命的煽动的话,而仍使我们受到深强的感动。

这小说的题材,是1920年顷在西比利亚和日本军及哥却克军斗的Bartizan(袭击队)底情形,和其中一些人物的性格。作者是曾亲身参加Bartizan队伍里工作的人,所以Bartizan是怎样的东西,我们可以如实地知道。全篇约十三万字,预定分六期载完。鲁迅先生是据藏原惟人底日译重译的；关于作者的生平，请看所载的自传；下期还想译载一篇藏原惟人的关于这小说的短论。

《萌芽》刊行到第五号，正好碰到五月，出了一期"五月各节纪念号"，国民党反动派忌之已久，就借这个因头，勒令停刊，《毁灭》仅发表至第二部第四节，并没有如《编者附记》的预期，全部刊完。可是鲁迅还是把它译竣的，经过详细的修正，又改成今名，于1931年1月由他自己主持的三闲书屋出版。三闲书屋有此店名，无此店址，实际上就是鲁迅自编自校，自己出钱，专门印些为当时政治环境所不能容纳、书店老板所不愿接受的稿子。这个书店很出了一些好书，不但内容充实，装帧也极讲究，其中曹靖华翻译绥拉菲摩维支（通译绥拉菲莫维奇，下同）的《铁流》和这本《毁灭》，尤为此中佼佼。《毁灭》为二十三开，重磅道林纸印，毛边本，左起横排，封面用厚布纹纸，印 N. 威绥斯拉夫崔夫关于本书插画一幅，威画共计六幅，并为本书插图，卷首另附 I. 拉迪诺夫所作法捷耶夫彩色肖像一帧，扉页书名由鲁迅自作美术字，排列极美。书前有《作者自传》《著作目录》《关于毁灭》（藏原惟人）及代序《关于新人的故事》（V. 弗理契）各一篇，书末有译者作《后记》一篇。《毁灭》出版当时，正值政治逆流，国民党反动派压迫新文艺运动，穷凶极恶，此书无法公开发售，仅由内山书店代卖，销行颇受限制。鲁迅为使这一革命文艺巨著能有较大的影响起见，曾与大江书铺订约，利用原版印行，删去前后所附各篇，著者像改为单色，比三闲本早一个月出版，另作封面，译者署名则为"隋洛文"，因为当时国民党反动派浙江省党部呈请通缉"堕落文人"鲁迅，这个化名正是由"堕落文人"变化过来，含有反讥的意义。后来鲁迅纪念委员会所印的《毁灭》单行本，仍用大江版封面，但译者署名一律改转。"隋洛文"三字，已经成为反动派统治下文网史上的一个故实，颇难为今天以及将来的青年所了解了。

"独向遗编吊拜仑"

我曾以《袖珍诗册》为题,谈过几本小书,赵景深在《书呆温梦录》里,为我补述数册。其实袖珍诗集,想起来还有很多,我不过偶凭记忆,加以铺叙而已。由海涅的《还乡》使我想起《拜仑诗选》(通译拜伦),四十八开小本,固是袖珍诗册之一。

《拜仑诗选》由宋雪亭翻译,1932年12月在长沙出版,委托当地商务印书馆代售。这本书虽由作者自印,用纸亦颇讲究,却是印得极坏。即使附着勘误表,而错字仍然每页可见。书前加《引言》及《拜仑传》各一篇,后列附注二十条,传注都还详尽,倒是译笔并不流畅。译者主张诗篇要有严谨格律,因此特别重视形式,落笔反多顾忌,减少了原诗的奔放之美,殊为可惜。扉页印拜仑小像,下题"独向遗编吊拜仑"七字,盖诗僧苏曼殊题拜仑集句也。

秋风海上,转眼又到黄昏时候,想起为希腊争独立的拜仑,此时此地,真不能不使人心向往之呵!

《草原故事》

巴金译高尔基《草原故事》，有四种版本，即马来亚本，新时代本，生活本及文化生活本，文化生活又分精装平装两种。译者很喜欢这本书，称为"友谊的信物"。论时间，以文化生活本为最后，论译笔，也以文化生活本为最佳，因为这末一次重印，经过了大大的修改，译文和前三种差得很多。即如其中《马加尔周达》这一篇，我曾和《时代》上直接从原文译出的校对过，觉得有几处比从俄文译过来的还好，更接近于高尔基的原意。不过就版本论，后三种很易买到，以初版马来亚本为最难得，译者在再版（新时代本）题记里说：

> 这本小书之译成，曾给了我一些欢喜，我在译述中感到了创作的情味，所以很爱这译文。今年春天，马来亚书店编辑以友谊的关系，索去了原稿付印，出版后我只得了三十本书的报酬，并未支取过一文稿费，而初版一千册又被该店全数寄往南洋销售，在国内很难看见一本。现在

该店停业，我便乘旅行无锡之便把原稿校阅了一次，售给新时代书局。这样的一本小书居然有再版的机会，在我当然是一件很可欣喜的事。

初版《草原故事》译本出于1931年4月，由马来亚书店发行，我从旧书摊上买到一册，觉得很是侥幸。版式和新时代本完全一样，连封面也都相同，不过印的是道林纸，比新时代版讲究。

《过客之花》

开明书店曾印过一册巴金翻译、意大利亚米契斯原著《过客之花》,于1933年6月出版,三十二开道林纸印。此书为一剧本,系亚米契斯晚年作品,在罗马上演时,曾得到极大成功。中译系根据世界语译本。此书后改由文化生活出版社重印,列为《翻译小文库》第一种。在译者原序后面,巴金加案云:

> 以上是六年前写的短序,最近翻看这本小书,觉得还可以重印,便费了一天的工夫把它修改一遍,改的地方不少,可以说是重译,不过原文不在手边,无法逐字校阅,或许仍有错误的地方也未可知。

巴金对自己译作极认真,又诚恳地向读者负责,所以重版一次,即思修改一次,作家中对自己译作屡印屡改者,当推此公为第一名。我酷爱这种态度,又喜欢研究研究他怎么个改法，所以他重印一次，我即再买一本，大掏腰包，此则不能不向老朋友郑重抗议者。不过，我还得在此声明一下，巴金知道我穷而爱书，凡有著译，以后就尽先惠赠，不但自己如此，又常常劝人照办，以实《书话》，这可真正算得是《书话》的知音呵！

书城八记

买书

《书话》单行本出版后，接到不少读者来信，劝我扩大范围，谈谈自己买书、藏书的经过。直到今年，还有人把书目寄来，嘱为鉴定；更有人飞柬相邀，约我"过斋看书"。看书本来是愉快的事情，怎奈去夏以来，一病缠绵，我的大部分时间都在病榻上消磨，偶尔精神好些，也没有出门会客的能力。眼看这样下去，怕连笔都提不起来了。人活着而不工作，岂非等于不活。为此我很想伏案试试，即使写得少些，慢些，轻松些，也很想伏案试试。

说起买书，二十多年来，自己的确买过书，如今还是一架一架地堆得满满的，从屋子的四壁到中央，纵横曲折，像一座矮矮的书城一样。但我并不是藏书家，也不希望别人以藏书家看待我。这中间有个原因。大约三十年前，我遇见一个朋友，他性好读书，平日手不释卷，只是读书的方法非常古怪，总是读一页，撕一页，随读随撕，一本书读完了，同时也给撕完了。我第一次看到，不免大吃一惊，问他这是在干什么，他指着自己的脑袋，笑嘻嘻说："没有错！我把它放在这儿了。"他是我最初结交的少数朋友之一，博闻强记，脑子里装的书不少，手头上却一本书也没有。我很佩服他，又并不以他的读书方法为然。可是说来奇怪，从此以后，他的话却锲入心坎，使我一直忘不了。凡遇买了书来而不及翻阅，那张笑嘻嘻的脸孔便会在眼前出现："哦！你没有把书放错地方吗？"我因此感到紧张，感到惭愧，感到坐立不安。为了免除烦恼，在很长一段时间里，如果自问没有工夫读，我就干脆不买书。

我的有目的地买书，开始于1942年。那时住在上海徐家汇。日本军侵占上海，一天几次警报，家家烧书，撕书，成批地当作废纸卖书。目睹文化浩劫，实在心痛得很，于是发了个狠：别人卖书，我偏买书。离我寓所不远有个废纸收购站，主人是个猫儿脸的老头儿，人还和气，谈得熟了，他答应帮忙。从此我便节衣缩食，想尽办法，把所有可以省下的钱都花在买书上。书籍大概也真是一种"食粮"吧，有几次，我钻在废纸站的堆栈里，一天只啃两个烧饼，也居然对付了过去。我在那里买到《新青年》季刊，《前锋》《小说月报》《文学》，零星的《觉悟》《学灯》和《晨报副刊》。不过个人的力量毕竟有限，废纸的来势又猛，浪推潮涌，最后便只好望洋兴叹。我和老头儿约定，把买下的书刊当作未出栈的废纸，仍然存放在他那里。几个月后，烧书的风潮逐渐平息，那张笑嘻嘻的脸孔又在眼前出现："你没有把书放错地方吗？"说真的，我应该怎样衡量自己的行径呢？恰巧这时候，堆栈来催促提货了，我决计把它们接回家来：掘开地板，揭去屋瓦，塞入煤球堆，尽一切可能安顿了它们。

这样，我就被迫成了个"藏"书家。

这不是一般意义上的所谓藏书家，不仅因为我没有宋椠明刻，毛抄黄跋，单看这藏书方法，也不免使海内的通人齿冷。不过我又确实爱惜我的书，当时曾想："江左征尘动鼓鼙，百千纸甲烂如泥"，逝者如斯，怎么能够担保手头的这些一定可以留存到异日呢？我感到惶惑。夜深了，一灯如豆，万籁俱寂，我于是偷偷地捧出一批来，翻着，读着，以迫不及待的心情，为文艺界一位先辈的文集做着辑佚的工作。浏览之间，我又顺手分门别类地夹上颜色不同的纸条，简单扼要地记下初次披读的感想。年复一年，正是这些书籍，它们始终伴随着我，和我一起度过了数不清的饥寒交迫的日子，度过了数不清的惊风骇浪的时刻，最后，又和我一起迎接了东方的黎明，牢牢地守护着我所寄托的往昔的印象和记录。

近年来，虽然偶尔还跑跑书店，事实却进一步证明我并不是一个藏书家：买书只是为了应用。在这点上，我自问够得上是那位朋友的朋友。至于没有采用他的读书方法，对书籍多少有点爱惜，则是因为，案头架上，触处都足以勾起我对遥远年代的记忆；而只要我还有记忆，我又觉得，在革命的艰苦的岁月里，这些书籍，有不少正是我的贫贱之交，正是我的患难之交哩。

八道六难

从前的人大都把买书包括在求书或者访书里面，因而有八道六难之说。什么叫做八道？八道就是宋朝郑樵所说的八求：一即类以求，二旁类以求，三因地以求，四因家以求，五求之公，六求之私，七因人以求，八因代以求。八求既包含着方法，也说明了目标。不过，根据郑樵自己的解释，还是以目标为主，即是说可以向之求书的人，因为他的希望是借校，而当时所谓求书，实际上也是指借抄，和后来有钱便能购下不同。清人叶昌炽在《藏书纪事诗》里，说什么"渔仲求书有八道，腐儒经济堪绝倒"，把个郑渔仲当作了笑柄，时代不同，看来真不免有点隔膜了。

但是，同是清人的祁承𤈶，却在《澹生堂藏书约》里加以引用，八求之外，又补充了三点：一、对于已佚的书，从前代著述中辑录引文，恢复其部分面貌；二、古书中有注释多于本文的，析而为二，使注释另成一书；三、从诸家文集中纂辑书序，别为一目，以便按目求书。祁承𤈶虽然把这三点放在"购书"项下，大体上未改前人求书遗意，特别是他的辑佚主张，对当时颇有影响。后来，鲁迅先生辑《会稽先贤传》和《会稽典录》，还从他所举的《北堂书钞》《太平御览》《太平广记》等类书里，钩稽出了不少重要的材料。可是提倡把一本书分为两本，但求量多，不问披读是否方便，那可不见得比郑渔仲高明。因为这虽然不是"腐儒经济"，却多少有点"商人伎俩"，为那些改头换面地乱印古书的人张目，给学术界带来了更大的坏处。

八求及其补充大部分已经过时，不过作为方法，买书的因类以求、因代以求和因人以求，却可以有新的含义，仍不失为积储资料的一个门径。记得上海历史文献图书馆庋藏的一批戏曲书籍，为至德周氏几礼居捐赠，数量不多，却有一些他处不易见到的材料，不能不说是收藏者当初因类以求所获得的成果。友好之中，西谛早岁留意弹词、宝卷，后来转到版画、戏曲，晚年又大发宏愿，欲尽收清人文集。阿英对说部极有兴趣，尤致力于晚清小说。这些都和他们对俗文学史、版画史、晚清小说史的撰述有关。还有一些从事作家研究的人，因人以求，专门搜购有关某个作家的著作。最近两三年来，陶渊明、杜甫、白居易、杨万里、陆游等都已出有资料专书；新文学方面，鲁迅、郭沫若、茅盾、郁达夫等的作品，也都有人在认真地访求和收藏。

无论是郑樵的八求也好，祁承爜的补充也好，虽然前人想尽办法，大概还是遇到了一些困难，所以明代的谢在杭提出五难。清人孙庆增在《藏书记要》里，又衍其意而改为六难。他说："知有是书而无力购求，一难也；力足以求之矣，而所好不在是，二难也；知好之而求之矣，而必欲较其值之多寡大小焉，遂致坐失于一时，不能复购于异日，三难也；不能搜之于书佣，不能求之于旧家，四难也；但知近求，不能远购，五难也；不知鉴识真伪，检点卷数，辨论字纸，贸然购求，每多缺轶，终无善本，六难也。"孙庆增平生勤于收书，其中不无甘苦之谈，然而正如他自己所说，"念兹在兹"，古书之外别无所知，说到底，仍不免使人有"所见者小"的感觉。

其实天下无论做什么事，要干得出色，哪会没有困难。惟其有困难，又终于克服了困难，这才能得真正的乐趣。求书也是这样。即以缺佚而论，有时并不都是购书者主观的毛病。《古学汇刊》第一集记绛云楼买宋版《汉书》《后汉书》的故事，据说初时缺《后汉书》两本，遍嘱书贾，大索天下，一直没有消息。一天傍晚，某书贾泊舟乌镇，买面作食，面店主人从败篚中取出旧书两本，将为包裹，微睨之，宋版《后汉书》也。书贾大喜。只是首页已缺，问之主人，知道刚为邻翁裹面以去，结果又把这一页也追了回来。这一赵子昂故物、王元美旧藏的宋板前后《汉书》，才得完整无缺。后来绛云楼失火，孤本秘笈，大都化为灰烬，班、范两书因收藏别室，得免于难，不久又转卖给了四明谢象三。所谓"李后主去国，听教坊杂曲，挥泪别宫娥一段凄凉景色，约略相似"者，指的正是这个。不过这位自称"床头金尽，壮士无颜"的绛云楼主人，只说先前是"以千金从徽人赎出",并未提到上面这段故事,或者出于旁人附会也说不定。但这类事情的确曾经有过。例如王世贞《读书后》八卷,《四库全书总目提要》记云:"此书本止四卷,为世贞四部稿及续稿所未载,遂至散佚。其侄士骐,得残本于卖饧者,乃录而刊之,名曰附集。"又例如厉樊榭《辽史拾遗》手稿,鲍以文记其死后为郁佩轩所得,"中间缺五十页,百计求之,不得。一日步至青云街,见拾字僧肩废纸双巨籯,检视之,皆厉氏所弃,征君(指樊榭——引者)平日掌录辽史遗事在焉。亟市以归。纷如乱丝,一一为之整理,适符所缺。"残编断简,经过多少人的手,终于得庆全璧,这样的例子在黄丕烈《士礼居题跋记》里记下了不少。至于孙庆增所说其他困难,凡是买过一点旧书的人都有亲身经验。有时想参考某书,图书馆里恰好没有,茫茫宇宙,正不知何处去寻。一旦这部久思访求的好书出现眼前,情知若不当机立断,也许天涯海角,从此再难谋面。然而事情又并不尽如人意。或则因为手头拮据,或则因为要价太高,或则因为已被捷足者先得,欲购未能,欲舍不得,这种处境确实使人狼狈。距今二十年前,我经书贾介绍,知道杭州有人愿把一部东京印的《域外小说集》出让,而索价奇昂。我百计摒挡,决定满足其要求,但书主使我往返跑了几趟之后,终于拉长了脸孔说道:"不卖了!我要留着镇库哩。"这个人说话痴痴癫癫,而卖不卖又确乎是他的自由,我除懊丧之外,毫无办法。过了一个时期,无意中又遇到此书,虽然价钱还是贵了一点,但一说即洽,"得来全不费工夫"。特别是因为有了前面这段经历，倒仿佛使我了却一桩心愿，感到加倍的愉快和喜悦。

从表面看，旧书聚散无常，似乎可遇而不可求，但实际上，还是有赖于有心人处处留意，仍和努力访求有关。不管五难六难，"无限风光在险峰"，唯有遍历艰辛，饱经忧患，才能置身佳境。看起来，买书事小，道理却完全一样。

藏书家

藏书家大都爱书,爱书的人按理总是喜欢读书的,不过事实又并不尽然。自古以来,能读书的人未必便能藏书,能藏书的人未必便能读书,所以前人把藏书家分为两类,一类是为读书而藏书,叫做读书的藏书家;另一类则是为藏书而藏书,好比为艺术而艺术一样,他们是藏书的藏书家。

虽然藏书家都愿意以前一类人自居,但按其实际,却还是后一类人为多。清末长洲叶昌炽作《藏书纪事诗》,搜罗故实,颇称周详。从这部书的记载看来,不读书的固然不少,即使原来喜欢读书的人,一旦成为藏书家以后,也往往掩藏秘器,视书籍如古董,斤斤于片纸寸楮之得失,而忘却其先前所以要收藏的目的了。这中间矜己妒彼,不相通借,如天一阁范氏叔侄;阳攫阴取,互为谤伐,如续钞堂黄门师生;朋友之间,吵架的吵架,绝交的绝交;至于但以娱己,不肯示人,像《老残游记》里说的"深锁娜嬛饱蠹鱼",那就比比皆然,决不止杨氏海源阁一家而已。一方面有人要占有,另一方面便有人要占有这"占有",这样的钩心斗角,就为书籍的买卖敞开了投机居奇的大门,并使后来终于出现了第三种藏书家——既不为读书也不为藏书的藏书家。

黄丕烈在抄本《近事会元》的藏书题跋里,谈到萧山李柯溪,他曾感慨系之地说:"柯溪去官业贾……其所收书,大概为转鬻计,盖萧山有陆姓,豪于财而喜收书。近日能收书者,大半能蓄财者,可慨也大。"这位士礼居主人只知道李柯溪的收书是为了转鬻,唯有像陆姓那样豪于财者才能收书;却不知道这些豪于财者之所以收书,表面上附庸风雅,冒充藏书家,实则因为古书可以卖钱,"待善价而沽",归根结底,他们的千方百计地藏书,正是在千方百计地蓄财哩。

李柯溪对于陆姓的关系究竟怎样,黄丕烈说得不很清楚。清朝自嘉、道以后,官僚、军阀、大商人、暴发户为了收书,大率聘有顾问,月致车马费几百元。还有一种是临时雇用,酬金按日计算,最高的时候一天五十两银子。这些人后来又多为外国势力服务。1907年(清光绪三十三年),日本三菱系财阀岩崎兰室在岛田翰怂恿下,以十万元购去皕宋楼全部藏书。人们奔走相告,痛哭流涕,至有"愁闻白发谈天宝,望赎文姬返汉关"之叹。谁料从此以后,古书外流,更一发而不可收。在蒋介石窃据政权的二十年中,美国国会图书馆、哈佛燕京学社、日本东方文化委员会、南满铁路株式会社、兴亚院等,都曾以增加库藏中文书籍为名,通过临时顾问,多方搜求地方志和善本书。这些临时顾问和书贾勾结起来,为渊驱鱼,天天奔走于他们的旧东家——当时已经作了寓公的所谓藏书家之门。珍本秘籍，浮海以去。一个时期来由官僚、军阀、大商人、暴发户化身的第三种藏书家的面目，到此也就暴露无遗了。

有人说，这第三种藏书家并不是真正的藏书家，因而不能以此来贬低书籍收藏的意义。也许确是这样吧。不过遗憾得很，就对书籍的认识而言，在所谓真正的藏书家中，也颇有一些人徒拥虚誉，其实却不见得高明。大凡一个人养成了癖好，心有所偏，不能无蔽。明明是癞头疮，阿Q却说他的癞头疮和别人的不同；起初不过自譬自解，后来竟至愈看愈爱，连自己也认为真的是"一种高尚的光荣的癞头疮"了。当然，古书不等于癞头疮，爱书的人区分好坏的界限也不全在于你的还是我的，不过钻在牛角尖里沾沾自喜，比起阿Q来却又有过之而无不及。有人偏嗜宋元旧刻：曹秋岳序绛云楼书目，指其"所收必宋元板，不取近人所刻及抄本；虽苏子美、叶石林、三沈集等，以非旧刻，不入目录中。"后来黄荛圃有"百宋一廛"，自号"佞宋主人"；吴槎客有"千元十驾"，另刻一印："临安志百卷人家"；也都以所藏宋元板本自夸。有人但求纸墨精良：南唐李氏造澄心堂纸，历代都有仿制，极受藏家重视，此外如美浓纸本、白棉纸本也各有人偏爱；和海盐张菊生一样用"涉园"室名的常州人陶兰泉，最喜初印开花纸书，因此得了个"陶开花"的外号。还有一些人专收殿板，专收禁书，专收名家旧藏本。这些本来各有特点，但泥于一端，刻舟求剑，却又反见其悖了。因为宋版书未必都是精刻，苏东坡、叶梦得、陆放翁在当时已经说过。殿板、禁书、旧纸印的、名家藏的更不一定都是好书。不过,藏书家迷恋骸骨,严可均认为宋元刻本,"即使烂坏不全,鲁鱼弥望,亦仍有极佳处。"残本或尚有用,至于错到满纸"鲁鱼",还硬派它"仍有极佳处",岂非阿Q之于癞头疮乎?1945—1948年间,一部极普通的明刻,如果有个"陶陶室"钤记,几行"复翁"题跋,要价马上高到黄金几十两。光从表皮着眼,已经荒唐得很,何况这类书里又最多假造。北京琉璃厂的旧书铺里,过去哪一家没有几颗名收藏家、名校勘家印章的仿制品呢?便连内府"御览之宝",也一样能够作伪。大抵书价愈高,愈有人想在里面捣鬼,偏嗜本来是一种弱点,授人以可乘之机。前面提及的所谓顾问,有不少就是假造古书的能手。我们固然不能说藏书家库里没有好书,但我敢说,愈是大藏书家,他的库里愈多假书。这句话一点都不夸张。

借书和刻书

我在前文里对藏书家表示了很大的不敬,这还只是从他们和书籍的关系着眼,使人吃惊的是:在政治品质上,钱牧斋已经是大家熟知的民族败类,其实明末清初,有不少大藏书家都是易代之间的贰臣。而且问题不仅在于一个时期是这样。早于此的,例如宋初越州刺史江元叔,少年削发为僧,卖身投靠,以"小长老"身份入宫媚侍李煜,后来却和樊若水共媒,一同断送了南唐的天下,这个刁钻汉是个藏书家。后于此的,例如清末两广总督叶名琛,颠顸而又好作大言,临阵之际,迷信乩语,终至被掳去国,在途中天天为英军作画,却还自称什么"海上苏武",这个软骨虫也是个藏书家。写过《书林清话》的叶德辉,平生反对维新,反对辛亥革命,最后又反对1927年的农民运动,终于受到了镇压。晚年专门为人编藏书目录,自己写了《艺风藏书记》的缪荃孙,当袁世凯称帝时,也曾到处活动,演出过上表劝进的丑剧。为什么藏书家里触处都是这样的人呢?莫非书读得太多,反而使脑瓜糊涂起来了吗?不是的。原来这些人虽然自说典衣卖屋,甚至啼饥号寒,在旧社会里,有力量藏书的,只能是士大夫,或者是士大夫和地主阶级的子弟,这个立场就很足以说明他们中间某些人在政治上的表现了。

从学术上讲,我以为藏书的意义本不在于数量的多寡,而在于是否有利于当世,有益于后人。如果藏书家重楼深锁,一味"以独得为可矜",那他收藏得愈多,对学术界也便愈没有好处。《渑水燕谭录》记李公择读书庐山,居五老峰白石庵,有书万卷,"公择既去,思以遗后之学者,不欲独有其书,乃藏于僧舍。其后山中之人思之,目其居云:李氏藏书山房。而子瞻为之记。"这恐怕是藏书史上最值得称道的事情。明清两代藏书家虽多,大都不肯轻易示人:宁波范氏天一阁一直悬挂着"擅将书借出者,罚不与祭三年"的禁牌;武康唐氏万竹山房的藏书,一律钤有"借书不孝"的印记;朱彝尊因为要借钱遵王的《读书敏求记》,乃至施展阴谋,用盛筵将遵王绊住,暗地遣人"以黄金及青鼠裘"贿其侍史,悄悄窃出,约书吏数十人费半夜工夫抄成。这样的例子多不胜举。至于像曹秋岳的《流通古书约》,丁菡生的《古欢社约》,虽然有人大加吹嘘,主张"取以为法",其实是局限在小圈子里,和读书界并无关系,不能与李公择相提并论。

《古欢社约》和《流通古书约》字数不多,曾收入缪刻《藕香零拾》,现在还很容易看到。《古欢社约》主张各就有无,"互相质证",但它只是丁、黄两家的私约,仅仅通行于丁菡生和黄俞邰之间,条文规定不欢迎第三者参加:"恐涉应酬,兼妨检阅。"言下之意十分清楚。《流通古书约》的应用范围似乎大一点,"楚南燕北,皆可行也。"不过它主张藏书家彼此"就观目录,标出所缺",然后由"主人自命门下之役,精工缮写,校对无误,一两月间,各赍所钞互换",说明即使在敌体之间,也仍然连原书都不让一见。要质证,要流通,而又限制重重,活活地画出了订约者的用心和气度。

古人说:"借书一瓻,还书一瓻。"借得好书,酬以美酒,正合苏养直"休言贫病惟三箧,已办借书无一鸱"的意思。但到了后代藏书家的嘴里,却成为"借书一痴,还书一痴",一面主张不借,另一面又主张借了不还,所谓"借书而与之,借人书而归之,二者皆痴也"了。这是私有制度下独占思想恶性发展的结果。有些人害怕名声太坏,于是别出心裁,互相标榜,"取古人之精神而生活之",目的在于做到不借而借,借而不借,方自以为得计。《流通古书约》和《古欢社约》正是这样的产物:字里行间,处处跳动着藏书家的脉搏,在昭告其患得患失的心情。然而这是不足为训的。每当读着它们的时候,我总觉得浑身都不舒服,仿佛看到了什么本来不应该看到的东西一样。记得梁启超死时,遗嘱将藏书五万册移交北京图书馆,于1929年办理手续,曾经轰动一时。现在试读双方互换的信件,却原来并非捐送,只是一种有条件的寄存,在当时已被誉为创举,这以前的情况便可想而知。至于说效法梁氏,固然继起有人,但要成为整个社会风气:公家能够认真地处理书籍，私人能够放心地将书籍交出去，让自己心爱的东西有个妥善的归宿，的的确确，这是新中国成立以后才有的事情。

由此看来，如果说旧时藏书家有什么贡献的话，主要不在于借书存书，而是长期以来颇为风行的刻书。因为刻书无损于己，有益于人，藏书家皆优为之。曾经刻过《学津讨原》和《墨海金壶》的张海鹏说："藏书不如读书，读书不如刻书；读书只以为己，刻书可以泽人。"历来由藏书家翻刻的古书不少，便是个人刻的也不止一种两种，因此多数采用了丛书的形式。张之洞在《劝刻书说》里，表扬了鲍、黄、伍、钱四家，指的是鲍廷博《知不足斋丛书》，黄丕烈《士礼居丛书》，伍崇曜《粤雅堂丛书》，钱熙祚《守山阁丛书》《式古居汇钞》和《指海》等，这些都是卷帙浩繁、包罗万象的大丛书。此外如杨氏《海源阁丛书》、潘氏《滂喜斋丛书》、黎氏《古逸丛书》，虽然数量上不及前者，但在书林颇负盛名。翻一翻近年上海图书馆编辑出版的《中国丛书综录》，还可以看到不少有关的材料。

在私人刻书方面，影响最大的是虞山毛氏汲古阁。汲古阁刻过《十三经》《十七史》，刻过《津逮秘书》《唐宋元人集》和别的一些未曾梓行的珍本。当时远至云南，也有人遣使携款，到常熟购书。几百年来，毛刻风行天下，其中如《说文解字》《宋六十家词》《四唐人集》《八唐人集》等，很受学者称道。毛子晋是明末常熟有名的藏书家，他的收书方法极为别致，在大门前挂个榜，写道："有以宋刻本至者，门内主人计叶酬钱，每叶出二百；有以旧钞本至者，每叶出四十；有以时下善本至者,别家出一千,主人出一千二百。"末两句,在穷读书人看来,未免有点咄咄逼人。不过商贾是欢迎的,一时南北书舶,群集迎春门外七星桥下,至有"三百六十行生意,不如鬻书于毛氏"之语。毛家为了翻刻古书,设有印书作坊,雇刻工二十人;印书用纸向江西定制,分厚薄两种,厚的叫"毛边纸",薄的叫"毛太纸",说明了至今尚在沿用的这些名称的由来。但是汲古阁的下场却很惨。相传毛子晋有个孙子,讲究茶道,购得洞庭山碧螺春茶叶,虞山玉蟹泉泉水,一时没有适当的木柴,这位孙少爷看着《四唐人集》的雕版,叹息说:"以此作薪煮茶,其味当倍佳也。"于是每天劈一些,烧一些。所谓"家近湖山拥百城"的汲古阁,不久就断送在这位"风雅"子孙的手里,烟消云歇。别的书版也随着流散。其结果,不过是使后人枉费心机,大做其《汲古阁书板存亡考》而已。

毛氏汲古阁抄本,特别是他的影宋本,一向受藏书家重视。至于刻本,只算作瑕瑜互见,因为其中的一部分,没有以所藏的善本作底本,刻书的时候,又未能亲自校勘,细加厘订,而只是雇人代劳,以致舛误极多。段玉裁、孙从添、黄丕烈都曾对此表示不满。《书林清话》甚至说他流传谬种,贻误后人,断定其功不掩过,不能于校雠家中占一席地。汲古阁的受到这些责备,于理是允当的,但同是这个《书林清话》的作者,对于另一部也是错误百出的丛书——《楝亭十二种》,却又曲予庇谅,这就不知道他究竟是为的什么了。

蠹鱼生涯

刻书必须讲究校勘,这是因为古书辗转传抄,每致错误。《抱朴子》说:"书三写,以鲁为鱼,以帝为虎。"汉朝刘向始作校雠,《别录》里说:"校雠,一人读书,校其上下,得缪误,为校;一人持本,一人读书,若冤家相对,如雠。"这样做的目的是要比勘异同,纠正错误,部次条别,考镜源流。后来唐朝的颜师古、陆德明,宋朝的郑樵、岳珂,都有较大的贡献。郑樵还写过《校雠略》,作为《通志》的二十略之一。不过真正能把校勘工作推上科学轨道的,却是清代乾、嘉以来的学者,他们人数既多,成就也远远地超越了前代。章学诚的《校雠通义》既对《校雠略》提出驳难,戴震甚至于说:"汉儒训诂有师承,有时亦傅会;晋人傅会凿空益多;宋人则恃胸臆以为断,故其袭取者多谬,而不谬者反在其所弃。"从主观出发,遂至取舍两端,无一是处,对于宋人,这真是一个大嘲笑。

校雠学所以在清朝盛行,背后隐隐地有个文字之狱的暗影在浮动。当时清廷杀戮汉人，屡兴大狱，读书人为了免受株连，埋首于章句训诂之学，想借此安身立命。不过他们的取得成绩，一改晚明以来学术上空疏浮夸的弊病，却又多少和藏书事业的发达有关。藏书家搜罗既富，识见自广，这对校雠工作十分有利。张之洞《书目答问》后附《国朝著述诸家姓名略》，列入校勘部门的三十一人；经过章太炎论订的近人著作《清代朴学大师列传》，分类繁细，凡有他长，均经别列，纯粹属于校勘部门者二十一人。两目互有出入。其中如朱彝尊、何焯、卢文弨、丁杰、鲍廷博、黄丕烈、孙星衍、阮元、顾广圻、吴骞、陈鳣、钱泰吉、莫友芝等，既是校雠名家，又是大藏书家。刻入卢氏《抱经堂丛书》、黄氏《士礼居丛书》和孙氏《岱南阁丛书》《平津馆丛书》中的古籍，莫不经过精心批校，因考订周详而引起学术界的注意。就以卢文弨为例，严元照称他性喜校勘，遇有书籍过手，都要细加丹黄，"嗜之至老愈笃，自笑如猩猩之见酒"。段玉裁描写得更为具体，他说："公好校书，终身未曾废。……虽耄，孳孳无怠。早昧爽而起，翻阅点勘，朱墨并作，几间阒闃，无置茗碗处。日且冥，甫出户，散步庭中，俄而篝灯如故，至夜半而后即安。祁寒酷暑不稍间。"蠹鱼生涯，其实何止卢文弨如此！上举诸校雠家，哪一个不是埋头窗下，手自铅黄，穷年累月地和书本打着交道呢？

清人勤于校雠，对校雠的目的和方法，也都有较新的认识，不仅《校雠通义》一书。他们认为刘向所用的方法有二十三条，然后又根据自己的经验，综合归纳成为十条，叫作：通训诂、定句读、征故实、校异同、订羡夺、辨声假、正错误、援旁证、辑逸文、稽篇目。……这个工作特别受到经学家们的重视，经学方面的成就很大，可记的材料因而也最多。不过尽管如此，校雠学并不等于大成殿上的冷猪头肉，只是孔二先生的享祭品，而是一门影响着学术的进展，因而也和日常生活有着深刻联系的学问。举例来说，《颜氏家训》记江南有个权贵，爱读左太冲《蜀都赋》，而根据的本了不善，其中"蹲鸱所伏"一句，注文："蹲鸱，芋也。""芋"字误作"羊"字。人家送他羊肉，他一时高兴，舞文弄墨起来，回信道："损惠蹲鸱……"收信人查得出处，不觉大吃一惊，奇怪为什么刚刚送去的羊肉竟变成了一个大芋头。羊肉和芋头虽有出入，问题还不太大。最糟糕的是《俨山外集》所记一事。据说明初名医戴元礼，路过南京，看到一个同行门前候诊的人很多，以为必是名医，正想登堂求见。恰好那位医师追着一个病人出来，嘱咐煮药时务必放一块锡同煎。元礼闻所未闻，以为必是秘方，赶紧上前请教。医师让入屋内，出书相示，却原来有个"饧"字误印作"锡"，糖浆便成了不知何味的锡汁。自然，这回遭殃的是病人，后果如何，很难逆料。不过为了证明校雠工作的重要，我以为仍然是一个有力的例子。

古书传抄上的这些错误，凡是属于文字原因的，一种是字形的近似。例如：《尚书·大诰》里的"宁王遗我大宝龟"，"宁考图功"，"宁王图事"等等，据人考证，"宁"字应为"文"字，是周公指他的父亲文王，小篆"文""宁"两字写法近似，致有此误。《吕氏春秋》记子夏过卫去晋，读到记事"晋师三豕涉河"，便说应当是"晋师己亥涉河"，因为古文"己"近"三"，"亥"似"豕"，到晋一问，果然如此。另一种是字音的近似，刘向在《列子叙录》里，说原书篇章杂乱，错字极多，以"尽"为"进"，以"贤"为"形"，这些都是由于音近致误；《诗经·衡门》篇："泌之洋洋，可以乐饥。"郑笺作"可以㾿饥"，古时同音假借，写"㾿"为"乐"，至于直接改成"可以疗饥"，反倒是后人以意为之的结果。再有一种是字义相通，假借更多，譬如《诗经·鹊巢》篇："维鹊有巢，维鸠方之。"戴东原主张读"方"为"房"，认为"房之"就是"居之"的意思，王引之更正说："鸟巢不得云房。"古时"方""放"通用，"放"作依解，所谓"维鸠方之"，就是维鸠依之。他还举了许多例子，进一步说明了读"房"的不可靠。

正是由于这些，清人认为要把校雠工作做好，第一个条件是识字，懂得字的古形、古音和古义，这一来，就得具备三门学问，也即文字学、声韵学和训诂学。第二个条件是博征，段玉裁说："校书之难，非照本改字，不讹不漏之难也，定是非之难。"要定是非，除非搜集各种各样的本子，参考各种各样的学说，才能互相比较，作出判断。相信药里加锡的人，固然是被字形所误，但同时也还因为他只知有"锡"，不知有"饧"，无法作进一步推断的缘故。"一物不知，儒者之耻。"这是不妨说说，却很难做到的。韩愈"文起八代之衰"，自以为继承了儒家的道统，可是一到他儿子韩昶，似乎便不很高明了。韩昶曾为集贤校理,他不知道殷时有一种车子叫乘根,秦加金饰,改称金根,却硬派这个"根"字是错字,把史传里提到的金根车,统统改为金银车,和南京那位大夫配成一对,那个迷于锡,这个又迷于银,一前一后,成为历史上难得的把兄把弟了。

乱改古书是不对的,然而置古书的错误于不问,也决非妥善的办法,因为这里面有不少误人的东西。举一个例,惠栋曾以吴泰来家藏七十卷本《礼记》校毛氏汲古阁本,得讹误四千七百零四字,脱漏一千一百四十五字,阙文二千二百十七字,羡文九百七十一字,字异者二千六百二十五处。毛刻如此,他可想见。黄丕烈在《士礼居藏书题跋记》卷四里曾说:"余好古书,无则必求其有,有则必求其本之异,为之手校;校则必求其本之善,而一再校之,此余所好在是也。"对于那些细心绸缪,反复勘对,穷毕生之力,孜孜矻矻地做着校雠工作的人,我以为是应该感激的,因为他们使许多向来认为难读难解的古书,从此可以读,可以解,使我们有可能进一步去了解古人的思想和生活。鲁迅所谓:"中国要作家,要文豪,但也要真正的学究。"或者就是这个意思吧。

版本

谈起校勘，很容易使人联想到版本。段玉裁说，校书之难，难在于定底本之是非，这就进一步说明了要和书籍打交道，多少需要懂得一点版本学。

所谓版本，原来只是指雕版印行的书，以之区别于写本或碑刻。自从印刷术发达之后，刻书例用木版，这板或那板之间，互有异同，于是版本的含义也随着扩大，索性把抄的、拓的、印的都包括在内，鉴别审定，成了一种专门的学问。这种学问的特点是要根据书籍的纸张、墨色、字体、版式等等，区分时代，辨明地域，从而研究何者是原刻，何者是翻刻，何者是旧抄，何者是新抄，借以判断其内容如何，是否善本等等。有些熟悉版本的人，对于每一部书的传抄先后或雕版源流，都能说得清清楚楚，甚至连各种本子的行款——每页几行，每行几字，也莫不一一记住，可以背诵如流，不差分毫。

这些专家之娴熟版本，大抵是多看多记，全凭经验得来，对于书的内容，反而有点茫然，所以他们的所谓善本，有时却未必可靠。按照张之洞的说法，构成善本有三个条件，第一是足本，即完整不缺；第二是精本，即校印无讹；第三是旧本，即旧刻初印。丁松生也在《善本书室藏书志》里列举四条：曰旧刻，曰精本，曰旧抄，曰旧校；而他的所谓精本又只限于明代嘉靖以前的刻本，可以说完全着重在一个"旧"字。缪荃孙制订的善本定义更为荒谬，他的主张是：

一、刻于明末以前者为善本，清朝及民国刻本，皆非善本。
二、抄本不论新旧，皆为善本。
三、批校本或有题跋者，皆为善本。
四、日本及朝鲜重刻古书，不论新旧，皆为善本。

从前有人说过：明人好刻古书而古书亡。这是因为明代自万历以后，刻书者众，往往炫奇猎异，互相竞争，或则更换书名，或则改动内容，将古人著作随意糟蹋，把读者弄得莫名其妙。属于前者，例如郎奎金刻《释名》，改名《逸雅》；冯梦祯刻《大唐新语》，改名《唐世说新语》；《北堂书钞》初改为《大唐类要》，再改为《古唐类范》；收入商濬《稗海》里的《蒙斋笔谈》，其实不过是《岩下放言》的节录，而著者叶梦得却被改作郑景望，岂非荒唐之至。属于后者，顾炎武在《日知录》里谈得最多，如把骆宾王《为徐敬业讨武曌檄》里的"伪临朝武氏者"，改为"伪周武氏"；把曹丕《短歌行》里的"思我圣考",改为"思我圣老",又妄评之曰："圣老字奇。"最突出的是,山东人刻《金石录》,见李清照后序"绍兴二年玄默岁壮月朔"一语,不知"壮月"就是八月,典出《尔雅》,认为两字连在一起,义不可通,竟改"壮月"为"牡丹",使全句不知所云。顾炎武以为"万历以来所刻之书",无非"牡丹之类",可谓尖刻得很。至于坊贾射利,翻刻时卷数目录仍旧,任意抽减内容,以便贱价出售,如郎瑛《七修类稿》所举,更是不在话下了。

根据上面这些情况,丁松生谈精本只取嘉靖以前,或者还有一点道理可说,至于缪荃孙的主张,既明白地排斥康、雍、乾、嘉以来三百年中的精刻本,"明末以前"这句话又很含糊,结果弄到凡系明刊,即使是最糟的坊刻本,也被当作宝贝,造成一种"惟古是尚"的风气。他在第二、第三条中说的钞本不论新旧,批校本或有题跋者,皆为善本,也都是从形式着眼,误人不浅。据说宁波富商沈某,想跻身于藏书家之列,中了缪说的毒,家里雇用十几个抄写的人,取《粤雅堂丛书》和《知不足斋丛书》为底本,用佳纸旧墨,工楷抄写,抄完后加衬精装,钤上藏书印,沾沾自喜地以独拥善本相夸耀。他请人抄成的书有几十箱。后来力不能继,只得把这些书全部卖去,所得价还抵不上抄写费的十分之一,连呼上当不止。至于第四条,例如日本印的中国古书,伪造既多,便是真的也不见得本本都好,为什么缪荃孙认为在国外印的都应以善本论,莫非古人著作,也要借镀金以自重吗?这一点我至今还无法理解。

说到以古为贵，把旧刻当作善本，这本是藏书家多少年来一直没有改变的坏脾气。其实，书籍不是古董，既然称为善本，自应以内容的正确无讹和完整不缺为主。旧刻有好的，也有坏的。《守山阁丛书》收宋人朱彧《萍洲可谈》三卷，其中载有一个笑话：元符初年，杭州教官姚祐考试诸生，所出《易经》题为："乾为金，坤亦为金，何也？"应考诸生不解题意，因上请，教官解释未毕，听者已经哄堂。原来监本《易经》上明明印着"坤为釜"，姚祐出题时根据的是麻沙本，釜字脱了两笔，误成为"金"，以致当场出丑。这个故事并见于方勺的《泊宅编》、叶梦得的《石林燕语》和陆游的《老学庵笔记》。叶梦得并据以证明坊刻的粗疏，他说："今天下印书，以杭州为上，蜀本次之，福建最下……蜀与福建多以柔木刻之，取其易成而速售，故不能工。福建本几遍天下，正以其易成故也。"陆游甚至认为："错本书散满天下，更误学者，不如不刻之为愈也。"可见粗制滥造，不一定到明代万历以后才有，现存宋版书以建刻为多，安知这里面就没有埋下麻沙坊里的鬼魂呢！

迷恋骸骨是不足为训的，不过版本确是一门值得注意的学问。要辨别是否善本固然不易，便是要鉴定哪个朝代印刻，有时也有困难。解放初期，我在华东文化部文物处工作，由于废纸破书集中城市，曾经发动书商，从堆栈里检出不少珍贵古籍和革命文献。今存北京图书馆的三十卷本五臣注《文选》残本，就是当时的收获之一。这部书最后印有一行牌记："杭州猫儿桥河东岸开笺纸马铺钟家印行"。有人因北宋版流传极少，此书镂工与现存官书稍异，遂指为南宋刻本。但也有人不同意，认为牌记不曰临安而曰杭州，可见刻书在南宋建都之前。两说各是其是。如今北京图书馆标为南宋初年刻本，其实从1127年5月赵构在南京即位，到1129年7月升杭州为临安府，中间不过两年，古时一书之成，积年累月，这个夹缝未免太窄，如果不前不后，恰恰在两年内始终其事，那倒真叫"无巧不成书"了。看来"初年"只能算是一种含混的说法。

我在这里并没有左袒任何一方的意思，不过想借此说明：从纸张、墨色、字体、版式、牌记、讳字、头版、序文、藏家的印章和题跋考察起来，有些书各项条件齐备，特点显著，一望而知是什么刻本；也有一些书条件并不件件俱全，特点并不点点鲜明，尤其是易代前后，书版变化不大，不仅两宋之间的刻本，便是明初刻本之于元刻本，清初刻本之于明末本，还有明翻宋刻，也莫不彼此仿佛，真所谓虎贲中郎，倘没有过人眼力——即是说掌握了版本学上丰富的知识，辨认起来可就并不那么容易了。

"翰墨缘"

研究古书版本的人，除了凭借自己的经验外，大抵还读过诸家访书志、藏书记以及题跋叙录一类的书，浏览过公私藏书目录，揣摩过各种善本书影。至于像江标的《宋元本行格表》、张惟骧的《历代讳字谱》、顾从德的《印薮》等，更是必备的要籍。有些人还旁及《文渊阁藏书全景》《天禄琳琅四库荟要排架图》等等，为了摸清古书的面目，他们的确作了最大的努力。

然而古书的面目又实在不容易摸。

自从故宫的门向社会敞开，私家藏书逐渐转入公库以后，过去所谓海内孤本的谜底被揭穿了不少。例如海源阁旧藏《大戴礼记》，墨海楼旧藏袁刻《文选》，一向被当作稀有的宋本看待，名家审定，言之凿凿。现在和别本对照，才知前者原来是抽去了序文（因为上有年月）的元刻，后者不过是经过剜补的明版。这种事情一经说破，虽不免大煞风景，然而鱼目混珠，事实俱在，证明过去只凭一两个所谓专家学者说了算数，根本就靠不住。而且可能还有一些人心里是清楚的。记得二十年前，我曾参与一个藏书家的收书盛会，即席都是鉴赏名家。版本学者侃侃而谈，夸耀这部书如何"纸白如脂，墨凝如漆"，那部书又如何奇妙珍秘，"并世无第二本"。合座附和，众口一辞。主人满心欢喜，一一锁入秘阁。我向坐在身边的书店掌柜动问：这位版本家的鉴别力如何。他咬住我的耳朵回答："别的我不敢说，反正那部《云谷杂记》……早先我师兄……唔，现在又转了几回手了。"我立刻恍然大悟，心里产生了一种奇异的滑稽感：正当大家兴高采烈、如醉如痴的时候，想不到就有人躲在一旁，吃吃暗笑哩。看起来，他是自以为冷静和清醒的。具有讽刺意味的是：在这种场合，凡是自以为保持了冷静和清醒的人，往往倒正是这作伪者！

这使我想起买卖双方的关系。对于书店掌柜，藏书家和版本学者一向都很尊重，称之曰"书友"，奉之若上宾，不敢有丝毫怠慢。表面上是要搞好关系，使他们一有善本，立即送上门来。实际呢，还因为藏书家的全部根底，版本学者的浑身学问，都逃不过书店掌柜的眼睛，加以笼络，正是希望他不要拿赝品来打自己的主意。不过，单看历来痛骂书贾的笔墨之多，便可知效果并不好。明代高濂的《燕闲清赏笺》，郎瑛的《七修类稿》，还有清朝蒋光煦为吴寿旸跋《拜经楼藏书题跋记》，提到书贾，都曾历数罪状，大施挞伐，而最使他们痛心疾首的，也正是这伪造古书的案件。《燕闲清赏笺》说：

近日作假宋板书者，神妙莫测。将新刻模宋板书，特抄微黄厚实竹纸，或用川中茧纸，或用糊褙方帘绵纸，或用孩儿白鹿纸，筒卷用槌细细敲过，名之曰刮，以墨浸去臭味印成。或将新刻板中，残缺一二要处，或湿霉三五张，破碎重补，或改刻开卷一二序文年号，或贴过今人注刻名氏，留空另刻小印，将宋人姓氏扣填。两头角处，或妆茅损，用砂石磨去一角，或作一二缺痕，以灯火燎去纸毛，仍用草烟熏黄，俨然古人伤残旧迹。或置蛀米柜中，令虫蚀作透漏蛀孔，或以铁线烧红，锥书本子，委屈成眼，一二转折。种种与新不同。用纸装衬，绫锦套壳，入手重实，光腻可观，初非今书，仿佛以惑售者。

郎瑛和蒋光煦也有类似的记述。不过三人之中，要算高濂这段话说得最为内行，一切作伪伎俩，好像都是他亲自目睹过来似的。他还指出，伪书制成之后，书贾又往往互相勾结，散布消息，以期先声夺人。他们或则讹称某地有藏书散出，或则伪托某家故姓所遗，或则假造藏书目录，预先填入书名版式，或则故意当着顾客的面以高价向同业购进……总之，市侩狡诈，诡谲百出。

这是买书人骂卖书人，反过来，还有卖书人也骂买书人，可惜后者不会著书立说，他们的骂人艺术大都失传。我在这里举出两本书来，虽然被骂的不一定是藏书家，却仍然概括了知识分子的某些特点。这两本书便是《金陵卖书记》和《汴梁卖书记》。

《金陵卖书记》出版于 1902 年,由开明书店(不是后来的开明书店)用铅字排印,薄薄一本,作者署名公奴,经人考证,即是开明主人夏颂莱。开明书店在当时提倡新学,反对科举,以"广开风气,输布文明"相号召。壬寅(光绪二十八年)岁试,考生云集金陵,夏颂莱带了一批新书,到那里一面发卖,一面赶考。李伯元认为他下考场应试,言行不符,便在《文明小史》里着实讽刺了一番。《汴梁卖书记》则于次年由同一书店出版,作者为王维泰,也是开明股东之一。

金陵一记,分上下两卷,上卷为新书发卖统计,根据销售情况,评骘优劣,提出应当改正的地方,就像绪言所声明的,目的是为了供"输入文明者较准其方针"。下卷记卖书和应考花絮,志在"示社会之现状"。其间描写考生不学无术,鄙吝成性,在书棚前发酸撒泼,到场屋里卖呆出丑,简直是绘声绘色,可以当作《儒林外史》的补编来读。作者认为考生入场前后,容态凡五变,精神凡六变,观察入微,分析得头头是道。现在且看他写买书一段:

……《李鸿章》《康南海》二书,最足启其疑问,见者辄大诧曰:何谓《李鸿章》?告之曰:其传也。则曰:何以无传字?摇首咋舌不自已,信其为洋书益坚。……一日,有以"亚东地球全图"问者,有客在座,为之哄堂。其人始则赧然,既而曰:吾确见报上有此书名,谅尔店无此物耳。领之乃去。

有些人甚至指着宁波、香港等地名，询问这是什么东西，说明他们除了《四书味根录》《五经备旨》之类，别的实在懂得很少。而且问题还不在于对新学的无知，尤其严重的是，他们大都以腐朽的观念看待一切新的东西。作者在上卷里于说明生理学诸书极为畅销之后，指出考生中没有一个人有正确认识，"最下者视之若淫书，一见其图，喜跃不自已。然惟恐人之见之也，故来购必以暮夜，避师友，屏群从，伺人少时以只身来。其择取之也，指以手，而口不敢道也。"这种贼头贼脑的行状，看了使人啼笑皆非。《卖书记》还对这批考生有价必还，为了几文钱，不惜说谎乞怜，断断而争，作了深刻的批判。第二年到汴梁卖书的时候，遇到同样情况，主人便不再多费唇舌，只是把已经出版的前"记"免费赠送，所谓"投之以当药石"了。

一日，有客昂然入。拣阅书数十种，随手一揭，即云不好，置之，又揭一书亦如之。余友应柜者，亦孝廉也，询以何科，大声答曰：甲午。阅书如故。其胸中举人两字，膨胀已臻极顶，故外形亦庞然而不自觉。继而选定书数种，问曰：有无折扣？答以无，则鼻应曰：哼！又问：能欠否？答以不能，又应曰：哼！声益厉。同人知其非药不灵也，即以《金陵卖书记》进，客受而问价，答曰：非卖品：遂与同来者并观之。未及数行，两人相顾语，蛮舿不可辨，忽掷书汗赧而遁。

《汴梁卖书记》分上中下三卷，上卷记卖书，中卷记游历，下卷记交际。论志趣不及前记。惟第一部分有几节写得极好。即如上举那段，其实何必一定是清朝末年，何必一定是候补举人，凡老掌柜，曾在解放前亲炙过藏书家中所谓名流豪客的，读此都将作会心的微笑。所以谈到卖书人骂买书人，我以为当推这两书为第一。

相传黄丕烈每逢书贾送来好书，辄连呼：翰墨因缘！翰墨因缘！我本想谈一谈买书人与卖书人之间的关系，不料写下题目，做的却是反面文章。只得在此声明：这题目原本也是反面的，至于正面的"翰墨缘"，当时还没有出世，且待下回分解吧。

书林即事

考场外面设立临时书铺，这个风气由来已久，另外如灯市庙会，向例也有书摊。王士禛《古夫于亭杂录》记云："昔在京师，士人有数谒予而不获一见者，以告崑山徐尚书健庵（乾学），徐笑谓之曰：此易耳，但值每月三五，于慈仁寺书摊候之，必相见矣。如其言，果然。庙市赁僧廊地鬻故书，小肆皆曰摊也……"孔尚任作《燕台杂兴》诗，有一首即咏此事：

弹铗归来抱膝吟，
侯门今似海门深；
御车扫径皆多事，
只向慈仁寺里寻。

清初北京书铺，大都在广安门内慈仁寺一带，每逢初一月半，往游的人很多，临时增设小摊，比平日更为热闹。慈仁寺又称报国寺，顾炎武曾在寺里借住，朱彝尊、何焯也常出入于此，如今遗址尚在。后来岁朝集市，改在厂甸举行，书摊也随着迁移，逐渐在海王村设肆。到了乾隆年间，李文藻作《琉璃厂书肆记》，提到的书铺有三十几家，已经俨然是一条文化街了。这时正值"四库"开馆，江浙两地贩书的人，每次运载入京，也都在琉璃厂附近驻足。据翁方纲说，参加《四库全书》编纂工作的大臣，午后自翰林院回寓，往往带着待查待校的书单，过海王村，在书店里来回徜徉。有些掌柜乘间找寻门道，结纳权贵，慢慢的气焰熏天起来。光绪初年，翰林院侍讲张佩纶奏劾宝名斋主人李钟铭，说他招摇撞骗，卖官鬻爵，带五品冠服，出入宫禁，大概并非虚语。比这稍早，还有宝文斋一件公案。相传同治年间，五城都堂某甲路过琉璃厂，车盖擦着宝文斋书铺的挂牌，将牌招碰了下来，店伙一哄而出，拦住不放，非要这位都堂大人亲自下车挂好不可，都堂也只得从命。不过这是极个别的例子。大部分掌柜都如《旧京琐记》所说，宁愿保持一点"书卷气"，学学斯文样子，决不肯当面得罪顾客。

继李文藻之后，缪荃孙又作《琉璃厂书肆后记》，追述自同治丁卯（1867年）至辛亥革命一段时间内的情形。从书店本身来说，此起彼落，沧海桑田，变化的确很大；但厂桥东西，仍然是图籍集中之地，娜嬛风光，不减往昔，两记在这点上没有什么区别。二十年后又有人作《琉璃厂书肆三记》，1963年5月号的《文物》上，还发表了《四记》，说明自1912年至解放初期，大致状况还是如此。

前年 10 月，中国书店自国子监迁至厂甸，这本是合营后一件大事，我因事没有前去参观。去春过海王村，才知公园旧址，重经修葺，中间坐北主楼，放着善本珍籍，左右两厢廊屋，迤逦而南，狭长如双臂平举，室内纵横列架，满眼都是图书，近肘处各有圆阁，看书的人可以在这儿休憩。腕以下折而相向，两肆并列，铺面临街，一个叫做翰文斋，一个叫做文奎堂。街上除了原有的来薰阁、邃雅斋、松筠阁等之外，又多了这两家创设于光绪年间的老店，而园内面积，几乎抵得上二十家书铺。一时车马盈门，看上去的确热闹得很。

但我觉得真能给琉璃厂带来新气象的，却不是这些刚刚开辟起来的铺面，而是正在铺子里边活动着的人。他们已经由书贾一变而为书业工作者，重要的不是写文章的人大笔一挥，换了称呼，而是他们自己由衷地感觉到了这个改变的意义。书店的经营方针不同了。本来是为少数藏书家服务的，现在却是为学术服务，为研究工作者服务，为大众的文化需要服务；本来是秉承掌柜的旨意，一切为了赚钱，现在却知道了还有比钱更重要的东西。解放前经常为我送书的书店学徒，合营后重又遇到，不知怎的，对我就像一家人一样，仿佛格外亲热起来。

由于研究项目的变动，近几年来，我买的主要是"五四"以来的旧书，尤其是期刊。我有一种想法，要研究某一问题，光看收在单行本里的文章是不够的，还得翻期刊。期刊可以帮助我们了解一个时期内的社会风尚和历史面貌，从而懂得问题提出的前因后果，以及它在当时的反应和影响。这样，我和古书的关系比较疏远了，每到厂甸，常去的两家是曾经刻过《清代燕都梨园史料》的邃雅斋和补刻了续编的松筠阁，这倒不是因为我对鞠部怀有好感，因此连及书店。邃雅斋如今经营的是"五四"以后的旧书，不过好的很少，浏览一转之后，如果时间许可，自不妨在附近几家出售古书、碑帖或者笺纸的铺子里走走，否则的话，那就往东直奔松筠阁。松筠阁专营期刊，曾有"杂志大王"之称的刘殿文老人，年逾七十，现在是中国书店期刊门市部主任。据说他年轻时常跑西晓市，为人配补期刊，随见随录，辑有《中国杂志知见目录》稿本十二册，目前每周一次，在店内讲解这方面的目录学。后起的有王中和、刘广振等，王中和新旧版本，都有素养；刘广振是刘殿文老人的儿子，记忆力强，对期刊知道的较多。过去头本不零售，书店准备逐渐配全的刊物不零售，现在如果确知为研究需要，或者顾客手头已有的期数远远地超过于书店所有，也肯破例成全。有些一时不易访求的期刊，书店还能根据多年来售货的线索，代为借用，譬如我要了解外来文艺思潮对"五四"初期文学社团的影响，需要翻检一下绿波社、艺林社、弥洒社、骆驼社、浅草社、白露社、飞鸟社、朝箓社等主办的刊物，就从松筠阁那儿得到了不少的帮助。

至于单行本书，我所需要的大部分得自东安市场。除了厂甸之外，隆福寺、西单商场、东安市场都有中国书店的分号，兼营着线装古书和"五四"以来的旧书。星期假日，谁如果愿意把时光消磨在里边，慢慢翻检，也常有好书可得。东安市场还经常按照机构和个人的需要，代留一些书籍，先送书至家，由买主挑定后再开发票，这样既有选择余地，又可从容核对，避免与已有的重复，完全是一种为顾客着想的好办法。给我送书的王玉川，大家叫他小王，解放前在春明书店当学徒，为人勤勉诚实，知道顾客要买什么新书，本来不是他份内的事，也愿意牺牲自己的休息时间，千方百计地代为买到。近年以来，我得了心脏病，养成早起习惯，燕都入夏，晨凉如水，趁着朝暾未上，时而策杖街头。有好几次，看到小王骑着自行车，车座上驮满书籍，在清晨的几乎是洗过一样的长安街上，疾驰而去，很快地消失在远处的绿树荫里。我心里不免充满赞叹：这么早，这个年轻的传播文化的使者，又在执行他的任务了。

写着写着，想不到竟从书房写到街头去了，这在文章来说实是一种破格——也就是不成章的意思。关于北京书市，前人已经写过不少诗文，记得最受赞扬和常被引用的，好像是潘际云的一绝：

细雨无尘驾小车，
厂桥东畔晚行徐。
奚童私向舆夫语：
莫典春衣又买书。

典衣买书，原是会有的事，但一定要让奚童与舆夫私语，终不免带点大老爷口气。直白地说，我不喜欢这首诗，这大概也是自己只能写些破格的文章的缘故吧。前后一数，共计八篇，因谓之"八记"云。

图书在版编目（CIP）数据

晦庵书话 / 唐弢著. -- 上海：上海文艺出版社,2024
ISBN 978-7-5321-8870-3

Ⅰ.①晦… Ⅱ.①唐… Ⅲ.①散文集－中国－当代
Ⅳ.①I267

中国国家版本馆CIP数据核字(2024)第004128号

发 行 人：毕　胜
策　　划：李伟长
责任编辑：余　凯
装帧设计：钱　祯

书　　名：晦庵书话
作　　者：唐　弢
出　　版：上海世纪出版集团　上海文艺出版社
地　　址：上海市闵行区号景路159弄A座2楼 201101
发　　行：上海文艺出版社发行中心
　　　　　上海市闵行区号景路159弄A座2楼206室 201101 www.ewen.co
印　　刷：苏州市越洋印刷有限公司
开　　本：1240×890 1/32
印　　张：14
插　　页：5
字　　数：290,000
印　　次：2024年3月第1版 2024年3月第1次印刷
Ｉ　Ｓ　Ｂ　Ｎ：978-7-5321-8870-3/I.6989
定　　价：88.00元

告 读 者：如发现本书有质量问题请与印刷厂质量科联系　T:0512-68180628